花桥往事

九月 著

中国致公出版社
China Zhigong Press

图书在版编目（CIP）数据

花桥往事 / 九月著. -- 北京：中国致公出版社，2018

ISBN 978-7-5145-1317-2

Ⅰ.①花… Ⅱ.①九… Ⅲ.①长篇小说—中国—当代 Ⅳ.①I247.5

中国版本图书馆CIP数据核字(2018)第188530号

花桥往事

九月　著

责任编辑：尤　敏　梁玉刚
责任印制：岳　珍

出版发行：	中国致公出版社 China Zhigong Press
地　　址：	北京市海淀区翠微路2号院科贸楼
邮　　编：	100036
电　　话：	010-85869872（发行部）
经　　销：	全国新华书店
印　　刷：	三河市腾飞印务有限公司
开　　本：	660mm×960mm　1/16
印　　张：	19.5
字　　数：	234千字
版　　次：	2018年11月第1版　　2018年11月第1次印刷

定　　价：49.80元

版权所有，未经书面许可，不得转载、复制、翻印，违者必究。

目　录

引　子……………………………………………………………… 1

第一章　群山苍茫春染山庄　平凡人家添丁进口……………… 5

第二章　柴门岁月匆匆五载　玉婵缠足初尝苦痛……………… 10

第三章　光阴荏苒岁月静好　祖母寿宴巧女扬名……………… 16

第四章　天寒地冻乞到门前　怜心施舍惹出祸端……………… 22

第五章　采桑阡陌笑语盈盈　货郎少年春心萌动……………… 26

第六章　门当户对苦命姻缘　冰清玉洁雪梅烈死……………… 32

第七章　姐妹三人相继论嫁　即定终身灯影陪纺……………… 39

第八章	惶恐之中婚期来临　喜结良缘玉婵出嫁	43
第九章	柳絮轻风流水花桥　经商人家映承祖业	51
第十章	草帽灯下生意兴隆　举案齐眉平静和美	57
第十一章	崩血分娩碧桃早逝　姐夫续弦小姑易嫁	63
第十二章	图谋发展四方奔走　天道酬勤骡马铃铛	69
第十三章	三修请帖结交权贵　摆宴设酒为弟读书	74
第十四章	"跑贼"乱世全家逃亡　为寻山珍林中迷路	79
第十五章	老父病故隆重发丧　为保财产异地埋银	87
第十六章	省城读书徒做浪子　藏信佞言结下仇怨	92
第十七章	相亲相爱辛苦度日　其乐融融情深天伦	98
第十八章	饥肠辘辘长夜难眠　善良玉婵慷慨助邻	103
第十九章	胜利曙光映照花桥　诚实人家更加实诚	107
第二十章	暴风骤雨公报私仇　大难来临恩将仇报	112
第二十一章	牢房受苦玉婵揪心　父吊房梁痛哭儿郎	118
第二十二章	家产没收搬迁上山　伤痨发作遗恨黄泉	122
第二十三章	天人永别痛断肝肠　强打精神遗腹生子	129
第二十四章	儿女待哺虚弱下地　凄惶岁月人心冷暖	134

第二十五章	世事无常玉婵乞讨	婆婆慈悲映庚受训	138
第二十六章	饥荒岁月舅舅做媒	姐带妹嫁逃生糊口	144
第二十七章	无米下锅老友相助	为保儿命痛心过继	150
第二十八章	天无绝路招工谋生	智勇惜玉夜走花桥	156
第二十九章	数九寒天深山炼铁	贞女痴汉难续佳缘	160
第三十章	少年怀远马门受苦	弱母痛心力争回旋	166
第三十一章	痴情故人怜香惜玉	旷野狩猎互帮度日	172
第三十二章	为报恩情尽心做媒	促成姻缘友谊长存	178
第三十三章	两儿返乡长大成人	怀玉成家怀力闯荡	186
第三十四章	平静岁月祸从天降	年轻怀玉又把命丧	190
第三十五章	逃命婚姻名存实亡	邂逅爱情惜玉再嫁	195
第三十六章	林海莽莽江水滔滔	白水江边相爱相怜	200
第三十七章	玉婵年老儿女成家	重回花桥养育孙儿	208
第三十八章	谋生走险国昌丧生	劳动改造亲戚反目	213
第三十九章	林海高原奋斗创业	母唤儿归回家落户	226
第四十章	小女长成谈婚论嫁	回乡寻根难舍亲情	233
第四十一章	使命完成看淡人生	惜兰摔伤又添心结	238

第四十二章　怀民辞职回家务农　怀远打拼再操祖业……245

第四十三章　天伦之乐平静和美　家财突现淡然面对……252

第四十四章　映庚病危玉婵探望　弥留之际冰释前嫌……258

第四十五章　怀民务农艰辛薄收　惜巧有难母亲解围……265

第四十六章　冤家路窄又当邻居　智慧老人以德报怨……272

第四十七章　欢乐过年社火闹春　孙儿落水有惊无险……276

第四十八章　远方哥哥回家团圆　贪财心起兄妹情断……286

第四十九章　年老怀旧又见三姐　姐妹相搀登顶鸡山……291

第五十章　生命尽头耄耋之年　落叶随风空中飞舞……295

尾　声……………………………………………………………300

引　子

清明节。

一辆白色的小轿车驶出了新谷县县城，跨过野马河大桥，驶出长长的老虎岔沟，在红马石梁蜿蜒的山区公路上匀速前行。

车内，贾思雨开着车，旁边坐的是姐姐贾思文，后面坐的是妹妹贾思云和弟弟贾思林。他们去老家花桥镇野雀山上的祖坟地。随着逐渐接近目的地，原本说说笑笑的气氛慢慢变得凝重，他们各自沉浸在对往事的追忆中。

车子驶下红马石梁，在一处开满鹅黄色连翘的小山丘旁停了下来。他们沿着弯曲的小道朝着阳坡山上一片翠柏的地方走去，没走几步就到了他们贾家的祖坟地边。坟地边上几簇水桃花开得正艳，坟地里十几处坟墓整齐有序地排列着，挺拔苍翠的松柏掩映其间，地上的茅草还没有转绿，只有零星散布着的苜蓿发出嫩绿的新芽。

坟地上挂满了白色和黄色的纸条，坟头的蜡烛和香火还在燃烧着，明显有人刚刚来扫过墓。

"看来石桥和红健都已经来过了，我们还是走在后面了。"贾思文说道。

"他们离得近，肯定比我们先到！"贾思云边从包里把扫墓的用品拿出来，边前后左右打量整个坟地。

贾思雨径直走到一处最大最醒目的双人墓前，默默地蹲下身来，看着墓碑上的文字。她每次来都要认真地看一遍。碑文的正中心写着"慈父贾映之慈母李玉婵之墓，下面写着孝男：贾怀玉、贾怀力、贾怀民、马怀远。孝女：贾惜玉、贾惜兰、贾惜巧、贾惜玲"，再下面写着"孙子：贾思林、贾石桥、马红刚、马红健。孙女：贾思文、贾思雨、贾思云、贾念桥、马红红、马红艳"，再下面就是曾孙……

墓碑的后面，两堆土冢紧挨在一起，淹没在萋萋荒草中。贾思雨站起来抬眼望去，左边的土冢是英年早逝的爷爷，右边的土冢是可亲可敬苦难一生的奶奶。当年奶奶带着她的孩子在这里挖开黄土，安葬了爷爷，之后每年的清明节，奶奶都会迈着小脚，带着儿女们来这里，绕着爷爷的土冢挂纸条，跪在坟前奠酒烧纸，将悲痛的哭声留在爷爷的墓地，将伤心的泪水洒在爷爷的坟头。年复一年，奶奶慢慢老了，来的次数少了。后来奶奶去世，按她和爷爷生前的约定，生则同心，死则同穴，后辈们将她安葬在爷爷的身边，生前半个世纪的思念化作一冢黄土，默默地守护在爷爷身边，土堆上的萋萋荒草、坟头上吹来的阵阵轻风像是他们在诉说别后的思念。

奶奶生前讲过的那些故事，她经历过的那些风风雨雨像一幅幅画卷展现在贾思雨的面前。往事如烟，一晃奶奶已经去世十年了，和姐妹们约定要把奶奶的一生写下来的愿望还搁置在半空，贾思雨心头不由得生出了深深的不安。十年时光都在忙忙碌碌的工作和家庭的琐碎事务中匆匆而过，现在真的该静下心了却这一夙愿，让贾家后辈别因飞逝的流年忘却祖辈们的拼搏、挣扎，别忘了奶奶凄美的人生、善良的心灵，还有未了的心愿……

生命是渺小的，它的到来像一粒尘埃，平淡而自然；它的离去像一缕青烟，悄无声息又无法挽留。

生命又是伟大的，它创造了世间万物，演绎了世间的喜怒哀乐、悲欢离合，留下子子孙孙周而复始地繁衍生息，于是就有了或幸福或悲壮、或完美或遗憾的一段段精彩的故事。

祖坟对面前湾的那片苜蓿地还在，远远望去，一片嫩绿，贾思雨说："咱们快点上完坟，好去对面苜蓿地掐苜蓿去，今天的晚餐就吃苜蓿团子。"

"二姐，你怎么想起吃苜蓿团子了？那有啥好吃的呢？"贾思林不明白贾思雨的心思，便问。

"当年咱们的爸爸、伯父、大姑在月下掐了一晚上苜蓿，才换来了两个火烧，成了小姑姑一个星期的口粮。这些故事你们都忘了吗？那大家就再吃吃忆苦饭。"

贾思雨说完，贾思文接上话说："太有必要了，不让你们回忆回忆，你们就不知道珍惜现在的幸福生活，按思雨说的，咱们去掐苜蓿。"

晚上回到县城，他们清洗了苜蓿，撒上了面粉，就着苜蓿上的水分把面粉和苜蓿搅拌均匀，然后用手捏成十几个团子，放在锅里蒸了十分钟，一盘清香的苜蓿团子就做好了。苜蓿团子端到饭桌上后，他们的父亲拒绝吃，说那东西年轻时吃多了，伤了胃，现在一看见胃里就冒酸水。于是他们姐弟四人和几个孩子每人吃了一个苜蓿团子，几个孩子嚷嚷着说太好吃了。

他们的爷爷坐在那里苦笑着说:"你们这帮娃天天大鱼大肉吃腻了,油把肠子糊住蠕不动了,需要吃点清汤寡水来调整一下肠胃,让你们连着吃十天我看谁还说好吃!"

对于奶奶讲的故事,贾思雨还有很多疑问,她坐在父亲身边又问了好多往事,父亲时而激动时而沉重地讲述着,孩子们惊愕地睁大了双眼聆听着。最后贾思雨先起身回家了,她说要回家写作。

坐在电脑前的贾思雨,熟练地敲击着键盘,思绪伴随着起起落落的手指在飞扬,手指下流淌出了一段段文字、一个个故事……

第一章
群山苍茫春染山庄
平凡人家添丁进口

1922年春,中国西北部山区的一个小村庄——新谷县花桥镇云岭村。

远处的山峦层层叠叠,被陡峭的沟壑分割成一座座独立的山峰,近处是无数个被庄稼和小草覆盖的小山丘,在山丘与山丘的褶皱中,一处处枯瘦的树木正在转绿,一座座瓦房静静地淹没在山丘的树木中。树木刚刚从冬眠中苏醒,吐露出嫩绿的新芽;桃树、杏树露出了粉色、白色的花苞,给这个经历了严寒、此时萧条破败的山村增添了无限的生机。

这个淹没在山丘中的村庄周围是几百亩农田和几千亩山林,纵横的沟壑和高高的土坎把村子分成了几个小块。农田大多是陡坡地,土地贫瘠而宽阔,地里的冬小麦长得一片葱绿。山林中密密麻麻地长满了马桑和野蔷薇,村子被房前屋后的核桃树、柿子树、桑树及几棵高大的黄连木和老槐树包围着。在村口山梁上屹立着几株苍老的翠柏,像是在诉说古老村庄走过的悠悠岁月。

略微平整一点儿的地方就有破旧的土房。有几处院落显得明亮而醒目，房子高大别致，院子干净整洁，里面住着家族中德高望重的长辈。村里的院落是按家族辈分分的，主要分为上房和下房。上房又分为正房、侧房和后房；下房也分为正房、侧房和后房。正房的房子都盖得很漂亮，青石筑台，台沿比侧房的高许多，有七八级青石板台阶。松木檩条和木椽搭成的屋顶上，铺着行行青瓦，鳞次栉比，一线而下，上面长着灰紫色的瓦松。房脊两端是雕刻精美的兽头，一排整齐屋檐向前平飞开来，飞檐两边各有一处青砖雕的板，镶嵌在廊柱墙的顶部，飞檐和砖雕使房檐变得美观而大气。正房的门是四扇木门，朝墙体的两扇固定，里面的两扇对开，木门的门框上写着"耕第读"三个大字，苍劲有力，显示出这家人的书香气息。门槛是一根半尺高的梨木，细致光滑，纹理精美，下面砌着两层青砖。屋里迎门的上墙，横着一条长桌，雕刻着精美的花纹。长桌前面是一张八仙桌，八仙桌两旁是两张太师椅。墙上挂着一幅山水中堂画，泛黄的底色记录着年代的久远，两边的两轴联画写着"休辞客路三千远，须念人生七十稀"。房门右边是大炕，靠着侧面的墙壁放着一面大大的壁柜，壁柜上面放着四个乌黑发亮的大箱子，那是女主人的嫁妆。地面和檐下是用青砖铺成的。

侧房和后房简陋破旧。房屋是一般的偏房，土墙、土地板还有两扇木门，迎门的上坡放着一张八仙桌和两把椅子，房的左右两边各有一张大炕，这里住着正房主人的儿孙们，院落之间被高低不平的土坎或深浅不均的沟壑分割开来。

在这个家族中等级分明，家法较严。每个人默默地在自己的轨迹上生活，这就是云岭村的李家。

就像草地上又要多出一棵新芽，树枝上又要增添一片新叶，村子里一条小生命即将诞生。半夜，李家前院坎上传来了生产中的女人痛苦的呻吟声，院子里几个忙碌的身影在穿梭，灶房火膛里的火苗在风箱的吹动下猛烈地燃烧着，男人使劲拉着风箱，燃烧着的火苗一如他焦虑的心情，但愿老天能赐给他一个男孩，但愿媳妇顺利分娩，但愿母子平安。

侧房屋内，男人的母亲，一个精干利落的老妇正在为媳妇接生，她命令媳妇在剧痛来临时用劲，不疼了就喘口气略微休息，然后再用劲，再休息。女人的头发已被汗水浸透，脸上挂满了汗水和泪水，剧痛来临时她疼得浑身打寒战，在无法克制的大声喊叫中，跟随婆婆的指挥用力，休息，再用力。

当她耗尽了所有的体力，感觉死亡在向她招手时，求生的本能使她拼命一搏，在她扯破喉咙的一声大喊中，感觉浑身突然轻松，随之而来的是孩子微弱的哭声。婆婆说又是个女娃子，然后麻利地剪了脐带，包好孩子，草草收拾了一下零乱的炕头，让女人好好休息，就回自己屋里休息去了。女人虚弱地闭上双眼，任凭泪水从紧闭的双眼顺着脸颊流到脖颈，最后打湿了绣花枕头。

孩子微弱的哭声突然变得响亮起来，在寂静的夜空中回荡，像在拼命地向世人宣布自己的到来。这声音惊醒了大门口沉睡着的大黄狗，大黄狗半睡半醒地狂吠，引起了全村的狗叫，婴儿的啼哭声就被狗叫声吞没了。村庄在一阵骚动之后，又逐渐恢复了平静。

这个新生儿的到来，没有给她的父母带来一丝一毫的欣喜，而是带来了无限的惆怅和失落。孩子的父亲进来看了看这个女儿，这是他的第四个女儿。他叹息了一声走出房门，蹲在屋檐下的墙角抽水烟。烟锅中忽明忽暗的亮光映照出一张饱经风霜的黝黑的面孔，随着水烟锅中"咕咚咕咚"的响声，一圈圈烟雾笼罩着他的脸庞。屋内，刚刚生产还很虚弱的母亲抱起了刚出生的孩子，看着孩子秀美可人的眉间眼角，欣喜之中又无奈地念叨："你应该是个男孩的，是个男孩该多好！"

睡在隔壁炕上的三个女儿早就被她们母亲的哭叫声吵醒了，她们像一群受到惊吓的小猫，悄悄地躲在被窝里听着母亲歇斯底里的哭叫。她们不知道母亲正在生孩子，以为她快要死了，她们在被窝里一动不动地听着隔壁屋的动静。过了很久，母亲停止了哭喊，祖母离开了屋子。她们以为母亲死了，又屏住呼吸听了一会儿，听到母亲在说话。五岁的老大雪梅一骨碌爬起来，下了炕，跑到母亲炕边。她看到一个可爱的婴儿，欣喜地大叫："娘，你生了个小弟弟吗？我可以抱抱吗？"

四岁的老二碧桃和三岁的老三菊萍也下了炕，跑到了娘的炕上，三姐妹抢着要抱孩子，新生儿被她们弄得哭了起来。母亲抱起孩子，轻轻地在怀中摇晃着，对三个女儿说："哎，和你们一样，还是个女娃子。"

三个女儿顿时安静了下来，她们知道爹娘都在盼弟弟，生了妹妹心里会不高兴。雪梅懂事地逗她娘开心："娘，你看，这个妹妹长得多好看，白白的皮肤、圆圆的脸蛋，你看她的眼睛，像黑珠子一样。"

母亲听雪梅这么说，仔细端详怀中的婴儿，这个孩子真如雪梅说的一样，皮肤白净如凝脂，眼珠又黑又亮，鼻子娇小玲珑，小嘴红润精巧，头发浓密乌黑，真是一个可心的小美人。她的三个女儿虽然一个比一个长得好看，但眼前的这个老四才是最好看的。她看着孩子，舒心地笑了起来，慢慢忘记了连生四个女儿的烦恼。

男人抽完烟进了屋，命令三个女儿回自己的炕上去睡觉，对媳妇说睡吧，然后自己先躺下了。女人抱着刚出生的老四坐在炕上，身体虚弱得像要散了架，但却没有一丝睡意。窗外的月亮像玉盘一样，皎洁的月光从窗户洒了进来，照在老四白白净净的小脸上，她想到一个好听的名字，小女儿应该叫玉婵，她长大后会和月宫里住的仙子一样漂亮。

"他爸，孩子叫玉婵咋样？"女人跟男人说道。

"玉婵，好着呢，就叫玉婵。"男人满意地回答。

玉婵静悄悄地来到这个世界上，在这片贫瘠而平静的土地上一天天长大。

玉婵的父母吃力地拉扯着四个女儿，日出而作，日落而息，沿着祖辈们几千年的轨迹生活着。四个女儿虽然聪明伶俐，但他们还是盼着早日能生几个顶门立户的儿子，只有这样才能延续他们家的香火，才能无愧于祖宗和父母，才能担得起繁重的农活。

两年之后，他们终于心想事成，连着生了两个男孩，大儿子叫国昌，小儿子叫国荣。他们清贫简单的生活似乎终于圆满。从此，他们开始艰辛地拉扯六个孩子，日复一日地生活着。

第二章
柴门岁月匆匆五载
玉婵缠足初尝苦痛

麦子成熟的季节,满山遍野的麦田一片金黄,和麦子一起黄了的还有玉婵家大门口杏树上的杏子。

枝繁叶茂的杏树上挂满了黄澄澄的金杏。六岁的玉婵扎着两条齐肩的麻花小辫,上身穿着白色的小褂子,下身穿着土黄色的大腰裤子,腰上镶着三指宽的白边,松松垮垮地裹在娇小的身上。她像只灵敏的小猴子,光脚踩着杏树的枝丫,"蹭蹭蹭"地爬到树上。她挑选树上黄透了的杏子先美美地吃了一个,又酸又甜的滋味顿时溢满舌尖,她不由自主地赞叹道:"真好吃,好酸……嗯,好甜……"

树下的国昌和国荣仰着头,急切地望着树上,三岁的国荣吸着鼻涕,口齿不清地叫着:"四姐,我也要,给我摘一个。"

"四姐,给我也摘一个。"五岁的国昌边说边努力地想爬到树上去,但尝试了几次都失败了,只能在树下干着急。

玉婵吃了两三个后，摘了几个给国昌和国荣往下扔，边扔边说："国昌、国荣，接住了，掉到地上破了就吃不成了。"

她连着扔了几个，两个弟弟一个都没接住，杏子摔在地上破了，并沾上了土，国昌、国荣捡起来就往嘴里塞，玉婵急得大喊："别吃了，有土。"她又朝着院子里喊，"大姐，大姐，给我递个储篓罐。"

雪梅应声从屋里出来了，十一岁的雪梅梳着一条长长的大辫子，穿着月白色的大襟衬衫、黑色的大腰裤子，束紧的裤脚下一双缠了的小脚已经成形，穿着绣了花的小尖鞋，三寸金莲迈着碎步，手提芦苇编织成的半尺长、碗口粗的储篓罐，婀娜地向大门外走来。

她走到杏树下，望了望树上的玉婵，说："玉婵，你小心点，脚底下踩稳了。你爬那么高我怎么把储篓罐给你呢？"

玉婵想了想又朝院子里喊："二姐，把炕眼门上的烧火棍给我拿一下。"

十岁的碧桃手拿着烧火棍出来了，她扎着一条半长的辫子，穿着一身天蓝色的衣裤，缠足之后还未成形的小脚走一步就疼，疼得她不停地抽嘴，边走边唠叨："玉婵，你能不能消停会儿，一个女孩子家上树，小心爹回来揍你。"

玉婵笑着说："爹到地里去了，这会儿不回来。快把储篓罐挑在烧火棍上递给我，国昌和国荣都等不及了。"

雪梅接过碧桃手中的烧火棍，把储篓罐挑在烧火棍的叉上，递给树上的玉婵。玉婵接过储篓罐，撩起上面的绳子挂在脖子上，快速地摘杏子，把摘到的杏子小心地放到罐里，不一会儿就摘了大半罐子。

雪梅在树下对碧桃说："让她再好好疯几天吧，等收完麦子，就该轮到她受苦了。看着菊萍现在受苦的样子真让人心疼！"

碧桃不服气地说:"大姐偏心,你咋没看见我现在受的苦呢?走路脚还是疼得受不了。"

"你马上就熬出头了,过了十一岁就成形了,就不疼了。我们都要熬过五个年头了,菊萍还要再熬两年。要是一直像玉婵现在这样该多好!"

树上的玉婵看着两个姐姐聊个不停,问道:"大姐、二姐,你们说什么呢?大声点儿,让我也听听。"

雪梅和碧桃互相使了个眼色,说:"没说什么,商量下午做啥饭。"

她们不忍心让玉婵提前进入痛苦状态,让她高兴一天是一天吧。玉婵说她想吃玉米面粉鱼,雪梅说那下午就做玉米面粉鱼。

"爹娘快回来了,得快点去准备做晚饭了。"雪梅说完进院拿上韭镰和篮子,到坎下的菜园子里割韭菜去了。

玉婵摘了满满一储篓罐杏子,从树上下来,国昌和国荣急不可待地吃着杏子,偶尔吃到一个酸的,他们的眼睛、鼻子、嘴巴都皱到一起去了,但还是不停地吃。玉婵怕他们都吃完了,赶快从里面抓了几把用衣服兜着给屋里的菊萍拿去了。

碧桃叮嘱两个弟弟:"少吃点,吃多了牙就倒了,吃饭就咬不动东西了。"但是两个小馋猫还在不停地吃着。

屋里九岁的菊萍头发散乱着,衣服不整,抱着红肿化脓的脚,"呜呜"地哭个不停。

玉婵把杏子拿到菊萍跟前,递给她说:"三姐,吃点杏子吧,又酸又甜,吃了你的脚就不疼了。"

菊萍瞅了一眼,边哭边说:"别哄我了,那又不是止痛的药,怎么会吃了不疼呢？"

玉婵着急地说："不信你尝，真的好吃得很。"说着她把一个杏子塞到菊萍的口中，菊萍吃了一个后说好吃，自己又拿了一个吃。

玉婵家院子的正房里住着玉婵的祖母，那里是玉婵和她的三个姐姐、两个弟弟望而生畏的地方。他们谁都不敢擅自踏入祖母的房屋，只有祖母叫他们时才敢去。

祖母头发花白，额头发亮，眼窝深陷，嘴唇宽大，一年四季都穿着一身黑衣黑裤。她常年坐在炕上，但却管着全家的大小事务，向儿子儿媳、孙子孙女发布号令。

麦子收完后的农闲时节，玉婵被她娘带着走进祖母的房间。她的心是忐忑的，不敢直视祖母的眼睛，那眼神中透出的威严让她发抖。

祖母打开炕头的柜子，在里面摸索着。在玉婵眼里，那是神秘的百宝箱，那里面有让人流口水的核桃、蜂蜜以及一罐油泼辣椒，那是个充满诱惑的柜子。只有他们一群孩子中谁受到奖励的时候，祖母才会从柜子里变戏法似的拿出几个核桃，也有可能得到一勺蜂蜜或者一勺油泼辣椒。当他们得到一勺油泼辣椒调到碗里的面条里时，感觉那就是天下最美的吃食了。

此时的玉婵心中一阵激动，看来今天她要得到奖赏了。

祖母严肃的脸上露出了少有的慈祥，她拿着从柜子里取出来的核桃，叫玉婵："四女子，过来，到婆跟前来。"

玉婵怯怯地走上前去。

"鞋脱了，上炕来。"

玉婵听话地快速脱鞋上炕。祖母给了她几个核桃，然后抓住玉婵的脚，看了看，摸了摸，嘴里念叨着："长得真快，一转眼都六岁了，瞧瞧这脚片子，再不缠就迟了。"

玉婵明白了祖母奖赏她的原因，顿时放下手中的核桃，一骨碌下了炕，躲到她娘的身后，压低嗓音说："不，我不缠脚！"

祖母给她娘安排着："不能再拖了，越早缠起来越容易成形，今天先领回去准备一下，明天带过来缠脚。"

玉婵的娘答应着，然后带着玉婵出来了。

玉婵哭着求她娘："娘，我不缠脚，别给我缠脚行吗？"

"快别说瓜话了，哪有女娃儿不缠脚的？不缠脚的大脚找不到婆家，古话说'大脚蛮，百人嫌'，你想长大了让人嫌弃吗？"

幼小的玉婵不知道嫌弃意味着什么，但她知道那句顺口溜："小脚一双，眼泪一缸。"她脑子里浮现的是三个姐姐缠脚期间经历的种种痛苦。三个姐姐告诉过她，那比剜心还痛。她时刻都在担心这会落在自己的头上，然而这一天还是来了。玉婵听她娘说过，这是到世上来当女人该受的第一遭罪。

第二天，玉婵被她娘带到祖母的房间。祖母让她去烧热水，然后把热水倒在木盆里，让玉婵的脚放到温温的水中浸泡，隔一会儿加点热水，足足泡了几个时辰。祖母在柜子里找出明矾、剪刀和一卷一掌宽数尺长的白布，准备工作做好后，她伸手摸了摸玉婵的脚，说："泡软了，可以了！"说完从小盒子里取了点明矾抹到玉婵的脚上，均匀地涂抹开，用手反反复复地揉搓着，玉婵觉得祖母按摩得很舒服，正在享受时，祖母突然把她的脚趾使劲朝脚的内侧压下去，并让玉婵的娘快速裹白布，雪白的裹脚布一圈圈地被缠了起来。当娘和祖母二人合力把玉婵的脚趾和脚跟往一起勒时，一阵钻心的疼痛感袭上心头，玉婵尖声大叫："疼啊，娘，轻点，啊……断了，我的脚断了！娘啊，疼死了……

啊……"稚嫩而又凄惨的哭声久久地回荡在山村里。

在祖母严厉的目光中，在娘噙满泪的眼神中，在玉婵撕心裂肺的叫喊声中，长长的、雪白的裹脚布勒断了玉婵稚嫩的脚骨。

从那一天开始，玉婵在无数次的泡脚、勒脚中忍受疼痛的折磨。从六岁缠到十一岁，玉婵的一双娇嫩纤细的双脚终于变成前尖后圆中间弓起的三寸金莲。经过漫长的疼痛之后，玉婵终于可以走路了，但她再也不能活蹦乱跳到处撒欢了。

那双禁锢了玉婵前进脚步的锥子一样的脚，让她和三个姐姐一起乖乖地在家里勤学做针线和茶饭，在三从四德、三纲五常的说教中向一个贤良淑德、温柔美丽的女子努力着。

第三章
光阴荏苒岁月静好
祖母寿宴巧女扬名

春去秋来,光阴如梭。平静的日子转眼就过了六个年头,李家的六个孩子一一长大。

为了养活孩子们,辛勤的爹娘在自家几十亩的土地上撒籽刨食、驾牛耕耘,日复一日,年复一年,繁重的体力活压弯了他们的脊梁。四个女儿干不了太多的体力活,两个儿子还年幼。儿子是家族的希望,爹娘再苦再累都必须送儿子去学堂上学。十岁的国昌和八岁的国荣每天去村子里的学堂读书,四个姐姐力所能及地帮着父母干家务,她们喂养鸡、鸭、猪、狗,放牛、养蚕、纺线、织布、绣花,农忙时下地播种、锄草、收割,虽然小脚让她们干起活来力不从心,但人多力量大,也能为爹娘减轻点负担。

一场秋雨一场凉,麦子播种到地里后,一连下了几天的小雨,气温一天天开始转凉,玉婵的爹坐在炕沿上抽着水烟,看着外面的细雨,说明年一定会有个好收成。他给坐在炕上纳鞋底的玉婵娘说:"还有一个月就是娘的七十大寿,我寻思着,今年给她老人家办个寿宴,乘着农闲时间,好好给准备准备,让她老人家高高兴兴地过个寿。几个女子都大了,应该能帮上忙了,让她们帮你准备。"

玉婵娘下地边穿鞋边说:"这几年娃儿虽然还小,但一个个能指着干点活了,田里干完回来,还得喂养一群鸡、鸭、牛、猪,给家里添补不少。孩子们大了,这一天的口粮却也增了。家里人口不少,一天的用度也很大,但是家里有娘教着,日子过得还平顺,娘的年纪大了,为咱家操劳了一辈子,也该给她好好祝个寿,让她高兴一下。这几天我正寻思着,我们这做儿子儿媳的不给她过个寿,亲戚乡邻那里能有啥颜面?这祝寿得有个寿堂,问人订得花大价钱,咱家雪梅和玉婵能画会绣,刺绣我看现在也上手了,针线细致着呢。我这就去和她们商量商量,提早把活分摊下去。"她说完就去隔壁的偏房了,那是四姐妹的闺房。

房门上挂着白色的门帘,上面绣着精美的图案,三株粉色的荷花在椭圆绿色的荷叶上亭亭玉立,一只蜻蜓悠闲地停在上面,还有一只蜻蜓轻轻地点着水,下面荡出了几圈水纹。这是雪梅的作品,她喜欢荷花,也最擅长绣荷花。

玉婵娘掀起门帘走了进去,一股淡淡的粉香夹杂着胰子的清香扑面而来。屋里干净整洁,四姐妹在大炕上做自己的活计。看到娘进来都准备起身下地,娘说:"不用下来了,下雨天凉,咱们坐炕上说吧。"说着她脱鞋上了炕。

"还有一个月就是你们婆七十岁大寿了,你们帮娘想想,怎么办好这个寿辰。"

雪梅说:"七十岁是个大寿,一定要多请一些亲戚乡邻,热热闹闹地操办一下。我们得好好把祖母的堂屋及家里所有的房子布置一番。"

碧桃说："把屋子重新糊一下，窗子也重新糊，剪上新的窗花，换新门帘。"

菊萍说："炕上的被褥也要拆洗。"

玉婵说："咱们几个人一起给祖母绣个中堂吧，绣个六尺大的寿字，裱了挂在祖母上坡的八仙桌那里。"

"这主意好，寿字应该用小梅花或者小菊花拼接绣成，左下角绣青松，右下角绣翠竹，左上角绣几枝梅花，右上角绣两只飞着的仙鹤，既清新雅致，又有福寿延绵的意思，祖母一定会喜欢的。"雪梅激动地说出了她的创意。

"大姐，你和我想到一起去了。"玉婵兴奋地说。

玉婵娘看到女儿们和她的想法一致，高兴地说："我很赞成你们的想法，那就着手准备吧。雪梅和玉婵负责绣中堂，碧桃负责绣门帘，菊萍负责拆洗被褥、剪窗花、糊窗子。等这些活都干完了，你们再帮娘一起准备寿宴上的菜品。"

玉婵娘安排完就出去了。姐妹四人开始兴奋地筹划了起来，玉婵跑到两个弟弟的房里要来了笔墨纸砚，摊在炕桌上让雪梅按刚才的想法画出来，看看效果再动手。

雪梅对绘画有过人的天赋，她画出来的花草树木、飞鸟鱼虫生动而逼真，画风细腻又干净。她们几人平时的绣品都是雪梅先给她们画在布上，她们照着样子绣出来的。村子里的大姑娘小媳妇都喜欢找雪梅画样本，她从来都不推脱，每次都认真地给她们画各种图案，她的绘画本领也一天天提高了。

碧桃、菊萍、玉婵三人围在雪梅身边，看着她一笔一笔画着构思的图案。画纸的正中间，是一个大大的寿字，横、竖、撇、点都是用一朵朵小雏菊拼接起来的；画纸的上方梅花遒劲饱满，一对仙鹤展翅高飞；下方苍松迎风，翠竹挺立。几个时辰之后，一幅中堂底稿被雪梅画出来了，她们兴奋地拿过去让爹娘看。

爹娘看着四姐妹的杰作点头微笑。她们要拿给祖母看，爹说先不给她看，到时候给她一个惊喜，让她们就按这个样子绣出来。他们对办好老太太的寿诞有了十足的信心。

淅淅沥沥的秋雨一下就是半个月，玉婵和她的三个姐姐正好能腾出时间来完成娘给她们分配的任务。雪梅和玉婵坐在宽大的绣花架前，从两头往白色的绸缎上绣一朵朵小菊花组成的大"寿"字；碧桃盘腿坐在炕上，把圆圆的绣花绷子套在白绸布上，正在往门帘布上绣喜鹊闹梅的图案；菊萍的窗花已经剪好，又到祖母房里用白纸糊墙壁去了。

她们神情专注，纤纤玉手飞针走线，一朵朵嫩黄、橘黄、紫色的小菊花，粉色、红色的蜡梅在她们手下诞生。她们沉浸在创作的世界里，时而互相切磋，时而谈笑风生。如果时间能够静止，她们的生活也会像绣品一样美好恬静。

下了半个月的雨终于停了，外面的山坡经过雨打风吹从一片绿变成五彩斑斓，远处山的轮廓经过秋雨的洗刷变得更加清晰明亮。

村民们开始忙着秋收，掰玉米、打黄豆、挖萝卜、摘辣椒。

玉婵她们的针线活做完了，一幅美美的寿字中堂已经完成，碧桃绣完了三个门帘。菊萍把祖母的房子装饰一新，好不容易等来了大晴天，她又开始拆洗祖母的被褥。玉婵和两个姐姐帮爹娘把收回来的玉米搭在院边的高木架上，黄灿灿的玉米搭成了一堵金墙，房檐下一串串火红的辣椒好似平淡的岁月燃烧了起来。

寿辰的日子临近，忙完这几天的秋收就刚好给老太太过寿。

寿辰的前一天，玉婵家院子里搭起了帐子，宰了一头过年的猪，玉婵的爹请了全村的人给老太太过寿。乡邻们一早就从家里扛来团桌、板凳，在院子里的帐子下面安放了八个席口，大姑娘小媳妇从家里拿来切菜刀、碗、碟、筷子，到灶房里帮玉婵娘她们择菜、切菜、蒸馍、煮肉。

父亲和两个弟弟把绣好的中堂和门帘都挂了起来，祖母的屋里顿时熠熠生辉，祖母高兴得合不拢嘴。

第二天一大早，一家老小都早早地起了床，劈柴的劈柴，挑水的挑水，跑腿的小伙子也赶来扫院子、摆桌椅、烧茶、倒水。按当地习俗，在上房的八仙桌上供祖先牌位，点上香蜡。玉婵的祖母早早地起来洗脸梳头，把自己捯饬得干净利落，然后盘腿坐在炕上，接受亲戚乡邻和儿孙们祝寿。

晌午时分，乡邻亲戚陆续过来，院子里的八个席口坐得满满当当。李家坬下后院里的四爷慢悠悠地走进院子，他先到上房上香磕头，然后给老寿星祝寿。他仔细端详正墙上的手绣中堂：一帘三尺宽六尺高的白绸布一展堂前，左下角绣着青松，右下角绣着翠竹，青线苍劲，淡雅别致；左上角绣着几枝梅花，右上角绣着两只飞着的仙鹤，红线花瓣、黑线鹤脚、白线鹤翅栩栩如生；中间淡黄、橘色、紫色的小菊花拼成的大大的"寿"字大气美观，在丝绸布上如雕似刻。

四爷回头看着坐在炕上的老寿星，乐呵呵地说："老嫂子，听说咱们家的四个女子给你绣中堂，我就想着娃娃还小，不知道能不能给你绣个像样子的拿出来，没想到绣得这么好。这比县上响当当的金绣苑里面的师傅绣的还好，哦哟哟，他婆，就是把城里的师傅请来专门给你绣，也绣不到这么好,这挂上让你天天看着,活不到八十岁你来问我。太好了,有本事的娃!"

祖母听着四爷对孙女们的称赞,心里像吃了蜜一样甜,嘴里却说:"他四爷,看你把娃娃们夸得,她们正是学本事的时候,还要大家给多指点呢。"

寿宴上,九碗三行子摆上了桌,自家酿制的水烧酒和刚出锅的盐水蒸馍也摆上了桌,乡邻们除了赞叹老寿星的好身体、好福气外,议论的最多的还是正屋里八仙桌上方四姐妹绣出来的寿字中堂,并夸赞四个心灵手巧的姑娘。

玉婵姐妹四人的芳名不胫而走,上门提亲的人也多了起来,但在父母看来,女儿们的婚事门当户对是最重要的,小门小户的人家他们一个都不考虑。

第四章
天寒地冻乞到门前
怜心施舍惹出祸端

寒冷的冬季,鹅毛大雪纷纷扬扬地下了一夜,村庄被白雪包裹得严严实实,晶莹剔透的村庄像睡着了一样安静,唯有房顶上烟囱里冒出的青烟被风吹得飘摇起舞。

积雪掩盖下的村庄透着一片寂寥和沉闷。这是贫穷的年代人们最难熬的季节,饥饿和严寒威胁着人们的生命。云岭村虽不富裕,但粗粮和破房能让这里的人们勉强维持温饱,但不时有外地的逃荒者流落村头,他们破衣烂衫,面黄肌瘦,或拖儿带女,或孤寂独行。

玉婵和她的姐姐们坐在温热的炕上,做着各自的活计,她们正在缝制全家人过年的新衣新鞋。雪梅裁剪着自家织出来的土布,要给全家老小每人做件新棉衣,碧桃正在往雪梅裁好的布上铺棉花,菊萍和玉婵把碧桃填好棉花的衣料缝合。她们精心地做着自己的活计,飞针走线,低语轻笑。

门口的大黄狗发出一阵急促的狂叫。

"外边是不是有人，狗咋这么叫呢？"雪梅说。

"是叫花子吧，最近叫花子特别多。"碧桃说。

"我去看看。"玉婵说着下了炕，走到大门外边。

大门不远处，一个衣衫褴褛、蓬头垢面的叫花子背靠大槐树，瘫坐在雪地里，脸庞乌黑中带着青紫。看到有人出来，他伸出颤抖的手，那手和脸上的颜色一样，呈黑紫色，肿得像腐烂了的洋芋，冻疮流着脓，发出微弱的声音："救救我，给口吃的！"

玉婵走了过去，看到那个叫花子又冷又饿，好像快不行了。最近不知怎么了，经常有人到这里来要饭，她每次都看不下去，总是从家里拿点吃的给他们。家里的口粮也很紧张，爹娘交代她别乱发善心，那么多的人救不过来。但眼前这个人太可怜了，光是严寒就够他受的了，再加上饥饿，不救的话他会死的。她还是得给他找点吃的去。

她去了厨房，拿了两个馍出来给那人，那人拿着馍三两口就吞下肚了。他乞求着："再给点吧，再给一口，我十天没吃东西了。"

太可怜了，玉婵迟疑了一下，又回去取了两个馍。叫花子接过馍，一眨眼又吞进了肚子。玉婵正准备离开，却见他一阵抽搐，然后口吐白沫，眼睛上翻倒在地上了。

玉婵吓坏了，急忙喊人："姐，姐快来！"

雪梅、碧桃、菊萍都出来了，她们姐妹眼看那人抽搐了一阵不动了，以为他死了，惊慌失措地叫来了爹娘。

玉婵的爹走到那人旁边，拉起叫花子的手摸了下脉，皱起了眉头，脸色阴沉地用手掐他的人中，一声声地喊："你醒醒，快醒醒！"但不论他怎么掐怎么叫，那叫花子终究没有醒过来。他瘫坐在地上，哭丧着脸说："完了，没气了，给人当孝子吧！"

玉婵的娘在一旁焦急地跺脚，嘴里骂玉婵："你这挨刀的瓜女子！这下怎么办，这可怎么办啊，这人饿成这样，你咋能给他几个干馍馍吃啊？"她又看着那断了气的人说，"你这哪里来的可怜人啊，咋就断气断到我家门口，娃娃给你馍馍，是为了救你，咋就害死你了啊！"

玉婵知道自己闯祸了，吓得不想吃饭、不敢出门，一个人躲在屋子里偷偷哭泣。她就想不明白，一个活生生的人，咋就那样断气了，这人的命咋这么脆弱？馍馍都能把人吃死？晚上她睡在炕上，想着那人断气的样子，恐惧得无法入睡。

父亲在村子里叫了几个人来帮忙，用草席把叫花子卷了停放在大槐树下，然后上香、烧纸，并请了阴阳先生做法事，然后把叫花子安葬到后山坡上。

办完丧事后，玉婵被父亲罚在院里跪一天，不准吃饭。玉婵知道自己这次闯的祸有多大，她心甘情愿受罚，谁让自己碰上这事了呢，但做人怎么可以见死不救，如果再碰到，她觉得自己还是会救，即使父亲让她再跪三天，打她一顿她都会救的。只是那人怎么突然就死了呢？这让她百思不得其解。

跪在冰天雪地中瘦小单薄的玉婵，冻得浑身打寒战，两腿发麻，三个姐姐和两个弟弟轮换着出来给她搓手捶腿。

玉婵的娘在屋里向玉婵的爹求情："他爸，你罚一下得了，咱家的娃都是很懂事的，只是这倒霉事让咱摊上了，这么冷的天你再把四女子给冻出病来咋办。"

玉婵的爹阴着脸说："你别说了，国有国法，家有家规，犯下法就要受到惩戒，三天不吃饭都饿不死，跪着受点冻对她今后的为人处世有好处，我心里有数！"

玉婵的娘知道再说什么也没用了，拿了件棉衣出去给玉婵披上，说："瓜女子，长点记性吧，犯事了谁都替不了你的。"

玉婵眼里含着泪水，哽咽着说："娘，我记下了，你快进屋吧，我能坚持住。"

天黑下来时，玉婵的双腿已经没有知觉了，父亲让雪梅、碧桃、菊萍把玉婵搀进房间。雪梅已经准备好了一盆温水，她帮玉婵脱了鞋袜，把她冰冷的双脚放进温水中，边泡边揉搓；碧桃和菊萍给玉婵揉肩搓手；国昌和国荣也没闲着，忙着给玉婵倒开水和端饭。

一场风波就这样过去了，但这件事却永远留在玉婵的记忆中。

后来爹娘告诉她，人饿到极限时一次不能吃太多，吃太多太猛就会死。

这件事过后，她好长时间都不敢给叫花子吃的，但是看着那些流离失所、受苦受难的人可怜兮兮的样子，她还是会偷偷地给他们一点吃的，不敢多给，而且要求他们走出村子以后再吃。

第五章
采桑阡陌笑语盈盈
货郎少年春心萌动

寒冷的冬天终于过去了，阳春三月，阳光明媚，云岭山庄桃花点点，杨柳吐绿。

远处的山峦由枯黄转成青黛，近处山坡上的马桑和蔷薇正在舒展新叶，在马桑坡和农田的交界处是一片片正在吐绿的桑园。山庄里的人们靠山吃山，马桑坡就是他们取之不尽的燃料林，葱茏繁茂的马桑砍了再发，发了再砍，满足了云岭村人的灶台，温暖了庄稼人的热炕。而马桑坡下面一片片桑园能让他们养蚕抽丝、纺线织布。织出来的上等丝绸自己家里舍不得用，拿到集市上换钱补贴家用。

春天来了，桑园绿了，各家各户养蚕的季节到了。每年的这个时候，玉婵的娘都会准备好香纸，到蚕房祭祀先蚕娘娘，玉婵好奇地问娘："为什么要祭祀先蚕娘娘？"

娘便给她讲了个远古的故事：传说，远古时代有个黄帝，娶了一位非常能干的娘娘，皇后娘娘叫嫘祖。嫘祖负责教皇帝的臣民种植五谷，还要缝衣做饭。每天忙碌的劳动让嫘祖病倒了，她躺在床上茶饭不思，嫘祖的丫鬟就寻思着，家里的饭菜没什么好吃的，这山上的果子很多，何不采些新鲜果子让嫘祖吃。第二天她们便到山上，走遍山梁也没有采到好吃的果子。快到天黑的时候，有一个丫鬟看见一片树林，树上挂着很好看的白果子，她便采了一大筐背了回去。大家一尝，竟然咬不动，才发现这果子不能吃，丫鬟们你看着我，我看着你，不知如何是好。后来她们去请教一个学识渊博的大臣，这大臣一听咬不动，就说："放瓦罐里用水煮一下不就能咬动了吗？"丫鬟们找来瓦罐，架起火堆，煮了起来。煮了好一阵，还是咬不动。丫鬟便拿了根火棍在瓦罐里搅，搅着搅着，发现木棍上缠了好多白线。这就奇了，白果子煮成了白线，大家奔走相告，很快这件事传到嫘祖的耳朵里了，她撑着病体走到瓦罐旁看，看到这水里的白线又细又长，像头发一样扯不断。嫘祖也觉得好奇，就认真琢磨，这么好的线，何不把它纺线织成布，穿在身上又舒服又好看。于是嫘祖便让丫鬟领着她去了那片林子，仔细看，才发现那些白果子是一种白色的虫子从口中吐丝缠绕而成，这种虫子非常像一日三餐吃的豆子。嫘祖便给这虫子起名叫"蚕"，给这种白果子起名叫"茧"。从此以后，嫘祖便组织黄帝的臣民养蚕缫丝，一到春天，家家户户夫耕、妇蚕，百姓不耕即蚕。心灵手巧的嫘祖把蚕丝织成了漂亮的布匹，起名为"绸子"，后来人们为了纪念她，便尊称她为"先蚕娘娘"。

四姐妹边听故事边收拾蚕房，摆放蚕具，一年的养蚕劳作就开始了。

玉婵家里专门在偏房隔壁搭了一间养蚕的房子，里面放着用木头做成的架子，三层的架子上摆放着筛子和铺揽，蚕孵出来后先放在小一些的筛子里让它生长，卧上两次后长大了就放在直径一米多的大铺揽中。

玉婵的娘小心翼翼地把针尖大的黑色蚕蛋用鸡翎扫到碟子里，然后将其放到温热的炕上，让其孵化。半个月后，小小的蚕宝宝就开始蠕动了，这时候玉婵的娘把鲜嫩的桑叶剪成细细的丝，撒到碟子里，在热炕上喂养一星期，就要搬到蚕房的筛子里了。搬到蚕房里的蚕宝宝会迅速长大，而且食量也会变大。这个时候，姐妹四人最繁忙。她们每天早晨都要到桑园里摘桑叶，摘回桑叶后在太阳下轻微晾一下，等桑叶上的露水干了再去喂蚕宝宝。二十多天过后，蜕过两次皮的蚕宝宝就会疯长，食量也大得惊人，这时再把它们从筛子里分放到铺揽上，一天二十四小时不间断地喂桑叶。这个时候，玉婵和她的姐姐们一天要采几次桑叶，晚上轮流喂蚕。

繁重的劳动改变不了四姐妹爱美的心，在劳动之余她们照样把自己收拾得干净利落，光彩照人。

艳阳高照，春光明媚。这天一早，她们四人提着篮子、背着背篓到桑园采桑叶去了。

十六岁的雪梅已经长成标致的美人了，鹅蛋形的脸盘上长着一双明亮的丹凤眼，鼻子挺立，嘴唇红润，上身穿着天蓝色的夹袄，把光洁的皮肤衬得更加白皙，一头乌黑发亮的头发编成一条大辫子垂到腰际，黑色的裤子上松下紧，裁剪得体的衣着显现出她纤细的腰肢和上翘的臀部，暗红色的绣花鞋穿在三寸金莲上，处处透着妩媚和娇柔。

碧桃、菊萍、玉婵还没有发育好，但都已显露出各自的美丽。碧桃瘦弱单薄，娇小玲珑，一双会说话的杏眼明亮清澈，小巧的鼻子再配上樱桃小嘴，浑身上下散发着灵气；菊萍的个头长过了碧桃，发育得比较快，和雪梅、碧桃不同的是她嘴唇略厚、体形略胖；玉婵比雪梅、碧桃、菊萍白皙，皮肤光滑如凝脂，圆圆的脸盘、丰满的额头，眼睛、鼻子、嘴巴长得精致而匀称，大耳朵下面的耳坠宽厚肥大，大人们都说这女子满脸福相，将来一定能找个好婆家，是大富大贵的命。

明媚的阳光洒在桑园里，树影斑驳。四姐妹在桑园里一边麻利地采桑叶，一边谈笑风生。桑园边上的一条大道通往外面的世界，绕梁盘旋而下就到了二十里路以外的花桥镇。女孩子的说笑声从桑园里传了出来，隐约闪现的身影吸引着路人的目光，过路的行人忍不住放慢了脚步，有的干脆坐下来休息，只想一睹美女的芳容。

远处传来了"当当当"的拨浪鼓的声音，一个年轻的后生肩挑着两只箱子，边摇着手里的小拨浪鼓边朝村子走来。他个头高挑，眉眼间露出一股英气。走近一些时，他喊起了买卖："针头线脑，花线丝线，头油胰子……"每喊一遍就摇几下手里的拨浪鼓。

桑园里的姑娘们听到叫卖声一起跑了出来，她们隔几天就要买点零用的东西，特别是彩色丝线，用起来快得很，有货郎客来时她们都要备一些。

"货郎客怎么换人了，原来的大伯呢？"以前每次来村里的都是一位年长的大叔，嘴快的菊萍问年轻的货郎客。

"那是我爹，年龄大了，跑不动了，我来替他跑跑。"后生说道。

她们"哦"了一声就各自挑选需要的东西。

雪梅各种颜色的丝线都选了一些，碧桃选了一块胰子，菊萍和玉婵各选了一个漂亮的发卡，但她们身上带的钱不够，雪梅说："先不买了，等过几天有货郎客来了再买。"

年轻的货郎客说："没关系的，先拿去用，明天我还来哩，明天再给钱也行。"

雪梅说:"那怎么能行!"她先给碧桃、菊萍和玉婵买胰子和发卡,说丝线下次再买,她把选好的丝线又放了回去,然后她们背着装满桑叶的背篓和篮子说说笑笑地回家了。

身后传来货郎客的声音:"我明天还来,在这里等你们。"

雪梅给妹妹们说明天出来时记得带点钱。

她们每天早上出去采桑叶,中午喂蚕,这是她们这段时间的生活。

第二天,当她们采好桑叶从桑园出来时,年轻的货郎客已经在路边等她们了。雪梅快速选好丝线,付完钱叫上妹妹们就回家了。

货郎客看着她们远去的身影发呆,久久不愿离去。

一连几天她们都能碰见那个货郎客,也没有需要买的东西,只是淡淡地打个招呼就走开了。

玉婵悄悄地对雪梅说:"大姐,那个货郎客可能看上你了,我发现他一直偷偷地看你哩。"

雪梅脸颊一红,压低了声音说玉婵:"别胡说,让别人听见就不得了了。"玉婵吓得再不敢说了。

天天碰面的日子持续了半个月,货郎客终于鼓起了勇气。他选了一枚漂亮的发卡准备送给雪梅,他拿着发卡涨红着脸对雪梅说:"这个发卡你戴上会特别好看,我想把它送给你,你能告诉我你的名字吗?"

雪梅先是一阵脸红心跳的慌乱,然后镇定地说:"我怎么好平白无故地要你的东西呢,快收起来吧,我想要的时候会找你买的。"说完她飞快地走开了,走出好远后,她停下了脚步,转过身对货郎客说,"我叫雪梅。"然后走几步就消失在山梁后面了。

个把月后,家里来了一个给雪梅提亲的人,正是给卖花线的货郎客说亲的媒家。父亲三言两语就把媒家打发了，说两家门不当户不对，以后别再提这事了。

蚕宝宝们都长大了，到了吐丝做茧的阶段，它们不吃桑叶了，雪梅领着妹妹们又开始进入下一道工序——煮茧抽丝，纺线织布。

大门外面时不时会传来年轻的货郎客摇着拨浪鼓、吆喝着"针头线脑，花线丝线，头油胰子"的叫卖声。

院子里忙碌的雪梅停下脚步，凝神闭气地听着吆喝声，等货郎客远去了，便悄悄地走到大门口，看着那人远去的路口发呆。

第六章
门当户对苦命姻缘
冰清玉洁雪梅烈死

又有人上门给雪梅提亲了,对象是邻近村子的肖家。肖家是邻近几个村子里的大户,有上百亩田地。在这个狭小闭塞的地方,能和李家门当户对的没有几户,肖家是给雪梅提亲的人家中条件最好的。父母没有多做考虑就把雪梅许给了肖家的大儿子。

雪梅出嫁之前,不知道未来的丈夫长啥模样,更不知道他的人品和教养。她跟村子里所有的女孩子一样,被父母做主许配了人家。自从许亲后,她便开始憧憬未来,每天想象未来夫君的模样会不会和那个年轻的货郎客一样,让她产生信赖和依靠,也那么俊朗、帅气,让人倾慕。她会不由自主地把夫君想象成货郎客的样子,但清醒过来后脸颊一阵发烫,在心里骂自己几句,并努力地干活来分散注意力。

她开始认真地为自己准备"陪纺"——女子出嫁时必备的嫁妆。她有了干不完的针线活,而且必须给婆家人老老少少每人做一双鞋、绣一对枕头、做一身衣服。从纺线织布到做成成品，她精心地绣着、缝制着。在大户人家，家眷多的有六七十口人，少的也有三四十口人，雪梅的针线活做了整整一年，针线活做完的时候也就到该出嫁的时候了。

在唢呐声声鞭炮齐鸣中，雪梅怀揣满心的憧憬嫁到了肖家。

热闹的婚礼过后，她开始自己全新的生活，她做好了当一个好媳妇孝敬公婆、相夫教子的思想准备，但残酷的现实和她的想象差之千里。染上大烟的丈夫像扶不起来的痨病病人，除了吸大烟之外，对别的事没有半点兴趣，刚过门的那几天对她还有点热情，再后来就没有正眼瞧过她。公公也是个大烟鬼，已经被大烟折磨得骨瘦如柴了。

自从踏入肖家的大门，雪梅的脸上就没了笑容，每天胆战心惊地活着。神经紧绷的她，在这个家中体会不到一丝温暖，心一天天地沉到谷底，刁蛮专横的婆婆和性情古怪的丈夫都让她琢磨不透。她小心地伺候着一家老小，但稍有不慎就遭到婆婆的大骂和烟鬼丈夫无来由的殴打。

雪梅默默地承受了这一切，一年时间就憔悴得变了样，脸色蜡黄，失去了往日的红润，也没有了甜美的笑容，原本丰盈的身体变得纤弱单薄。在肖家的大院里，沉默寡言的雪梅喂鸡鸭、扫院子、烧火做饭、割草，忙前忙后，在忙碌的家务活中释放着她的情绪。

地上的农活不那么忙的时候，雪梅便回到娘家，伺候祖母、照顾爹娘，完了之后和三个妹妹坐在偏房炕上穿针引线，绣花缝衣，说说笑笑。她暂时忘记了婆家的种种不快，仿佛又回到自己出嫁前的日子。她心中一遍遍地想：如果时间能够倒流，如果还能选择，那该多好。

转眼半个月过去了，雪梅没有回去的意思，爹娘和祖母看在眼里，便开始催促雪梅。

祖母说："娘家虽亲，但不是自家门了，这出嫁了就是肖家的人了。婆家的家口大，一天事务不少，少不得当媳妇的操劳。你在这里待的时间长了，不说婆家人会说你，那家里的活攒下一大堆，回去又得受罪，还是早点回去，把婆家的事务料理好。"

雪梅终于忍不住哭哭啼啼地向她的祖母和娘诉说："那真不是人待的地方，我再也不想回那个家里去了……"一边说一边擦眼泪。

娘劝说道："哎，瓜女子，你不回去怎么能行！嫁出门的女，泼出去的水，你不回去人家会笑话你的，等着婆家人找上门来，你让咱娘家人的脸往哪儿搁呢？女人就是这命，将来有个孩子你的日子就好过点了。"

雪梅也是识理懂事的，每次回到娘家，哭哭啼啼一番，倒一阵苦水，又被娘家人强行送回去了。

雪梅继续在肖家认认真真地干着自己分内的事情，孝敬公婆、伺候丈夫，但经常会受到婆婆莫名其妙的训斥。她的婆婆好像以此为乐，感觉只有在雪梅面前发威才能体现自己的存在。雪梅默默地接受了命运对自己的安排，她想着一切都会好起来的，等将来有了孩子，生活也就有了希望了。

她从地里干活回来，放下锄头朝婆婆的房间走去，她要请示一下婆婆晌午做啥饭。她推开门边叫着娘边走了进去，就在掀起门帘的一刹那，她看到了不该看到的一幕：零乱的炕头，衣衫不整的婆婆，还有一个同样衣衫不整的男子。雪梅的突然闯入让他们惊慌失措地东躲西藏……

她站在那里愣住了，脑子一片空白。当她回过神后，羞得满脸通红，双手捂着脸痛哭着跑了出来。

她跑出了村庄，跑上了山坡，不知疲倦地在山上疯跑了一天。她的眼前一遍又一遍地上演着那不堪的一幕，她感觉大山、树林、田野都露出狰狞的大嘴嘲笑她，她无地自容，头晕目眩，真想找个地缝钻进去。她恨死了她的婆婆，那个邪恶、丑陋的嘴脸在她的眼前挥之不去。她觉得没有脸再去见任何人，仿佛看到了无数个人在她背后嘲笑，有无数双手在她背后指指点点。

天黑时，她像一个没有灵魂的躯壳一样转悠到娘家。娘家人看到她那样，以为她丈夫又打她了，有的询问，有的劝说，但她就是不说一句话，只是哭个没完。她娘陪了她一个晚上，从她断断续续的诉说中，知道了事情的缘由。

她娘劝说道："傻女子，常言说，家丑不可外扬，你不要太在意这事了！你那婆婆干这事的确是她不知廉耻，但那是她的过错，你把这事烂在肚子里，不要对旁人讲，就当没看见过。回去好好地孝敬公婆、操持家务，过自己的日子。"

雪梅说："娘，你不知道女儿受的苦，婆婆就是看我不顺眼，老是对我发脾气，如今又让我撞见这样的事，婆婆肯定对我怀恨在心了，你让我怎么面对？"

娘劝说道："我苦命的娃，女人这一生嫁鸡随鸡，嫁狗随狗，你嫁到了肖家，拜了天地，生是肖家的人，死是肖家的鬼，好赖都是你的命。俗话说进门的媳妇熬成婆，这日子长着呢，你就慢慢地熬着，过几年等有了一儿半女，你就有盼头了！"

雪梅说："我那丈夫烟瘾很大，还好吃懒做，就会随他娘打骂我，这样的日子你让我过到哪一天？女儿就想待在家里伺候爹娘，不想去肖家了。"

娘叹了口气说："傻丫头，我们李家虽是平常人家，但都习礼有德，妇人有三从四德，嫁人从夫，就得从一而终。这肖家虽不善待你，但人家户院大、土地多，你过去了吃穿不受穷。如今生米煮成了熟饭，一切都不可回头了，再弯的路你得走，再难的日子你得过，多苦的日子，过着过着就习惯了。"

娘儿俩说了一夜话，叹息流泪不止。

天亮的时候，雪梅慢慢平静下来了。她听了母亲的劝说，天刚蒙蒙亮，就收拾着要回家去。

吃过早饭，雪梅到上房跟祖母打招呼，让祖母好生将养，说自己回去忙活完再来看望祖母。回头她又给三个妹妹交代，叫她们伺候好祖母和爹娘，临出门看着自己白发满头、衣着单薄的娘一阵难过，说："娘，女儿回去了，抽空给你做件上衣，赶在端午给你送过来。"又寒暄了一阵，走出村口，上了山坡小路，回家去了。

雪梅步履蹒跚，脚下似有千斤重，她一路走得很慢，天黑时分才走进家门。迎面而来的却是丈夫的棍棒："你这个丧门星，让你再乱跑，看我不打断你的腿。"

雨点般的棍棒劈头盖脸地落在雪梅的身上，而站在一旁的婆婆还在鼓动："打，打死这个贱人。"

劈头盖脸遭受丈夫一顿毒打的雪梅遍体鳞伤地走进自己的房间，关上房门，躺在炕上，开始默默地流泪，哭累了，不知不觉地睡着了。半夜雪梅醒来，翻了翻身，感觉浑身疼痛，她睁开眼睛，望着窗外黑暗的夜空，突然变得异常平静。她仿佛看到眼前出现一条康庄大道，那里没有黑暗，没有丑陋，没有令人生厌的婆婆、公公和丈夫。她觉得应该到那里去，自己不属于这个肮脏的家，应该走在一条圣洁阳光的大道上，世间哪里还有比天堂更美的地方？天堂才是她安放灵魂的圣地。

她挣扎着爬了起来，安静地打扮自己。那张苍白的脸经过精心修饰，又变成玉雕般的模样。她看着镜子里的自己，开心地笑了，这是她婚后一年多以来第一次露出的笑脸。她想为什么要这样不开心呢，既然这个世界没有向往的美好，何必还要留在这里，真的没有什么可留恋的了！

她拉开丈夫的烟枪盒，拿了一颗比核桃略小的鸦片，毫不犹豫地吞了下去……

这个冰清玉洁的美人离开了她厌恶的世界，寻找心中的那片净土去了。没有人知道她心中的痛苦和绝望，没有人明白她心中的牵挂和遗憾，没有人听见她愧对爹娘的喃喃自语，一切就这样无声无息地去了。这年，她才十九岁。

雪梅从娘家走了之后，一家人都以为这件事就这样过去了，可是谁也没想到，第二天上午，肖家人来报丧，说雪梅吞食鸦片自杀了。

犹如一个晴天霹雳在这个家里炸开了，老老少少哭成了一片。祖母更是拄着拐杖，跌出上房门，坐在廊檐下，一遍遍地喊着雪梅的名字，哭得伤心欲绝，哭声惊动了四舍乡邻，大家聚拢过来，一边劝说玉婵全家，一边愤愤不平地替雪梅惋惜。玉婵一家和这个家族陷入巨大的悲愤和仇恨之中。

李家的五六十口人像疯了一样，抄着各种家伙向肖家冲去。三个时辰以后，一场战争在肖家激烈地打响了。李家的人打的打，砸的砸，一时间鸡鸣狗吠声、尖锐的叫骂声、哭爹喊娘声，各种声音铺天盖地。肖家人一个个被揍得鼻青脸肿，动弹不得，上下院落除了房上的瓦和坚固的土墙外，很难再找到完整的物件了。被吓得瑟瑟发抖的肖家人齐刷刷地跪地求饶，他们最后答应了李家提出的所有要求，一是用最好的安葬方式厚葬雪梅，棺材、寿衣都要用当时当地最好的；二是雪梅的婆婆和丈夫要给雪梅披麻戴孝。

雪梅的丧事办得轰轰烈烈，她的婆婆和丈夫都哭得死去活来，婆婆哭得一把鼻涕一把泪，号啕的哭声中诉说自己的悔恨，丈夫此时才感觉到雪梅的种种好，哭声中诉说没人伺候他了怎么办。她娘家的亲人也为失去骨肉手足而哭得肝肠寸断。

雪梅爹娘从肖家回来后就双双病倒了，病魔和悔恨同时折磨着他们的肉体和心灵。这就是他们千挑万选给雪梅找到的门当户对的好婚姻吗？自己聪慧美丽花骨朵一样的女儿就这样没有了。当悔恨的情绪找不到可以慰藉的出口时，他们互相安慰着说那都是雪梅的命不好。

那埋着雪梅的山坡上，有人看到一个年轻后生在那里徘徊，手里拿着的拨浪鼓时而会摇晃出"当当当"的声音。

第七章
姐妹三人相继论嫁
即定终身灯影陪纺

转眼玉婵也到了该出嫁的年龄，雪梅的死在她心中留下了阴影，她对婚姻充满了恐惧，再也不敢对婚姻抱有憧憬。她亲眼看到不幸的婚姻杀死了雪梅，满脑子都是雪梅哭哭啼啼的样子和憔悴的神情。她从来不敢去想象自己的未来，娘说过的话经常在她耳边回荡："女孩子的菜籽命，撒到厚处就厚，撒到薄处就薄。"

她现在略懂了这句话的含意。雪梅就是被撒在岩石上干枯而死的。她想，也许自己前面就是万丈深渊，如果比雪梅还惨该怎么办？

她想，如果一辈子不嫁人该有多好。但事情不会按她的意愿发展，在她提心吊胆过着日子的时候，最不想发生的事情还是发生了。

那天家里来了几个客人，大人们都很忙碌，她和碧桃、菊萍在屋里做着针线活，国荣跑来悄悄对她说："四姐，有人来给你提亲了。"

她觉得自己的心跳到嗓子眼了，最可怕的事情还是发生了。

她六神无主，碧桃说："国荣，你去悄悄听听，看来的是谁家，在什么地方。"

"哎。"国荣答应着撒腿就跑了。

碧桃和菊萍看着她怪笑，一会儿，两人突然说起了顺口溜："傻大姐，不干活，嫁个驼背麻子加豁豁（当地人把兔唇叫豁）。"连说了几遍就在那儿哈哈大笑。玉婵没说她们，也没有追打她们。她终于克制不住自己的情绪了，眼泪掉了下来，两个姐姐都不敢说话了。

碧桃说："真没出息，哪个女娃不嫁人，有什么好哭的！"

玉婵哭得更伤心了，她边哭边说："你当然不哭了，谁不知道就你命好，许了一个好人家，家境好，又是个识文断字的秀才，我要是有你的命好，我也不哭。"

碧桃说："说不定你的命比我还好呢，现在什么都不知道，你先别哭了。"

玉婵的二姐、三姐都已经许了人家，二姐碧桃许给三十里以外的赵家庄。夫家姓赵，也是当地的一个大户，几代人都读过书，算是书香门第。丈夫在镇上的学校当校长。菊萍许得最远，许到一百多里地以外的县城边上，丈夫是个厚道的农民。

岁月证实，虽然碧桃嫁得最好，但她也和雪梅一样红颜薄命，嫁过去没几年就去世了。在她们姐妹四人中，最有福气的还是三姐菊萍，一辈子平平淡淡，没有经过多少苦难和波折，安稳地过完了自己的一生。

一会儿，国荣鬼头鬼脑地跑了进来，碧桃和菊萍急忙问："听到了吗？是哪儿的？快说！"

玉婵的心里非常着急，却又害怕听到结果。

国荣说："是花桥镇的，在街道上做生意。"

碧桃说:"快别难过了,很不错,将来能嫁到镇上去,就算是你的福了,离家也不算远,看来你的命比我和菊萍好多了。"

玉婵这时似乎觉得悬在半空的心才落了下来,但她还是觉得心里有点忐忑,毕竟她对自己的未来还是一无所知。

接下来的两个月,镇上说亲的又来了几次,双方家长对这桩婚事都很满意,于是玉婵的婚事就定下来了。玉婵只知道婆家姓贾,丈夫是个做生意的,在嫁过去之前她对丈夫的了解仅此而已。

玉婵家三姐妹的终身大事就这样都定下来了,碧桃和菊萍已经快做好"陪纺"了。她们的才能和智慧都在这些针线活里得以体现。玉婵以前都是帮姐姐们做,现在该给自己做了,于是她们三人展开"陪纺"大赛。以前雪梅的活做得最好,现在雪梅没了,就数玉婵做得最好。虽然玉婵年龄最小,但她的绣工是一流的。她在雪梅的熏陶下,也学会了画画,她的"陪纺"作品中绣的青山绿水、花鸟虫鱼,都是自己先画在绣布上再绣出来的。她做的千层底鞋又干净又漂亮,鞋底细细密密的针脚就像镶嵌在洁白的布面上的工整有序的珍珠,每双鞋都是一件工艺品。

夜色笼罩着云岭村,山林、田野和忙碌了一天的人们都已睡去。玉婵姐妹的闺房里昏暗的油灯在夜色中散发出温暖的光芒,姐妹三人的倩影映在窗户上,她们飞针走线,赶着自己的"陪纺"。她们把自己的青春绣了上去,把对生活的无限憧憬和希望绣了上去。她们的世界是狭小的,但却是平静无忧的。在以后的岁月里,在饱尝了人生的艰辛之后,她们才知道年少时是多么幸福,少女时代成了她们记忆深处一个温暖的梦,她们真想沉浸在这个梦里永远不要醒来。

碧桃和菊萍相继出嫁了,玉婵的婚期也定了下来。玉婵感觉恐惧又向她袭来,她真想把时光留住。

每天她都会在娘身边说不想出嫁，可娘每次都说："瓜娃子，哪有女孩子不找婆家的。你的命不错，贾家是个正经人家，女婿也是个很能干的生意人，去了好好过日子，你二姐、三姐现在过得都很好。你们一个个成家了，我也就省心了。"

玉婵的恐惧在娘的安慰下慢慢减少，她也开始幻想了，幻想丈夫的模样，幻想自己做新娘子时的模样。

玉婵独自一人在森林里疾步行走，穿过森林，跨过河流，爬上陡峭的山崖。冥冥之中好像前面有个男子在牵引着她，她努力想看清对方的模样，但怎么都看不清，只听那人不停地叫着："玉婵，玉婵，上来，上来呀……"

她拼命地朝那个方向攀登，但不管多么用力，始终爬不上去，她朝那人喊："帮帮我，拉我一把。"

那人伸手要拉玉婵，但却怎么都够不着，他不停地喊："玉婵，上来……"

当她使出全身力量往上爬时，脚底下却踏空了，她跌入了万丈深渊，耳边"呼呼"地吹着凉风，身体一直往下沉，她吓坏了，拼命地大声呼喊……

"玉婵，玉婵醒醒。"她猛地睁眼，发现娘在旁边摇晃她。

"你做梦了吗？怎么大喊大叫？"

"做了个噩梦，梦见我掉下山崖了。"

"那是你太紧张了，没事的，别自己吓自己。"

虽然梦中那男子的容貌是模糊的，但她能清楚地感觉到他的笑容，耳边回响着他叫自己的声音。这个梦清晰地留在了玉婵的记忆里。

第八章
惶恐之中婚期来临
喜结良缘玉婵出嫁

玉婵出嫁的日子到了。按当地的风俗，婚嫁喜事分两天进行，头一天在女方家喝酒，女方家宴请所有的亲戚、朋友、乡村伙子，并招待来接亲的人。第二天把新媳妇接到婆家后，婆家再宴请他们的亲戚、朋友、乡村伙子。

玉婵的七大姑、八大姨、堂姐、表姐、亲姐提前几天就从各自的婆家赶来了，娘家有这样的喜事，她们觉得比过年还高兴。这是她们平常少有的可以回娘家的理由，也是可以和其他姐妹团聚的时候。

结婚那天，玉婵和姑姑、姨、姐妹们都很忙碌，她们把做好的"陪纺"精心地检查了一遍，看看还缺少什么，还要把它们归类，把做好的鞋垫一双双放进鞋子里，把所有的嫁妆、鞋子、绣枕等放进接亲的人背来的大红木箱里，挑选出最好的绣枕，用针缝在新做的绸缎被上，最少也要缝十几对。这些东西都要在婆家的婚宴上摆放，要让婆家所有的宾客观赏，以此来评判这家新媳妇是否聪明能干。那天很快就在闹哄哄中过去了。

第二天天还不亮，全家人都早起了，玉婵是这天的主角，所有人都围着她转。她穿上她娘为她缝的枣红色的上衣、深蓝色的裤子，姐姐们帮她描了眉，搽了粉，抹了胭脂，娘把她乌黑的大辫子盘在脑后，并插上了吊着长穗的银簪。她被打扮得光彩照人。

看着镜子里自己俊俏的脸庞，玉婵心里美滋滋的。原先困扰她的恐惧感莫名地消失了，她突然有了一种幸福的感觉，这让她觉得心情很好。虽然玉婵对前途一无所知，但这个喜庆的气氛和众星捧月的感觉让她非常高兴。她好像是为别人的事高兴，忘了自己要去干什么。

打扮完后，她娘给她端来一碗炒鸡蛋说："快吃了，你今天一天只能吃这个，也就吃这一顿饭。出了这个门之后，你的脚一天都不能着地，一直要坐在炕上，新媳妇脚着地，后半生要受苦。"

玉婵接过娘手中的碗吃了鸡蛋，心里想不明白，别人吃酒席为什么不让她吃？碧桃这时小声对她说："你吃别的要上茅房，吃这个不上茅房。"说完她们几个都笑了。

尽管她做到了结婚那天脚没落地，但还是在以后的岁月中尝遍了世间所有的苦难。

吃完早饭后，唢呐队吹响欢快的曲子，接亲的人到正房里上了香，拜了先人。他们把带来的两罐酒交到玉婵爹的手中。玉婵爹把陶瓷酒瓶上的木塞拔掉，把酒倒到准备好的木盆里，又舀来了一马勺水灌进刚腾空的一个酒瓶里，另一个酒瓶里装进去几把小麦，然后用木塞塞好瓶口，瓶口各绑一根红绸布，弄好后把两个酒瓶交到接亲人的手中，让他们带到玉婵的婆家去。这两瓶东西里面装着爹对女儿的牵挂和祝福，他希望女儿嫁过去后吃喝不愁、幸福美满。

玉婵过来上了香，拜了先人，然后她给祖母和爹娘每人磕了三个响头。这时她才意识到将要离开自己的亲人，离开这片亲切的土地，去面对新的人生。突然之间，她的喉咙哽咽，泪花闪闪，几句话卡在喉咙，哽咽着说了出来："婆、爹、娘，女儿不能在你们身边孝敬你们了，你们要多保重。"说完已泣不成声。

玉婵的娘也跟着抹起了眼泪。

祖母严肃的脸上露出少有的忧伤，她说："快擦干眼泪，大喜的日子不吉利，你高高兴兴地去吧。"

在唢呐声声鞭炮齐鸣中，迎亲的队伍出发了。八个背箱子的走在前面，他们八个人背着四只大红木箱子，里面装着玉婵的所有嫁妆，路远，要换着背。接下来是唢呐队，四个唢呐手鼓着腮帮，摇晃着脑袋，吹着喜气洋洋的乐曲，一摇三晃地向前走着。

玉婵被她的堂哥背出去扶上马，按乡俗应该是亲兄弟背，但两个弟弟年幼，只好让堂哥背。她头上盖着大红盖头，大弟国昌背上背着一个大包袱，手中牵着马，二弟国荣也背着一个大包袱跟在马后。伯父、叔父、堂哥、堂弟、乡村伙子里的男人们，共几十个人组成的送亲队伍跟在后面，浩浩荡荡地走过村口的大柏树，沿着蜿蜒的山路向花桥镇走去。

几个时辰后，在一片鞭炮声中，他们到了。

一群孩子大声喊着："新媳妇来了，看新媳妇了。"

此时各种声音交织在一起，有划拳声，有嬉笑声，有执事总管的命令声，有碗碟碰撞声，还有唢呐声。

玉婵什么也看不见。有个人来到马跟前，她从盖头下面看见他穿着新鞋，穿着崭新的卡色长袍。这人用一双有力的手把她从马上抱了下来，一直抱进屋子，放在炕上，然后就走了。她惊魂未定，只觉得脸上火辣辣的。她长这么大，第一次和一个陌生男人离这么近。她想，这个人一定是她的丈夫。

接亲的队伍进院后，伙子里人帮忙把四个大木箱子摆放在帐子外面的院子边上。

总管大声喊着："羊头在哪儿？羊头羊尾是哪个？"

送亲的人把国昌和国荣推到前面说："在这儿，这是羊头和羊尾。"

总管大声喊："新女婿，过来给羊喂草。"

一个穿着新衣服的年轻人被众人推了过来，看来他就是新郎官。他头戴瓜皮小帽，身穿卡色长袍、黑色裤子，脚穿崭新的毛底布鞋，中等身材，皮肤白净，浓密的眉毛下有一双不大却有神的眼睛。他微笑着走到国昌和国荣面前，说："二位受累了，我这儿给羊头羊尾添点草料。"说着从口袋里掏出两个银圆，给国昌和国荣每人一个。

总管大声喊："羊头羊尾吃饱了没？"

送亲的人齐声回答："没有，才垫了个底。"

总管又说："新女婿，再喂。"

新郎官又掏出两个银圆给国昌和国荣每人一个，他说："我给羊头羊尾再添点麦麸。"国昌和国荣高兴地接了过去。

总管又喊："羊头羊尾差不多了吧？"

送亲的人齐声喊："才七成饱，还不行。"

总管大声说："新女婿，扯展（多）喂，羊喂不饱后面的事情没法弄。"

新郎官又掏出四个银圆，给国昌和国荣每人两个，说道："二位羊头，这次的料是纯粮食的，再不饱我就没啥喂的了。"

国昌不等送亲的帮手发话，就连声说："饱了饱了。"其他人一阵大笑。

总管又说："羊吃饱了把箱子上的钥匙掏出来，包袱怕要放下了。"

国昌和国荣这才取下背在背上的包袱，交给帮忙的伙子里人。国昌从口袋里掏出钥匙给总管。劳客们把送亲的人安顿在席上。

几个女人打开大红木箱子，把箱子里装的玉婵辛劳了一年做出来的"陪纺"摆了出来。箱子旁边一下子围了好多看"陪纺"的人，他们一个个脸上露出了惊喜的神色。绣枕上的图案生动有趣，绣工精巧别致，内容有飞禽走兽、花鸟鱼虫、风景人物；布鞋款式多样，一看就功底扎实；鞋垫做得轻巧美观，针脚工整。

看"陪纺"的人一拨接着一拨，看过的人都在赞叹，说云岭村李家的女子名不虚传，贾家娶了个心灵手巧的媳妇。

玉婵静静地坐在炕上，听着外面的喧闹声，心里充满了好奇，想象着外面的人都在干什么。她悄悄掀起盖头，把屋里打量了一番。这是三间宽敞的房子，炕的一端朝墙，另一端是用木板雕花做成的隔墙，把卧室和正屋分割开来。她透过雕刻精美的窗花，看到宽敞明亮的正屋，正屋里摆放着一张漆黑油亮的长条桌，条桌前面是一张同样光亮的八仙桌，两边各一把太师椅，桌上摆放着一个雕刻精美的灯壁，灯壁两边各放着一只泛着白光的瓷花瓶，灯壁前面的香炉里三支香正在燃烧着，三股青烟丝丝袅袅，散发着淡淡的香味。

这些家具比娘家祖母屋里的都精美，这让她不由得心中一惊。玉婵没想到在自己的新房里会摆放着比祖母屋里还好的家具，她原以为只有年长的人屋里才能摆放上等的家具，看来这家人比娘家要富裕些。但她又一想，这些不重要，当年大姐雪梅嫁的肖家也很富裕，但却遇人不淑，葬送了自己的性命。想到这里，她紧张起来，不知道命运将赐给她怎样的丈夫和公婆，她心情忐忑地放下了盖头，乖乖地坐在炕上，静静地听着外面此起彼伏的声音。

不知过了多久，外面的人好像都散了，天也快黑了。这时进来一个人。她的心跳得厉害，她坐着一动不动。他来到炕边坐了下来，一个厚重的带有磁性的男声说："你还真老实，一直盖着那东西不闷啊？"说着取掉了盖头。

她眼前一亮，他们互相看了对方一眼。这就是命运赐给她的丈夫，一个白净利落的青年，眼睛小小的，个子不高却魁梧健壮，穿着卡色的新长袍，脖子和袖口露出了衬衫的白边，看起来很精神。他就是玉婵的丈夫贾映之。

映之说："早就听说云岭李家的女子美若天仙，看来果然名不虚传。老天眷顾，让我把仙女娶回家了。"说完他轻轻一笑。

玉婵不知道该说什么，但她觉得心里暖暖的。眼前这个人有种似曾相识的感觉，好像在梦中见过一般。看来结婚没有她想的那么可怕，她对这个人没有一丝的陌生和恐惧。

映之又说："结个婚太累了，也没顾上来看看你，你饿坏了吧？想吃啥，我去厨房给你取。"

玉婵早就饥肠辘辘了，但她不好意思说，只是淡淡地说："不太饿。"

映之看着满脸羞怯的玉婵，轻轻一笑说："怎么会呢？你都一天没吃饭了，我这会儿也饿了，我去找点吃的来，我们一起吃。"

  映之说完就出门去了厨房。玉婵想下地走走，但她想起母亲的话，今天一整天都不能下地，脚挨地了后半生要受苦。她只好站在炕上，活动了一下僵硬的身体。她想着刚才的情景，心中不由得一阵欣喜，她想象了无数遍夫君的模样，都不是眼前这个样子，映之进来的前一刻她紧张得要命，能感觉到手心都出汗了，但当他站到面前时，却一点都不紧张了，一切都是那么自然。他的微笑、言谈都让她感到亲切，想着想着她偷偷地笑了起来，又猛地觉察到自己的失态，突然觉得脸上发烫，立马坐了下来，静静地等着映之。

  映之端着两个碟子进来了，他把碟子放在炕桌上，一个碟子里是凉拌洋芋片，另一个碟子里是几个蒸馍。

  他说："厨房里现成的就这个，你看能行不？不行我再去看看。"

  玉婵赶紧说："能行的，我就爱吃洋芋片。"

  映之把筷子递给玉婵，说："那就快吃吧，你一定饿坏了。"

  玉婵拿过筷子却不好意思吃，映之也拿着筷子，但只是盯着玉婵看。玉婵更加觉得难为情了，低着头不知如何是好。

  映之看出了玉婵的窘迫，也感觉到自己的失态，他又轻轻一笑，拿起筷子先吃了起来。他边吃边说："那你不吃就看着我吃，等我吃完了一口口地喂你吃。"

  玉婵的脸越来越红了，她拿起筷子说："那不必了，我自己吃吧。"说着夹了一口菜放到嘴里。

  映之又放下筷子盯着玉婵看，他边看边说："其实我这会儿不必吃了，你知道秀色可餐吗？"

  玉婵不懂是啥意思，轻轻地摇了摇头。

49

映之说："就是说，当你眼前坐着个美人时，看着看着就忘记了吃饭，也就饱了。"

玉婵听他这么一解释，不由得笑了笑，大方地吃了起来，边吃边说："那还好，以后吃饭的时候我吃你看着，这样还能给家里省一些。"

洞房里的气氛轻松愉快，桌上红烛燃烧得正欢，流淌的红色液体弥漫着浪漫、温馨，一见钟情的幸福填满了这个温暖的小屋，扩散在小院的各个角落……

第九章
柳絮轻风流水花桥
经商人家映承祖业

天刚刚亮,玉婵就醒了。看着身边熟睡的映之,想着他的柔情、洒脱和风趣,她的心就像吃了蜜一般甜。她感谢上苍,让她嫁了一个称心如意的丈夫,她将和他一起共度今后的岁月,她对自己的未来充满了信心,而且保证一定要做一个好妻子、好儿媳。想到这里,她轻轻地起身,穿衣下地,准备去做该做的事情。

她走到院子里,打量了一下这个四合院。院子方方正正,四面各有三间房子,她和映之的新房在院子的南边,她想着北房的正屋里应该住着祖父和祖母,但东房和西房里住着谁她还不太清楚。映之昨天晚上给她简单地说过家里的人。她将要和这一大家人一起生活了,不由得心里又紧张起来。

她走进厨房,麻利地生火烧水,她要先烧一锅热水好让一家老小起来后洗漱。灶膛里的火着了后,她塞了足够的柴火,在烧水的同时,她又拿着扫把打扫院子。院子扫完水也烧好了,她看见祖父从大门里进来了。看来祖父起得比她还早,已经出门溜了一圈回来了。她往盆里舀了热水,准备给祖父端过去让他洗脸,但她却紧张得两腿发抖,默默地给自己打气:"别慌,丑媳妇迟早会见公婆的。"她咬着牙,把热水端进正面堂屋里祖父和祖母的房间。

她头都不敢抬,进门就说道:"爷,你起来了,这是洗脸水,你洗洗吧。"

"嗯,放那儿。"爷爷一脸严肃地说。

她正想快步溜出门,却听到祖母在叫她:"孙媳妇,过来,到婆跟前来,我瞧瞧。"

她抬头看到祖母盘腿坐在炕上,正满脸慈祥地盯着她看。她怯怯地走了过去,到了祖母的炕边。

祖母拉着她的手,让她坐在炕沿上,说道:"真是个俊媳妇,叫啥名儿?"

玉婵说:"婆,我叫玉婵。"

"玉婵,名儿也好听,去忙吧。"祖母微笑着说。

玉婵顺手端走了祖父洗完脸的水,又去给祖母端水。

当她伺候完祖父和祖母洗漱的时候,全家人都起来了。她手忙脚乱地开始准备早饭。

她拌了一锅拌汤,热了蒸馍,又切了萝卜丝拌成小菜。做好后她叫来映之,让他陪着她去给各个长辈端饭——她分不清各个屋里住的人,让映之给她带路,最主要的是想让映之给她壮壮胆,她独自一人不敢进几个长辈的屋子。

映之陪着她先给正房屋的祖父和祖母端了去。然后给右边侧房屋里的公公婆婆端了去，公公看上去很随和，而婆婆却很威严，她怕得大气都不敢出。小姑映月和小叔映庚围着她叫嫂子，才让她感觉轻松了一些。最后她又给左边侧房屋里的二娘端了去，映庚悄悄告诉她，二娘是他爹的小妾，大妹映红是二娘生的。

她进屋叫着二娘，二娘对她说："以后别给我端了，我自己去厨房端。"

玉婵说没事的，她会给二娘端过来的。二娘比婆婆随和得多。

映红叫玉婵嫂子，说要帮忙洗碗去。玉婵说不用了，她能忙得过来。

玉婵在婆家开始了她的新生活，她由一个不谙世事的女孩子变成了一个小媳妇，尽管对于怎么做好媳妇她已经在娘家接受了十余载的说教，也尽管她有扎实的缝衣做饭的功底，但现在她还是会感到力不从心。她每天伺候公婆的公婆、自己的公婆、公公的小妾，还有一个小叔子、两个小姑子。她只要看到两代公婆五个长辈两条腿就发抖，从来不敢在他们面前多说一句话。

她最怕给他们端茶端饭，但每天必须去三趟——早、中、晚各一趟。一天干完这三件事，她才会如释重负。

她每天都有干不完的活，自从走进这个家门，厨房里的事就都是她的了。十来口人的一日三餐都由她精心去做，老少两位公公和三位婆婆对吃饭特别挑剔，凉的、热的、炒的、炸的、蒸的、煮的、荤的、素的各有各的样，但这些都难不住她，她是个聪明好学的人，如果哪个地方做得不太好，只要两个婆婆一个祖母轻轻指点，她就会了，而且从来不让她们说第二次。她每天干着她的活，晚上盼望着映之做完生意早点回家。

映之家不是土生土长的本地人,他们是从陕西搬迁来的——映之的祖父来这个镇上做生意,看到当时的花桥镇很繁荣,适合做生意,就从陕西老家把妻儿接来,在这里安了家。

映之祖父只有一个儿子,就是映之的爹。祖父早些年主要做棉花生意。

映之的爹是在陕西长大的,来花桥镇之后成的家。他有两房太太,四个孩子。映之的母亲是正房,生了三个孩子,两男一女,老大就是映之,老三叫映月,老四叫映庚;映之爹的小妾生了一个女儿,排行老二,叫映红。他们在这个镇子上没有其他的族人和亲戚,所以映之的家和玉婵的娘家比起来人口并不多。

映之家三代经商,映之祖父老了就想把生意交给儿子,但映之爹不喜欢做生意,却喜欢唱秦腔。他在陕西老家学会唱秦腔,那儿的老老少少都会唱戏,映之爹对唱戏越唱越着迷,对做生意却提不起兴趣,也疏于打理。映之祖父非常生气,但也没有办法,眼看自己就要跑不动了,祖业后继无人,他心有不甘,就早早地培养孙子映之,映之在十岁时就跟祖父学做生意,他很聪明,十三岁时就开始走南闯北了。在他和玉婵成亲时,他已经是一个非常老练的商人了,家里的生意全都交给他打理,祖父也不过问了。他爹成天沉迷在戏曲里,四处去唱戏。映之早早地就成了家里的顶梁柱。

花桥镇是一个四面环山的山区小镇,东面的堡子山是周围最高的山峰,站在堡子山上向下看,花桥镇就像一口锅。在锅底的部位密密麻麻地盖着许多房屋,那就是小镇的中心。小镇有一条小河从北向南哗哗流过,河两岸生长着粗壮的柳树,河道里是一块块被水冲刷得干干净净的青石板,有的沉在河底,有的高出水面,除青石板外还有大大小小无数的石头分布在河道中，石头的阻挡使河水撞出白色的浪花。小河时而平缓、时而湍急地流过小镇，绕过几个村庄后，汇入几十千米外的犀牛江。小河把镇子分成东西两部分，这两部分由一座廊亭式的木桥连接，桥的东边叫桥东，西边叫桥西。

这是一座廊亭式的木桥，始建于同治年间，后因战乱被破坏，于宣统元年由过路的客商捐资重建，修好后起名为复原桥。复原桥由石板和木料建成，桥的下面均匀地分布着三个由石头垒起来的四方形的桥墩，桥面由木板铺成，桥身是一个木质廊亭，连接了东西两座亭子。两座亭子各有两层八个飞檐，飞檐上挂着八个风铃，在风中叮当作响。廊亭顶子上面的木椽上铺着青瓦，使木桥免遭风雨的侵蚀，同时，还可供人们乘凉歇脚。桥的边沿是木质栏杆，栏杆内侧是两排可以坐的木质桥沿。廊亭做工精美，横梁、桥身到处刻着花纹，内容包罗万象，有飞禽走兽、花鸟鱼虫，而且都雕刻精美。与其说是桥，还不如说是一件艺术品，当地人叫它花桥子。这座桥也成为镇子的文化娱乐中心，花桥镇就因此而得名。

花桥镇虽然看起来不大，只有两三百户人家，但在当时却很繁华，它是连接陕西、四川、甘肃三省的交通要道，人称"小码头"。在没有公路，更没有汽车的年代，人们出门办事、做生意、走亲访友都是人背马驮，镇上每天都有过往的客商和驼队。客商和驼队有它们固定的路线和站点，一般在哪儿吃饭、住宿都有规律，花桥镇就是客商们吃午饭的地方。镇上有几家卖吃食的很有名气，比如刘家扯面、王家烧鸡、何家锅盔火烧、王家豆腐炝包、刘家酒铺子，都是远近闻名的。客商们在这儿吃过午饭后，买点锅盔或者火烧就上路了——在这儿买的干粮必须够他们吃到下一个驿站。

映之的杂货铺在桥西,当时方圆几十里以内的人都知道贾家铺子,它和刘家扯面、王家烧鸡一样有名。

映之祖父开店的时候,货的品种很有限,主要是棉花和盐。到映之管理时,铺面的规模已经很大了。他除了经营那两个主要品种以外,还经营茶叶、水烟、煤油、布匹等,主要靠盐和茶叶挣钱,但煤油是远近独营。在这之前,全镇人照明都用清油灯,贾家铺子经营煤油之后,镇上才开始流行煤油灯。

杂货铺里间是一条长长的走廊,有十多米长,穿过走廊,就是一个四合院,那就是映之的家。

第十章
草帽灯下生意兴隆
举案齐眉平静和美

夏天的傍晚，可能在酝酿着一场雨，屋子里闷热难耐，人们陆陆续续走出家门，在廊桥上吹着顺河飘来的丝丝凉风。女人们坐在桥沿边纳着鞋底，男人们蹲在桥头说着闲话。

映之爹出来溜达了一圈，桥上的人们怂恿他唱一段。映之爹瞅了瞅即将黑下来的天空说："桥上一会儿就黑麻窟的了，到我家门口唱去。"

一群人跟着他到了杂货店门口，他点亮门口的草帽灯（一盏煤油灯放在一个四方形的玻璃罩内，上面扣了一个草帽型的罩子，用一个挂钩挂在屋檐下），草帽灯立即把半条街照得通明。大人小孩聚了过来，无数的蝇虫也在草帽灯周围飞来飞去。

映之爹清了清嗓子，有板有眼地唱起了他的拿手好戏《雁塔寺祭灵》。他唱的是唐明皇，只听他字正腔圆地唱道："唐明王出京来天摇地动，满朝的文武臣送王出京，头戴上交天翅百鸟朝凤，身穿上斩黄袍外绣白绫。腰系蓝玉带八宝糌定，足蹬上虎皮靴下坠金钉。打一把皇罗伞把王罩定，随带着保驾官名叫赵忠。打坐在车辇上往前行走……"

　　唱的人一招一式融入角色，听的人摇头晃脑如痴如醉。干完活的玉婵听到外面有唱戏声，也拿着手里的针线活出来了，边纳着鞋底，边听着公公唱戏。听着听着她就朝人群外望一眼，想着出门进货的映之啥时候才能回来。

　　没有看见映之却看到遛弯的祖父过来了。祖父阴沉着脸从人群中走了过来，欲进门时却站在门口狠狠地吸了两口水烟，深陷进去的眼珠瞪得溜圆，瞅了一眼抬起腿正在做行走姿势的映之爹，突然举起水烟锅朝他扔了出去，嘴里骂道："不务正业的东西，丢人现眼！"

　　水烟锅砸在映之爹的脑袋上，映之爹摸着脑袋瞅了一眼他爹，停顿了一下，看他爹背着手进了杂货店，他继续唱完后面的半句："哭了声武昭阳朕的梓童……"但明显降低了声调。

　　他爹已经进了铺子从走廊里回去了。他停顿了一会儿，心里纠结着唱还是不唱了，但观众热情不减，嚷着说没事了，让他接着唱。

　　他又唱了起来："自那年河南省干戈未定……"

　　玉婵已经不敢继续听戏了，她悄悄地捡起公公脚下的水烟锅，进了杂货铺，溜回家。

　　映之的生意做得很辛苦，他三五天就得去进一次货，进货的地点很分散，一个地方就进一种货。他进盐要往西走，去一百多里外的盐关镇；进茶叶和水烟往东走，去七十里外的新谷县，他店里的水烟和茶叶只卖有名气的马俊川水烟和鸡鸣寺茶叶，但这两种货新谷县城经常会短缺，为了保证自己店里货物的质量，映之从来不进杂牌的水烟和茶叶，他会去千里之外的兰州进马俊川水烟，去陕西进鸡鸣寺茶叶；进煤油往北走，去二百里外的天水。他一年有三分之二的时间是赶着骡子在东南西北之间来回奔走。那份家业是用他的心血和汗水浇灌成的。

他爱他的事业，爱他的家庭，更爱他的媳妇。他很少说话，但心里有一幅宏伟蓝图。在夜深人静时，他会讲给玉婵听："玉婵，你知道我的理想是啥吗？我要把生意越做越大，要把花桥镇的半条街都买下来，我不想再让人说我们是外地人，我要做花桥镇真正的主人，要让全家人过上更好的日子。"

玉婵喜欢面前这个有抱负的男人，她为他感到自豪，想到映之不顾自己的身体日夜操劳，她又心疼又怨恨："看把你能的，世上的钱是赚不完的，身体比啥都重要，我不想你能挣多少钱，只想让你别太劳累，爱惜自己的身体，我们一家人平平安安地在一起比啥都强。"

映之听到玉婵的一番话，心里美滋滋的，但嘴里却说："我知道你心疼我，但人在江湖，身不由己，你看家里这老老小小都要吃穿用度，将来咱们还要生一大堆孩子，我要让我的孩子过最好的生活。"

每每想到这些，他就会非常激动，就会觉得有使不完的劲，就会把所有的困难和劳累都踩在脚下，向着理想而奋斗。

去兰州进水烟时，他看到兰州大街上最流行的英丹兰布料，立即给玉婵和映月、映红各买了一块。心灵手巧的玉婵给自己做了件英丹兰的上衣，得体的剪裁配上盘成蝴蝶的扣子，穿在俊俏的玉婵身上把皮肤衬得更加白皙，显得清丽婉约，楚楚动人。映月和映红看到玉婵的衣服好看，也要她给她们做成一样的。玉婵也给她们做了同样的衣服。

映之喜欢看到打扮得漂漂亮亮的玉婵在他眼前晃动，他要让玉婵成为最幸福的女人，这也是他终日操劳的意义和动力。

幸福的日子总是过得很快，转眼间他们添了一对儿女，怀玉和惜玉。

玉婵的生活又增添了新的色彩，一个四世同堂的大家庭过得安定而祥和。玉婵不再惧怕五位老人，她和小叔子、小姑子处得很融洽。小姑子映红十四岁、映月十三岁、小叔映庚才九岁，他们每天围着玉婵转，特别是映庚，整天跟在玉婵后面，晚上也要和怀玉、惜玉一起睡在玉婵的炕上。玉婵很疼爱他们，给小姑子梳头，教她们做针线；给小叔子洗脸洗脚，做鞋做衣服，并辛苦地养育自己幼小的两个孩子，每天忙得不亦乐乎。

傍晚，干完家务活的玉婵抱着惜玉到杂货店里。映之去进货了，映红帮着看守杂货店。

玉婵说："映红，你进去休息吧，我在这儿看着，说不定你哥今晚回来。"

"嫂子，我俩一起等哥哥吧。"

"不了，你在这儿累了一天，快进去早点歇着，你哥啥时回来也说不准。"

"那好吧。"映红答应着回去休息了。

玉婵边哄惜玉睡觉，边在店里等映之。一直等到了天黑，眼看着街上行人稀少，她想也不会有人来买东西了，就关了店门。玉婵把睡着了的惜玉抱回自己的房间，放到炕上。她又照顾怀玉睡下。

眼看两个孩子都已熟睡，她却没有一丝睡意。她走出了房屋，随手关好门，一个人出去走走。

深秋的夜晚，风中已经带着凉意，月光冷冷地洒在街道上，偶尔有一两个人行色匆匆地走过。玉婵走到花桥上，白天喧闹了一天的花桥镇，在这夜色中格外安静，唯有河水不知疲倦地流淌着。

玉婵一次次地看着远处的街道，但街道的那头空无一人。她缓缓地在宽宽的桥沿上坐下来，想着映之这会儿应该快回来了，说不定已经走到镇子东头了。

过了许久，街道那头终于出现一个牵着牲口的人影，只见那个人在月光中行色匆匆地朝这边走来。玉婵急切地站了起来："映之，是你吗？"

"哎，是我。"

映之看到桥上的玉婵，加快步伐走到玉婵面前，说："天这么凉，你咋到这儿来了？"说着脱下外套披在玉婵身上。

"睡不着，在这儿等你。累了吧，快坐下歇会儿。"玉婵拉映之坐在桥沿上，"我想着你今天该回来了，路上顺利吧？"她边说边牵过映之手中的骡了，拴在桥头的柳树下。

"顺利。"映之说。

玉婵走过去坐在映之身边，映之从贴身的口袋里摸出了一样东西，对玉婵说："把手伸过来。"

"什么？"

一对泛着光的银镯子戴在玉婵圆润的手腕上。玉婵心里像吃了蜜一样甜，但嘴上却说："花这钱干啥，瞧你挣钱也不容易，以后别再胡花了。"

"这能花几个钱，再说我挣钱不就是给你和孩子们花的吗？"

一股暖流盈在玉婵的心头，让她的身体变得柔软无力，她不由自主地靠在映之的身上，头枕在映之的肩膀上。她感觉自己是天下最幸福的女人，生活原来如此美好。

她轻声对映之说："我想下辈子还做女人，但只做你的女人。"

映之转过身，双手捧起玉婵皎月般的脸庞，眼中闪烁着泪花，动情地说："我下辈子还做男人，也只做你的男人，但我怕我找不见你，得盖个章才行。"说着他的嘴压在玉婵的唇上，顿时幸福的琼浆像决堤的潮水将二人吞没。

小河水哗哗地流淌着，月光洒满河面，似乎这一切都被这柔情的小夫妻感染了。河水越流越快，月光越来越柔，桥上吹过的阵阵凉风和飞檐上清脆的风铃提醒他们该回家了。

"夜越来越凉了，咱们回去吧。"玉婵说着拉起映之的手，映之牵上拴在桥头柳树下的骡子，两人说说笑笑地回去了，身后是被月光拉得长长的依偎在一起的影子。

第十一章
崩血分娩碧桃早逝
姐夫续弦小姑易嫁

嫁到赵家庄的碧桃经常带着儿子选儿到镇子上来。她的丈夫赵秉先在镇上的学校当校长，赵秉先事务繁忙时，她就到玉婵家来串门。

碧桃嫁到赵家后，小两口日子过得滋润和美。温文尔雅的赵秉先对她体贴照顾，加上家底殷实，原本单薄羸弱的碧桃出落得红润丰满，再加上得体的打扮，初为人妇的她给人一种华丽贵气的感觉。

她每次到玉婵家里来时，玉婵总有干不完的活，要么在厨房里忙活，要么在打扫庭院收拾屋子，或者就是在纺线织布、做鞋缝衣。碧桃心疼地对玉婵说："妹子，你就没有一点清闲的时间吗？这样下去你的身体受得了吗？妹夫的生意做得那么好，让他雇个人来帮你干活吧。"

玉婵轻轻一笑说："这点活我还是能干的，映之在外面挣点钱不容易，他吃的苦比我多得多，我怎么能给他再加负担！我们家与你们家不同，你家里家大业大，根基深，老祖宗给你们留下的都用不完；我们家根基太浅，啥都要映之一人汗珠子摔八瓣地往回挣，我不体谅他还有谁能体谅他呢？再说了，我也没觉得累，能有现在这样的日子我已经很满足了。"

碧桃听玉婵这么说，轻轻叹息了一声说："哎，也是的，比起我们可怜的大姐，我们两人的命运还是不错的！"

这又勾起了姐妹二人的伤心事，她们想起了雪梅。雪梅是多么优秀美丽，对她们又是多么关心。想起姐妹四人共度的美好时光，二人不觉得又潸然泪下。

赵秉先家里常年雇着用人，碧桃自嫁到赵家后很少干家务，但到玉婵家来，她总是忍不住要帮玉婵干活。她心疼这个最小的妹妹。

玉婵的两个小姑映红和映月也喜欢碧桃，特别是映月。她看碧桃的发型好看，穿的衣服款式也好看，她喜欢缠着碧桃给她梳头，偶尔也会向她要两个小头饰。映红会缠着碧桃学绣花，虽然玉婵的绣工一流，但她总是有干不完的活，很少有时间闲下来教她绣花。碧桃像喜欢自己的亲妹妹一样喜欢这两个姑娘。

赵秉先得空也经常到玉婵家来，映之从小做生意，读的书少，但他喜欢和读书人来往，他好学的本性使他无时无刻都想增加学识。赵秉先也喜欢映之的真诚和坦率，两个连襟互相吸引着，每次见面都有说不完的话题。他们谈学问，谈生意，谈局势。

映之被赵秉先激进的思想感染着，影响着，他不由得也开始关心国家和民族的前途。

怀了二胎的碧桃眼看月份慢慢大了，赵秉先骑着马把她和选儿送回赵家庄，让碧桃在家里安心待产。临走时玉婵把碧桃送到镇子西头，叮嘱她一定要小心，别磕着碰着，坐月子别着凉，别害怕，瓜熟自落，孩子生下了捎个信来。然后目送他们回去了。

但这却成了她们姐妹俩的诀别。

玉婵正在灶房里蒸馍馍，映红跑进来说她娘家来人了，她急忙出去看，是大弟国昌。国昌阴沉着脸，不祥的预感向她袭来，她紧张地问："出什么事了吗？"

国昌半天没说话，但她看到他眼中的泪花，在她焦急地追问下，他哭着说："二姐死了！是生孩子时难产死的。"

她觉得头皮发麻，两腿发软，半天才哭出声来："为什么？为什么会这样？老天爷，你已经夺去了我的大姐，怎么又来要我二姐的命？"

她哭得背过气。映红已经从铺子里把映之叫回来了。映之安慰了几句，就去给马备鞍子，然后把家里的事交代了一下，把玉婵扶上马，和国昌一起直奔赵家庄。

赵家上下一片悲恸，玉婵到了又是一阵天昏地暗的哭泣。她不相信生命会如此脆弱，碧桃嫁了一个如意郎君，幸福的生活才刚刚开始，怎么就走了？她撇下爹娘和亲人，撇下了年幼的选儿和这个刚刚出生的孩子，还有才貌双全的丈夫。她是孩子顺利生下后死的，但她却永远看不到了。她死是因为大出血，几个当地郎中束手无策。

又一个年轻的生命在世间消失了。

办完丧事，映之和玉婵怀着沉重的心情回到家里。雪梅的离世让玉婵看到的是对婚姻的恐惧，而碧桃的离世让她感觉到生命的脆弱，同时也发觉生命的伟大，一个新生命的到来，是母亲用自己的生命在死亡线上搏击的结果，这让她更加爱自己的孩子，珍惜和家人在一起共度的每一天。玉婵的生活中又多了牵挂，对那个刚生下来就没了娘的孩子和年幼的选儿的牵挂。

一晃又是几年过去了，玉婵又生下了一男一女两个孩子，分别是怀力和惜兰。她原本辛苦的生活更加忙碌了，每天忙得脚不着地，像风车一样转个不停。

映之的爷爷奶奶相继去世了，两个小姑子也长大了。映红憨厚老实，加上是偏房所生，所以在家里干的活多些。她是玉婵的主要帮手，看孩子、做饭、洗衣服她都帮玉婵干，但眼看着她快找婆家了，玉婵真是有点舍不得。

映月比映红小一岁，也是个大姑娘了。她比映红要娇气得多，人也机灵，是爹娘的掌上明珠，她除了做针线活什么也不干，成天在她娘身边做大小姐。

碧桃去世后，选儿常年跟着赵秉先在镇子上生活。那个碧桃用生命换来的孩子遥儿在赵家庄由他的祖母带着。赵秉先事务较多，选儿经常由玉婵照看，他和怀玉、惜玉一起长大。赵秉先有空了就来玉婵家接选儿回学校，没空的时候都是玉婵让映红把选儿送回去。映红性格柔和，她很喜欢选儿，选儿也很喜欢映红，他跟着怀玉和惜玉一起叫映红姑姑。

善良文静的映红给赵秉先留下了深刻的印象，他对映红有了好感，特别是看到映红和选儿亲密相处时，便对映红产生了爱怜之心。他想娶映红为妻，觉得应该给选儿和遥儿再找个娘，而映红是他理想的人选。但他思想上又有顾虑，毕竟是续弦，不知道贾家会不会同意。他抱着争取一下的态度，托人到贾家提亲去了。

媒人来说事时，贾家没有立即给答复，按当时贾家的家境，要是其他人去说续弦，那是绝对不行的，但赵秉先是家里的亲戚，更是当地的文化名人，也算是有头有脸的人物。他和映之之间也建立起了深厚的友谊，贾家碍于情面不好回绝，但也没有答应，事情就先搁了下来。

赵秉先是玉婵家里的常客，映红和映月都对他很熟悉，本分实诚的映红跟着嫂子玉婵把赵秉先叫姐夫。她对赵秉先从来都是仰视的，崇拜他，尊敬他，但没有想过当他的媳妇。当赵秉先提了这事后，她感到惶恐，平静的内心被搅动得泛起了波澜。她认真地问了问自己，触碰到了心里最柔软的地方。她真真切切地明白自己愿意接受这门亲事，续弦的事她不在乎，并且也是真的喜欢选儿，她愿意去给选儿和遥儿当娘，那个儒雅温和的男人举手投足都吸引着她。她干活开始发呆，睡觉也会笑醒了。

然而映红哪里知道，妹妹映月早就对赵秉先心生爱慕。这事没有挑明的时候，映月把自己的心事藏了起来，她在等待一个合适的机会。但没想到赵秉先却向映红提了亲，这下她不能再沉默了，她要去争取自己的幸福。

她悄悄把心事说给她的母亲："娘，你帮帮我吧，我想嫁给赵校长。"心中萌生了爱意的映月顾不得女儿家的羞涩，大胆地向她母亲说出了心里的想法。

"你不要以为那是多好的事情，他那是二婚，你去了就要给人当后娘，你就那么愿意去？"她的母亲对她说。

映月说："别说是当后娘，就是做偏房我也去，除了他，我谁也不嫁。"

映之的娘对映月从小就娇惯，什么都由着她。看她主意已定，当娘的岂有不帮之理。她当着全家人的面帮映月说话："赵家虽然向映红提的亲，但映红好歹是咱们贾家的长女，怎么能去给人续弦呢？既然映月也喜欢赵校长，还是把映月嫁过去比较合适，给映红再慢慢物色个合适的人家。"

映红是个腼腆的人，虽然她已经做好了嫁给赵秉先的思想准备，但听到大娘这番话，顿时感觉乌云压顶，胸口隐隐作痛。她知道大娘插手后就没有自己什么事了。

映红知道她娘在家没有地位，是帮不了她的，爹又是吃粮不管事，更帮不上她。虽然心里觉得委屈，但她无处去诉说，只有玉婵知道她的心事，但玉婵帮不上忙，在公公婆婆面前没有她说话的份。玉婵悄悄把这事告诉映之，但映之是个孝子，从来不违背他娘的意愿，听他娘已经做了安排，也不好再说什么了。

当赵家再次来提亲的时候，映月的娘出面了，她对媒人说："真是不巧得很，前些天已经有人来说过映红了，那人家里各方面都不错，我们已经给那边回了话。赵校长的人品才学都是百里挑一的，但说出去的话收不回来了。我们两家都是要紧的亲戚，这事还真把人难为住了。要不请你给赵校长带个话，我们的老二映月还没有下家，就是人愚笨点，要是赵校长能看上的话，可以把映月许给他。"

媒人把映之娘的话带给赵秉先，赵秉先心中一阵失落，他想娶的人是映红，没想到映红已经有更好的归宿了，看来今生和映红无缘，他也不好再强求了。他又细细地想了一下媒人带来的话，映月也是一个聪明秀丽的女孩子，和映红不相上下，只是他一直没有在意过，既然贾家有心把映月许给他，干脆顺势答应了这门亲事。

映月风风光光地出嫁了，映之为她准备了丰厚的嫁妆。她在全镇人羡慕的目光中，敲锣打鼓地上了花轿，过上了自己想要的生活。

不久，映红也许了亲并嫁了过去，她的丈夫老实而木讷，家境倒也过得去。但映红结婚以后，变得越来越不爱说话，过着平淡而郁郁寡欢的生活。

第十二章
图谋发展四方奔走
天道酬勤骡马铃铛

玉婵和映之每天忙碌着,过着脚打后脑勺的日子。玉婵操持家务,伺候一家老小的吃穿用度,把家里打理得井井有条。她在院子里栽的牡丹已经长得很茂密了,由最早的一簇长成一大片,白的如雪,红的似火。后来她又栽了月季、菊花和蜡梅,她要让院子一年四季鲜花盛开。

怀玉、怀力、惜玉、惜兰都在一天天地长大,现在肚子里又孕育了一个。在一次次的生儿育女中,她深切地感受到做女人的不易。小时候缠脚时她娘说过,女人到这个世界上来,要经过无数次的苦难,要到鬼门关去几回。这让她又想到了碧桃,所以她做好了面对无数次苦难的思想准备。只要有映之在她身边,她什么都不怕。映之是她的天,是她精神上的坚强后盾。她愿意为他一个一个地生孩子,直到生不动为止。

映之的生意做得风生水起,他用质量和诚信赢得了市场,镇上的食盐、茶叶、煤油都被他垄断着,他干得非常起劲。但小镇上人流稀少,这制约着他生意的发展。花桥镇五天才有一个集市,只有逢集天他的生意才能红火,他已经不满足于守在一个地方等生意了。

他开始雇上伙计,驮着货物到周边几个集市去赶集。周边几个集市逢集的时间都是错开的,他把自己的行程安排得满满当当,七八头骡子驮着食盐、布匹、水烟、茶叶、煤油和棉花,每天早上天不亮就出发了。他们辗转在山丘沟壑,集市街头,雨天一身泥,晴天一身灰。

生意虽然做得艰辛,但他干劲十足,他能感觉到自己正一步步向目标靠近。他记得小时候爷爷跑生意时家里的情景,那时候家里只有一处院落和一间杂货铺子,当地人欺生,看不起他们。他当时就发誓一定要好好做生意,一定要让全家在花桥镇站稳脚跟。经过这十多年的打拼,他在花桥镇已经有了自己的田地、水磨,院落和房屋比原来大了几倍,店铺由一间扩到三间。他艰难地一步一个脚印走到现在,但是还要更加努力地去开创未来。他有幸娶到聪明贤惠的娇妻玉婵,而且玉婵还给他生了一堆儿女。他感觉自己肩头的责任沉甸甸的,他要给妻儿创造更加美好的生活。在胡思乱想中,他和他的骡队来到石沟镇。

石沟镇的早市已经人头攒动,卖吃食的生起了炉火,青烟弥漫在市场的上空,勤劳的生意人大清早就忙着做开市前的准备工作了。映之在多日的赶集中,通过与当地人的协商和周旋,他们的骡队在每个集市上都有了自己的摊位。在集市上最热闹的地段,伙计们马不停蹄地开始搭帐篷,又从寄存东西的人家搬来长凳和木板,不多时,一个临时的杂货铺就搭起来了。各种商品摆好后,映之挂起自己的招牌——一块四方的木板上写着"花桥镇贾家杂货",主营"马俊川水烟、鸡鸣寺茶叶、食盐、煤油、布匹、棉花",最下面写着"货真价实,童叟无欺"。映之明显地感觉到,方圆几十里的百姓还是认可他们贾家这块牌子的。来他的摊点上买东西的人，先要问问这是不是花桥镇贾家的百货，问清楚了才会买。

摊位摆好后，街面上人已经熙熙攘攘了，陆陆续续已经有人来买东西了。一个六十多岁的老伯在摊位前看了很久。

映之上前招呼："老人家，您想要点啥呢？先进来坐下歇歇脚吧。"

老伯说："没事的，我胡游闲转。"

映之把老伯让进帐篷坐下来说："没事了进来咱们唠唠嗑。"

老伯笑着说："你这个年轻人生意做得不错，人也很谦虚实诚，前途无量啊。"

映之忙说："谢谢您老人家的夸奖，就我这点小生意，还指望众乡亲们帮扶。"

映之看老伯腰里别的水烟锅，连忙从摊子上取了一块水烟给他，说："这是我店里专营的马俊川水烟，送给您老人家尝尝，吃着不错再来买。"

老伯接过水烟，仔细地看了会儿，又拿到鼻子下闻了闻，说："我就是想过来看看你这水烟。"说着取下烟锅，从水烟片上捏了一团放到烟锅中。映之赶忙给老人家点上火，老伯嘴上铆足了劲儿，吧嗒吧嗒地抽了几口，随后吐出淡淡的烟圈。

他眼睛发亮地说："是真货啊，我终于又见到真的马俊川水烟了。"

映之微笑着说："老人家，看来您是个识货的人。"

老伯叹息着说："好多年没有吃上真正的马俊川水烟了，市面上卖的都挂着马俊川的牌子，但不是真货，他们骗不过我老汉的眼睛。"他抽了几口烟又问道,"你是从哪里进的货?"

映之回答:"兰州。"

"真是个实在的年轻人。"老伯说,"我知道为啥他们都卖假货了,原因是去兰州进货花销太大,这样就没有多少利了。"

映之听老伯这样一说,心里一阵激动,他拉着老伯的手说道:"老伯,我今天遇到知音了,您老人家怎么把生意行道的事都看清楚了?"他立马派伙计去对面的羊杂汤摊去买了两碗羊杂汤,放到小桌子上和老伯边吃边聊。

老伯高高兴兴地喝着羊杂汤,边喝边说:"你知道我原来是干什么的吗?"

"老伯请讲。"

"我年轻的时候就在兰州马俊川水烟厂做工,当时那家工厂的水烟还没有名气,我在那里一干就是二十多年,眼见他家的水烟一步步名扬天下了,我也老了,干不动了,就回老家来了,所以我对这马俊川水烟太熟悉了。这镇子上几家卖水烟的人都怕我,怕我识破他们的假烟。"他停顿了一下又说,"哎,人老了就不爱管闲事了,他们挂羊头卖狗肉随他们去,只是我好久都没抽到正宗的好烟了。"

老伯喝完羊杂汤又抽了几口烟,起身要走了。映之又给他包了两块水烟让他拿着慢慢抽,老伯从口袋里掏钱,映之挡着不要,说要交下老伯这个忘年交。老伯说,能交上这么年轻能干又实诚的朋友他也很高兴。

老伯走了之后,贾家货铺卖的水烟是真正的马俊川水烟的消息不胫而走,生意异常火爆,由水烟带动了所有的货品。这天的集市上,映之卖完了驮来的所有货物,他们很早收了摊,赶着骡队回家了。

他让伙计们给骡子头上绑了红绸，脖子上拴了铃铛，一帮人喜气洋洋地走在弯弯曲曲的山道上。

暮色中，映之和他的骡队踏着清脆的铃铛声回到花桥镇，街上碰到的乡亲和映之打着招呼："贾老板，看来今天生意不错，骡子都高兴得扭起来了。"

映之满面春风地回应着。

第十三章
三修请帖结交权贵
摆宴设酒为弟读书

映之一边认真地做生意,一边还要忙于各种应酬。他没读过多少书,觉得这是最大的遗憾。他对读书人很敬重,喜欢和镇上有学问的人打交道。他也清楚,在这个镇子上生活,得和方方面面的人搞好关系。

他的朋友很多,交友的范围也很广,经常会在家里设宴请客。这使玉婵的生活更加忙碌。

映之请客时把需要的肉类、蔬菜买来往厨房一放,告诉玉婵有多少人吃饭,剩下的活就都是玉婵的了。玉婵无论怎么忙都会尽心尽力地做好这顿饭,男人的事情她不太懂,但她知道映之办的事情很重要,所以从来不马虎,也从没给映之脸上抹过黑,一道道宴席都是她一人做出来的。当地的镇长、村长、校长,还有在外地做官回家探亲的同乡,都来她家吃过饭。家里经常人来人往,红红火火好不热闹。

这天,镇子上来了个大人物,是镇子西北边堡子上李家老二李庭俊。李庭俊从小被有钱的父亲送到外边读书。乱世中长大的李庭俊在外面接触了国民革命军,学到了革命理论,又从革命队伍到黄埔军校读书。毕业后在兰州马步芳的军队里担任参谋,并娶到了兰州政界要员的女儿,成了兰州城里响当当的人物。

他带着手下五六十名军人,带着如花似玉的娇妻回家探亲。镇子上的平静被打破了,几十头战马扬着铁蹄,马背上的军人全副武装、精神抖擞,一辆华丽的马车夹在中间。当这支威武的队伍从街道上驶过时,行人急速地让到两边。街道上尘土飞扬,人们惊慌又好奇地关注着这一切。

映之看到这阵势就知道是李庭俊回来了,他隔两三年就要回来一次,前面几次回来他都虔诚地递了请帖,但没有请来这尊大神。他又暗暗地下决心,这次还要去请,一定要把这尊神请到家里来吃一顿饭。他感觉这对自己的能力是一种检验。

前三天他没有去送请帖,因为他知道前面没有他的份,当地乡绅显贵每次都跑在最前面。他要等一个合适的机会再去。终于有了机会,给他探听消息的李家人告诉他,李庭俊终于在家里休息了。

他怀着一颗忐忑的心到堡子上李家大门前,两名卫兵在站岗,他毕恭毕敬地递上了自己的请帖:"我是镇子上开杂货铺的,来请李参谋去家里吃顿饭,劳烦军爷给李参谋递一下请帖。"他边说边上前给两个卫兵每人手里塞了两块大洋。

站岗的卫兵打量了一下映之,互相看了一眼,其中一个接过请帖说:"你在这里等着,我送进去。"

映之紧张地在外面等待着,一会儿那个卫兵出来说:"李参谋让你进去。"映之又紧张又高兴,这是他来了几次之后,第一次被叫进去。

他跟随着卫兵沿着鹅卵石铺成的小道穿过院子，穿过廊房，走进了一间宽敞明亮的大厅，大厅里坐着李庭俊的父母和李庭俊夫妇。

映之进去急忙打招呼："李叔、李姨身体还好吧？李参谋、夫人长途劳累辛苦了。"

李庭俊的父亲说："好着呢，都好着呢，过来坐。"他转身对李庭俊说，"这是镇上开杂货铺的贾映之，生意做得很红火，也是个老实厚道的人。"

映之说："哎，也就是累死累活地混全家人的口粮。李参谋，您前几次回来我就想请您到家里去的，但您实在是太忙了，我的这个愿望一直没有实现，今天请您一定赏脸，去寒舍坐坐，如何？"

李庭俊傲慢地说："你为啥一定要请我呢？"

"我贾映之才疏学浅，但喜欢结交仁义豪杰之人，开阔自己的眼界和见识，使自己不至于成为孤陋寡闻的井底之蛙。"

"哈哈哈……你看来和其他商人有点不同，看在你几次三番的份上，明天去你家赴宴。"

映之终于请到了真神，千恩万谢地从李家出来了。

他回家把消息告诉全家之后就去街上采购了。这下愁坏了玉婵，这么大的官到家里来吃饭，她要如何做出这九碗三行子呢？她焦急了半天之后，开始慢慢琢磨能上餐桌的菜。

李庭俊带领太太和四个警卫来赴宴了，映之家打扫得和过年一样。映之把尊贵的客人迎进正房，他和李庭俊由拉家常聊到近几年家乡人的生活，聊到生意场上的艰辛，聊到土匪的猖獗。

李庭俊也向映之诉说官场的无奈和惆怅，这两个身份地位悬殊的人聊得很投缘。李庭俊说他要交下映之这个朋友，映之有种受宠若惊的感觉。

李庭俊的太太对映之家的五个孩子很感兴趣,她结婚多年没有生育,很喜欢孩子,一直在逗他们玩。

玉婵在厨房里忙得团团转,但她时不时会留意一下李庭俊的太太。这个从省城里来的阔太太和她们乡下女人有太大的区别,首先她的脚是大脚,看来没有缠过,脚上还穿着玉婵从来没有见过的高跟鞋,这一点就足以让玉婵羡慕了。看来她从来没有受过缠脚的钻心之痛,那双大脚可以稳稳地自由行走,更别说她的衣着打扮了,头上的银簪玉花灵动闪烁,身上的红缎夹袄外罩着一件毛呢大衣。这个光彩照人的女人就像是天上下凡的仙女,玉婵默默地感叹:"人和人不一样啊!"

一桌色香味俱全的菜肴摆上了桌,八凉八热十六个菜。这是玉婵忙了一个晚上又加一个上午做出来的所有会做的菜,肉类有空中飞的砂锅鸽子、地上跑的爆炒野兔、水里游的油炸泥鳅,素菜有山野菜竹笋、猴头菇、嫩椒芽、核桃花、豆腐、荞粉也是不可少的素食,其中的粉蒸肉和红烧狮子头让客人赞不绝口。

李太太专门去厨房向玉婵问了粉蒸肉和红烧狮子头的做法,玉婵细心地给她讲解。李太太说很佩服玉婵做菜的本领,玉婵不好意思地说这都是乡下人干的粗活,让李太太别学了。李太太说她必须学会,说是会做一桌子菜的女人才有资格做贤妻良母。

这两个女人互相羡慕着。

映之把李庭俊夫妇送出大门,临走时他把两根金条塞给李庭俊,说:"李参谋,你这个朋友我算是交上了,以后还望多多关照,一点小小的心意,请笑纳。"

李庭俊没有过多推脱就收下了:"贾掌柜以后有用得着李某的地方

尽管说，能帮上的一定帮。"

"有李参谋这句话我已经感激不尽了。"映之等的就是他这句话。

其实映之这么处心积虑地巴结李庭俊是有目的的，他想让李庭俊帮助弟弟映庚去兰州读大学。他认为钱再多都没用，家里应该有一位读书的文化人来撑门面。

映之平时对弟弟映庚要求很严格，希望他能好好读书，希望家里能出一个有学问的人。但映庚不是读书的料，一读书就头痛，三天两头逃学。映之的爹不怎么管映庚，管教他的事就都落在映之的头上。映之恨铁不成钢，映庚不好好读书时，他拿着棍子追得映庚满院子跑，映庚就躲进他娘屋里去了，他娘会护着他，她对映之说："他不爱读书就算了，你何必逼他，读那么多书有什么用，长大了让他跟你做生意就行了。"

每到这个时候，映之都很无奈。

映庚也的确被他娘惯坏了，他成了一个胆小懦弱、心胸狭窄而又自私的人。

第十四章
"跑贼"乱世全家逃亡
为寻山珍林中迷路

新中国成立前夕的花桥镇,由于地处山区,虽然没有受到炮火的洗礼,过着平静的生活,但由于时局动荡,国民政府反动腐败,山大沟深的地理地形和复杂黑暗的社会环境,造就了一群以烧杀抢掠为业的土匪。

当地有名的大土匪叫闫俊山,居住在镇子南边四十里外的犀牛江边。那是一条大峡谷,四周是险峻陡峭的高山,峡谷中的犀牛江汹涌澎湃。闫俊山凭借有利地形,召集了几十号人马,以强盗为业,所到之处,烧杀抢掠,坏事做绝,方圆几十里的百姓闻风丧胆,深受其害。孩子哭闹不听话的时候,大人们会说:"闫俊山来了。"哭闹的孩子就会立刻停止哭闹,顿时安静下来。

人们在受到多次祸害后,逐渐有了和土匪周旋的方法——听到土匪出山的消息,就会一传十,十传百,开始拖儿带女地大转移,躲进大山深处的原始森林,等到土匪回山后,再回家去收拾被土匪祸害过的家园。这样的事当地人叫"跑贼"。

映之最怕的事就是"跑贼",全家老小十几口人和杂货铺都是他保护的对象。他是个办事谨慎又周密的人,平时店里不放太多的存货,存货和放钱的地方只有他自己知道。映之每次往店里添货都在夜深人静时去取,这种谨慎和小心,使他的杂货店在每次的"跑贼"中都能逃过劫难。

任何事情都有正反两个方面,虽然映之用他认为最稳妥的办法保护财产,使他的产业得以发展,但正是这种百密而无一疏的做法,使他命丧黄泉之后,辛苦一生挣来的财富不知落入何方,他苦命的妻儿在以后的岁月里尝遍了人生艰辛与冷暖。

土匪在十里地以外时,镇上的人们就像疯了一样举家逃亡。映之家有十几头骡子,除去家中老小要骑的,剩下的用来驮家里值钱的东西和店里的货物。所有的事情用了一袋烟的工夫就做完了。

他们随着人群没命地向北边的大山奔去。年轻力壮的走得远些,一直要走进原始森林,没能力的、老弱病残的,走到半路就走不动了,抱着听天由命的想法找个隐蔽的地方躲起来就行了。

映之带领着一家人,艰难地往北边的原始森林中走去。三个老人、五个孩子和媳妇玉婵都需要他保护和照顾,只有映庚在旁边能帮他一把。他们走过草坡、翻过山梁,在灌木丛中艰难地前行。为了能找到一处安全隐蔽的地方,他们行走在没有路的丛林中,荆棘扯破了他们的衣服,挂破了他们的脸颊,但求生的本能促使他们继续前行。没有路的灌木丛中,骡子停步不前,任凭他们怎么抽打吆喝就是不动。无奈之下,映之的爹娘、二娘和玉婵、怀玉、惜玉都从骑着的骡子上下来,只让年幼的怀力、怀民和惜兰骑，他们六个大人加上怀玉和惜玉，八个人手中都牵着骡子，生拉硬拽地向森林中走去。

映之爹一边拽骡子一边还要搀扶映之娘和映之二娘；映之和映庚每人牵着两头骡子，同时看着骡子背上的家当和货物；玉婵牵着骡子，照顾着骡子背上的怀力、惜兰和怀民。他们吃力地前行，在荆棘遍布的丛林中走了整整一天，终于在一处石崖下找到了一个能安身的石洞，石洞被烟熏得乌黑，看来先前来躲土匪的人在这里住过。他们全家在这里安顿了下来。映之和映庚用镰刀割了几大捆蒿草，扎起来做成堵风的门。

玉婵把三个老人和孩子们都安顿下来，然后取出干粮，让全家人勉强充饥。所有的人都疲惫得抬不起脚，卸掉东西的骡子趴在地上打起了盹。

石洞中的生活简陋而清苦，映之和玉婵虽然不时在洞中生火取暖，但洞中还是潮湿和阴冷。长夜绵绵中，映之和玉婵把几个孩子紧紧地搂在怀中，他们用各自的体温互相取暖，熬着漫漫长夜。

映之爹在平日里没受过多少苦，在这一连几日的奔波中，劳累、惊吓，加上受了风寒，一下子病倒了，他上气不接下气地喘息着，咳嗽着。在这荒山野岭中，没有治病的大夫和药物，映之和玉婵急得团团转，但是却没有任何办法。玉婵只有去林中找草药，她采来蒲公英、柴胡给公公煮了服用，虽然药效不是很明显，但也没有办法了。老人的咳嗽声和孩子们的啼哭声让映之和玉婵心中焦急，他们一天天地数着日子，计算着带出来的食物能否熬到出山，盼望土匪赶快撤离，让他们尽快能回到自己的家中。

他们在窑洞中一住就是十多天，从家里急急忙忙带出来的干粮和面粉眼看着快吃完了，玉婵和孩子们去山上挖野菜，搭凑着还能过几天。

那些日子虽然难熬又艰苦,但玉婵心里是踏实的,因为有映之在她身边,映之是她可以依靠的大树,能为她撑起一片蓝天,在颠沛流离的日子里也能体会到他的关心和体贴。她想再难的日子都是暂时的,她会和映之一起携手带着全家人挺过去,她感觉自己的内心强大了起来,这股力量来自对映之的信任和对家人的爱。

下了两天的雨后,天终于放晴了,出门在外逃难,最怕的就是天下雨,大人孩子受冻不说,还吃不到可口的饭菜。他们一连吃了几天的干馍就野菜,眼看着老人和孩子都难以下咽,玉婵想着要出去找点能让全家改善伙食的东西回来。

她一大早就提着篮子走进林子。她要给全家老小做一顿像样的饭菜。三个老人和五个孩子急需补充营养,但窑洞里除了干粮和面粉啥都没有了,住的地方周围能吃的野菜都被她和孩子们摘光了,所以只能往林子的更深处走去。

初秋的森林里树木的叶子还没有完全凋落,高大的树密密麻麻地遮挡着天空,地上除了一层长年累月积攒下的厚厚的枯叶外什么都没有了,玉婵只有再往前走,她不相信找不到能吃的东西。

在一处倒地的枯树上,她找到了黑木耳,这让她信心大增,她坚信前面还有更多的木耳,摘完后径直朝前走去。

她又找到了野蘑菇,从小在山里长大的她,能分清哪种有毒哪种无毒。她把无毒的长得白嫩的蘑菇采到篮子里,看到有毒的长得漂亮的就轻轻地叹息,自言自语地说:"你长这么好看有什么用,只能让人对你敬而远之,瞧瞧你长在这里多寂寞,没有人会把你带出去的。"她继续朝前走,又找到不少黑木耳和野蘑菇。在一处大岩石上,她发现了罕见的石头菜。小的时候,她爹从林子里采回来过,那是比黑木耳和野蘑菇稀罕得多的山珍，它生长在大岩石的缝隙里，和黑木耳一样，也是一种菌类，平时不注意根本发现不了它，因为昨夜刚下过雨的原因，发白的石头菜让细心的玉婵发现了。她小心地采完了石头菜，心里想着回去后要让全家老小美美地吃一顿营养丰富的山珍。

她看了看天色还早，太阳还在当空，就又朝着前方走去。她还想再采一些，家里人多，少了不够吃。她又开始朝着有岩石的地方走，但石头菜实在太少了，一次次地让她失望，但她不死心，往森林的深处一直走了下去。她行走在漫无边际的森林中，朝着一处处有岩石的地方奔去，可是除了一些蘑菇外，再没有见到石头菜的踪影。她原地休息了一会儿，想着该回去了，出来太久了映之和孩子们会担心的。于是玉婵放弃了继续寻找山珍的念头，朝着回去的路走去。

她感觉自己已经饥肠辘辘，孩子们可能也饿了，得加快速度回去做饭。她加紧脚步，朝着来时走过的路往回赶。茂密的森林没有尽头，她走得满头大汗，饥渴交加，但是却发现又回到刚才休息的地方，她一下子瘫坐在地上，惊慌失措的她意识到一个严重的问题——迷路了。她抬头看天，天只有树缝那么大，太阳高高地悬在当空，这让她无法分辨方向。她感觉阴沉沉的森林正朝自己压了下来，森林仿佛也变成了魔鬼，要将她吞下去，不，坚决不行，一定能走出去，映之和孩子们还在等着她。

她咬了咬牙，从地上爬起来继续走，她边走边把蒿草缠在树干上，以做标记。走了几个时辰后，她还在茫茫的森林里面转圈，她绝望了，大声喊着映之的名字，但除了惊飞树上的鸟儿外，林子里再也没有回应了。

映之早上起床后，发现玉婵不见了，他知道她进林子里找野菜去了，晚上睡觉前她说过，说明早如果雨停了，就要进林子找点能吃的东西去，三个老人和孩子们一连啃了几天的干馍了。他要陪她一起去，但她说不用，又不是啥体力活，他一年四季东奔西跑，让他多歇会儿。

眼看着太阳过了三竿，还不见玉婵回来，映之开始着急了，但他想着玉婵从小在山里长大，应该不会有啥事，就又耐着性子等。当太阳当空照的时候，他再也坐不住了。他叫上映庚、怀玉和惜玉进林子去找玉婵了。

他们进林子后，映之让怀玉和惜玉朝东边走，自己朝北边走，映庚朝西边走。他从草丛中拔了一捆细长的水草，分给他们三人，让他们边走边做记号，用完了自己再拔，要标记走过的路，沿着标记再返回来，又交代他们："太阳落山前，不管有没有找到，都要沿着标记回来。"说完他们四人就分道去找玉婵了。

青崖梁的森林里此起彼伏地响起寻找玉婵的声音。

"娘……娘……"

"嫂子……嫂子……"

"玉婵……"

他们慢慢消失在森林的深处了。

玉婵在森林中喊哑了嗓子，脚上起的泡已经磨破了，她的双腿像灌了铅一样沉重。她觉得双腿再也迈不开了，便坐在一处大石板上晕晕乎乎地睡了过去。

不知过了多久，她迷迷糊糊地听到一个声音，像是从很远的地方传来的，那个声音喊着她的名字："玉婵……玉婵……"

这是在做梦吗？好多年前就做过这样的梦。那个在森林中奔跑的玉婵，那个呼喊自己名字的声音，还有掉下悬崖后的玉婵，人怎么会重复做相同的梦呢？

"玉婵……玉婵……"

那个熟悉的声音越来越清晰，那是映之的声音！昏迷中的玉婵猛地惊醒，她真真切切地听到了映之的声音，映之来救她了，她喜极而泣，用沙哑的嗓音答应着："映之，我在这儿，我在这儿！"

映之听到了玉婵的声音，寻着声音的方向，他走到玉婵跟前，一个箭步冲上去紧紧地抱住玉婵，玉婵也紧紧地抱住了映之，两人都已泪流满面。

玉婵哽咽着说："映之，我以为我会死在这个林子里，害怕极了，怕再也见不到你和孩子们了。"

映之擦去玉婵脸上的泪水，怜惜地说："怎么会呢？有我在，你不会有事的，这只是个意外，都怪我太大意了，不该让你一个人进林子的。"

他们相拥着平静了一下情绪，眼看太阳快要落山了，映之说："咱们赶快回去，怀玉、惜玉、映庚都进林子找你了，我怕他们再出差错。"

玉婵的双脚已经走不了路了，映之把玉婵背了起来，他们快速地往回走去。

玉婵在映之的背上给映之讲她出嫁前做的梦，说刚才昏睡时又做了同样的梦，她说他们前世可能就是夫妻，要不怎么会在出嫁前就梦到他呢，而且梦中的情景和现在是一样的，不过这次她听到映之叫她的名字时醒了，出嫁前是被母亲给叫醒了的。

映之喜滋滋地听着玉婵给他讲这些，他说自己是神仙派下来专门保护玉婵的，所以要履行自己的职责，不再让玉婵受任何伤害和委屈了。

他们发誓要相亲相爱，白头到老，生则同心，死则同穴。

天黑之前，他们走出了森林，怀玉、惜玉和映庚都已经按映之交代的按时返了回来，全家人在洞里焦急地等着映之和玉婵。当看到映之背着玉婵回来了时，孩子们高兴地围在玉婵的身边哭了起来。

第二天，映之用李庭俊送给他防身的步枪在林边打了两只野鸡，玉婵用采回来的石头菜炖了野鸡，全家人美美地吃了一顿。映之看着碗里的山珍心有余悸，他差点酿成大错，便想着以后要更加细心地照顾和关心玉婵。

他们在山上躲了一个多月后，映之和其他年轻力壮的人走出森林去打探了几次，听到土匪走了他们就出山了。

回到镇上，到处是一片狼藉，土匪带走了各家不能及时转移的牲口和家禽，还有其他值点钱的东西。各家各户稍稍收拾一下，就又开始忙碌地过日子了。

第十五章
老父病故隆重发丧
为保财产异地埋银

闹土匪的日子随着新中国成立的来临和周边地区战事的平息而结束了。映之的生意又有了新的发展，他已经有了五间店面、三处水磨和两个农庄，共两百多亩土地。他终日奔波着、操劳着，但他肩上的担子一天比一天重，因为玉婵又生了两个孩子——惜巧和怀远，他们已经有七个孩子了，加上映庚，他要抚养八个孩子。

映之的爹自从"跑贼"回来，身体一直没有好起来，映之的二娘也在"跑贼"的途中病倒了。两个老人一下子都躺在炕上，映之和玉婵精心地照顾着他们。映之四处找大夫抓药，玉婵一日无数次地守在火炉旁煎药，并亲手端到两位老人的身边，还得照顾他们服药。为了能让病人多吃点饭，补充体力，她每顿饭都变着花样，做老人喜欢吃的东西，但不论她和映之多么精心费力，映之的爹还是一日不如一日，到最后吃不下饭，硬撑了几日后便去世了。

映之的爹一生过得稀里糊涂却又轻松简单，年轻的时候有映之的爷爷打理生意，老了后又有儿子映之撑着家，生活上有两个媳妇照顾，他只管唱好自己的秦腔，其他的啥都不考虑。他唱了一辈子的老王爷，也像老王爷一样四平八稳地活了一辈子。映之心想，爹是一个有福的人，一辈子活得洒脱自在，现在离世了要为他办一场风光的葬礼，为他的一生画一个圆满的句号。

映之请来了方圆百里最有名望的阴阳先生，并请来了金鸡山上的和尚，打算在家里做七天法事超度父亲的亡灵，让他老人家早日魂归西天极乐世界。

做法事的前三天，和尚和阴阳先生在家里念经，请来的能工巧匠在停草（棺材）的正房屋里糊灵堂，做纸货。灵堂最上面正中间写着四个斗方大字"驾鹤仙游"，两侧对联写着"怎忍心丢下儿女匆匆而去，如有觉梦中父魂常常归来"，正中间写着"公故显考父亲府君大人之灵"。

中间糊出来的遮挡停草的整面墙叫灵，两边向前侧出来的一尺多宽的部分叫堂，在两边的堂上或凿或写描述了二十四孝里的八孝，左边从上到下先是用毛笔写出来的王祥卧冰求鲤，下面是用彩纸凿出来的图画郭巨埋儿养母，接下来又写的是汉文帝为母尝药，下面凿的是图画子路为父百里背米。右边从上到下一写一凿，分别是郯子寻鹿计救双亲、黄香扇床温席、董永卖身葬父、王伟元闻雷哭坟。

糊纸货的巧匠用纸糊出了金童玉女、高头大马、金斗银串。从灵堂到纸活，做得精巧别致，惟妙惟肖。

院子里众乡亲已搭起帐子，摆了十八个席口的桌椅板凳。男人们帮忙挑水、劈柴、磨面，女人们帮忙蒸馍、洗菜、切菜，执事总管给请来帮忙的每个人安排活计。这里的乡俗就是一家的事情众人帮，红白喜事伙子忙。

三天之后正式出殡了，在阴阳先生的指导下，孝子和孝孙完成了净棺、入棺、掩棺、呈服、出纸的过程。呈服时映之、映庚、怀玉、怀力穿长孝衫，腰里系草绳，头戴纸帽；映红、映月、玉婵、惜玉、惜兰穿短孝衫，头上缠白手巾。出纸时长子映之背着告牌，告牌上写着映之爹的生辰八字、逝世时间、儿女的名字。映之手拄五尺长的孝棍，在总管大声吆喝着"大孝出步"时退出正房，从帐子中间退出去，一直退到大门口，把告牌放到大门口，供上香蜡，映庚、怀玉、怀力、映红、映月、玉婵、惜玉、惜兰都跟着映之退了出去，朝着告牌磕头后，孝子和孝孙就都跪在帐子中间，这时所有的亲戚朋友、乡亲伙子都到了，劳客们把客人安排着坐到该坐的位置上，大总管高声喊着："午席开始，乐子响起。"话音一落，四个吹鼓手吹奏哀曲。

一曲奏完，总管开始说事，他声音响亮，抑扬顿挫地说："左席右席，左右八席，上席坐的是年老松柏，侧席坐的是吃酒的君子，下席坐的是看席的学生。论起理来多说两句，拙人多在山冈务农，少在学堂领平，说起二十四孝根潭深，四十八孝没学精，提头点卯说两声：大舜耕田深离山，王祥为母卧寒冰，郭巨埋儿天赐金，孟宗泣竹冬生笋。专说亡人的正本公，亡者活了六十以上七十以下，因老告终，宾天辞世，停丧在灵前，动驾了周公鲁班，乡亲伙子，老小姑舅，女婿外甥，帮忙效劳，蒸盘搭礼，都为亡者而来，孝子叩头……"总管大人说得嘴角起沫，声音沙哑，在一遍又一遍的"孝子叩头"声中，映之和众孝子孝孙磕头，起身作揖，再磕头，再作揖，一连五遍才完事。然后男孝女孝进屋坐草铺，男孝左边，女孝右边。

酒席结束后按点发丧了，发丧的队伍声势浩大，女孝走在最前面，抱着引路纸，边走边哭边撒纸，亲朋好友挑着金童玉女、金斗银申、纸马花圈走在中间，男孝和众乡亲抬着灵柩跟在后面，经过的庄户门口，每家都用麦草点一把火，用青烟送亡人走一程，低沉浩荡地向野雀山的祖坟地走去。

这一天的程序复杂而忙碌，发过丧后，第二天还要招待劳客，招待劳客完后扯帐子，还桌椅板凳。然后又念三天经，才算办完丧事。

丧事办完后，全家人休整了几天又开始各忙各的活计。

"跑贼"逃难回来后，映之一直想着要办一件事情，但他的爹和二娘一直病着，所以他没有心思，也没挪出空闲来。现在爹已经去了，二娘一时半会儿还好不了，他得挪出时间把这件事办了，晚上睡觉才能安稳。

他从铺子里出来，从桥西的街道上走过，穿过花桥的廊亭，走过桥东的街道，来到镇子东头。马路右边是水泉湾的沟壑，沟壑中一条小溪从高处跌落，形成一条细小的白色水帘，经过几个曲折盘旋、流出沟口汇入那条穿街而过的小河。细小的水帘左边是一眼泉水，这眼泉水四季充盈，养育着半条街的人。马路左边是一个高高的土坎，土坎上是他家的院子，院子旁边长着一株老皂荚树，玉婵和镇子上的妇女经常来这里摘皂荚，用皂荚洗衣服。这是映之前几年才新买的庄基和土地，场房后面山上有他的七八十亩土地，场房院子里的仓库用来放置农具、骡子的饲料等。

他打开仓库的门，走了进去，然后随手又关上门。他把仓库靠墙角的地方的东西归置了一下，腾出几平方米的地方。他打算在这里挖一个地窖。这动荡的年代让他心里极不踏实，自己辛苦打拼来的财富不能落入旁人之手，得为妻儿考虑，藏点体己，以备不时之需。地方看好后，他打算每天晚上来这里挖一阵，这事不能惊动任何人，更不能让人发现。

后半夜，所有的人都已熟睡，映之眯了会儿就起来了。他拿上白天准备好的油灯和镢头，轻手轻脚出了门，朝东边的厂房走去。

一连几个晚上，他终于完成了工程，并把大洋装在罐子里埋了起来。

玉婵发现映之半夜出去了，等他回来时问他干啥去了，映之说，给骡子添夜草去了，睡不着就在骡子圈里坐着抽烟。

他不告诉玉婵是不想让她操太多的心，他心疼玉婵从早到晚地忙碌。女人的活他分担不了，就像玉婵分担不了他的活一样，他们只能互相心疼着，却又各自忙碌着。

二娘的病一日日加重了，玉婵精心地照顾着二娘，给她擦洗身体、喂汤药。她要尽力让这个苦命的二婆婆在生命的最后时刻能感觉到家人的温暖。

二娘在这个家里默默无闻地生活着，除了有一个女儿映红外，什么都没有，没有身份和地位，人微言轻地活了一辈子，长年忍受正房夫人的排挤和丈夫的漠视。玉婵从心底同情二娘，她为二娘感到委屈。二娘已经在卑微的生活中没有了自我，她不和别人交流，对正房姐姐的冷言恶语逆来顺受，也不和别人争什么，但她善良本分，照顾了公公一辈子，时不时地帮玉婵照顾孩子、分担家务。现在她唯一的女儿映红已经出嫁，不能时时在身边，玉婵像照顾自己的亲娘一样照顾二娘，她把二娘的头发梳得整整齐齐，仔细地擦洗干净脸面，然后再洗干净手和脚，穿着干净的衣服。她要让二娘在生命的尽头有尊严地死去。

几个月后，二娘安详地闭上了双眼，映之给了二娘一个像样的葬礼，他像葬他爹一样葬了二娘。

第十六章
省城读书徒做浪子
藏信佞言结下仇怨

映庚在映之的强逼和供养下读完了县里的中学,虽然他功课一般,但映之借用了李庭俊的关系,把映庚送进兰州的一所学校。

映庚出门之前,映之把他叫到自己的屋里,语重心长地交代了一番:"映庚,你这个读书的机会来之不易啊,如今你也快二十岁了,应该明白一些事理了。你去了要好好读书,我们贾家从爷爷开始就是东奔西跑的生意人,吃的鸟食,担的骆驼担子,生意人所受的难、遭过的罪你虽然没有经历过,但应该看见过,累死累活还是活不出个人样来。你读了这么多年书,应该明白'万般皆下品,唯有读书高'。我从小想读书,却没有读书的环境,所以现在无论花多少钱,都想为你创造读书的环境,将来你学业有成是我们贾家的荣耀,也让你自己有一个更好的前程。我希望今天我说的话你能记在心里,别让我再说第二次。"

映庚静静地听着映之的教导,频频点头答应,并表明了自己的决心："哥哥你放心，我去了一定安心读书，不会给家里丢脸的。"

交代完后，映庚背起行囊，带着全家人对他的厚望走上了去省城的求学之路。

山沟沟里走出去的映庚，到了省城兰州后，灯红酒绿的花花世界让他目不暇接。自从走进这座象牙塔，他的心情一直是紧张不安的，他急切地想融入这个崭新的环境。

映庚知道，必须先换掉自己老土的衣衫，身上穿的褂子是玉婵连夜手工赶制出来的，但还是和校园里同学们身上穿的四个兜的蓝色制服格格不入。他安顿好之后，立马到市场去买了件四个兜的蓝色制服穿在身上，这下才感觉腰板挺起来了，走路的步伐也洒脱了许多。

几个月的校园生活一晃就过去了，映庚熟悉了这里的一切，新鲜感过去之后，随之而来的是枯燥无聊的学习生活。从小就无心学习的映庚，看到书本就头疼，加上他原本文化底子较差，根本赶不上别人的学习进度，越赶不上他就越没有信心。别人上课的时候他要么在宿舍睡大觉，要么出去东游西逛。

同班有一个同县的老乡叫王敬如，俗话说"美不美家乡水，亲不亲故乡人"，在长时间的交往中，他们成了朋友，王敬如在映庚的生活和学习上都给予了很大帮助。他经常会提醒映庚专心学习，别辜负家里人对他的期望。在朋友的带动和鼓励下，映庚勉强投入到学业中去了。

学校里有个女同学叫吕锦蓉，剪着齐耳的短发，身材苗条高挑，活泼大方的她走到哪里，哪里就有她清脆悦耳的笑声。她在男多女少的校园里成了一道靓丽的风景，她也成了众多男同学追求的对象。王敬如是其中最痴情的追求者，他凭着满腹的才学和潇洒的外表，博得了吕锦蓉的欢心，两人经常会花前月下。

吕锦蓉的大方、热情及漂亮的外表让映庚着迷，他控制不住自己的情绪，深深地迷恋上了吕锦蓉，看到王敬如和吕锦蓉在一起他就怒火中烧，嫉妒像虫子一样吞噬着他的心脏。他默默地发誓，一定要从王敬如手中把吕锦蓉夺过来，让吕锦蓉成为自己的女朋友。

机会终于来了，王敬如收到家里的来信，信上说母亲病重，望速归。心急如焚的王敬如草草地给吕锦蓉写了一封信，请映庚帮他转交，然后匆匆地前往汽车站。

映庚怀揣王敬如的信去找吕锦蓉。

吕锦蓉问他："贾映庚，这几天怎么不见王敬如，你和他天天在一起，知道他去哪儿了吗？"

"不知道，但前几天听说老家给他说了个媳妇，可能回家相亲去了。"

"怎么可能，不会的。"

"那可说不上，人心隔肚皮，要不是这事，他怎么没有跟你打招呼就走了？你还是多留个心眼比较好。其实比他好的男同学有很多，只是你没有注意到。"

映庚鼓起勇气说了想说的话，然后把自己写的情书交到吕锦蓉手里，之后就慌乱地走了。回来后把王敬如写给吕锦蓉的信用火柴烧掉了。

吕锦蓉没有在意映庚的情书，但她一天天找不到王敬如，开始相信映庚说的话了。她气愤难平，找不到一个可以发泄的对象，这时就想到了贾映庚，她开始主动去找他了。映庚有一种受宠若惊的感觉，他心里兴奋不已。他知道，他的计谋得逞了，目标也越来越近。虽然吕锦蓉每次来都只是一遍遍地追问王敬如的情况，之后大骂王敬如，骂完又呜呜地哭。

虽然这样，映庚心里还是高兴的，毕竟离心目中的女神越来越近了，他绝不会放过这个机会。于是映庚大献殷勤，用映之供他念书的钱给吕锦蓉买礼物，请她下馆子，慷慨地冒充富家子弟。慢慢地，吕锦蓉对映庚有了几分好感。

王敬如一回家就是一月有余，他病重的母亲医治无效去世了，他办完母亲的后事，情绪低落地回到学校，回学校的第一件事就是去找吕锦蓉，但吕锦蓉躲着不见他。他不知道发生了什么，满腹疑虑地找到贾映庚。

他问映庚："我走之后发生了什么？吕锦蓉为啥不见我了？"

映庚心想，纸是包不住火的，还不如趁早跟他摊牌，就说："人心是会变的，你别再去找她了，她现在是我的女朋友。"

王敬如突然明白了，原来问题出在自己的朋友身上，他火冒三丈地大骂："贾映庚，你这个卑鄙小人，我一直拿你当朋友对待，没想到你却干乘人之危、落井下石的勾当。你我之间从此恩断义绝，就此绝交。"说完他愤愤地离去。

头脑简单的映庚想：绝交就绝交吧，反正现在吕锦蓉是我的女朋友了，我也不在乎少你王敬如一个朋友。

王敬如一次次地去找吕锦蓉，吕锦蓉还是躲着不见。终于有一天他们在校园里相遇了。王敬如一把拉住想要走开的吕锦蓉，说："吕锦蓉，你为啥不见我？有啥事咱们是不是该当头对面说清楚？"

"我和你没有啥说的，你不是回老家相亲去了吗？干吗还要来纠缠我？"

"纯粹胡说八道！是不是贾映庚给你这样说的？那我写给你的信

呢？我母亲病重我走得太急，就写了信让贾映庚交给你的，他没给你吗？"

"没有！"

"这个无耻的小人！走，咱们找他当面说清楚去。"

王敬如拉着吕锦蓉找到贾映庚，三人见面之后映庚还在争辩着说他没见什么信，但王敬如胳膊上的黑纱告诉吕锦蓉，他没有撒谎，撒谎的人是贾映庚。

她平静地对贾映庚说："贾映庚，爱情最大的天敌就是欺骗，你想用欺骗的手段得到爱情，最终会是一场空。"说完挽着王敬如的胳膊离开了。

鸡飞蛋打的映庚恼火地看着他们双双离去，仇恨充斥着他的内心，他恨王敬如，恨他各方面都比自己强。他不甘心，于是在心里一遍遍说咱们走着瞧。

爱情上败下阵来的映庚学业上也一落千丈，数学考试得了三分。他受不了同学们嘲笑的目光，溜出了教室，像泄了气的皮球一样无精打采地在校园里转悠。王敬如和一帮同学走到他跟前，王敬如说："贾映庚，你不是心眼多得很吗，怎么考试才考三分？三分有啥用，还不如你直接考个鸭蛋抱上哄女娃去。"说完一帮人哈哈大笑着走了。

恼羞成怒的映庚早就受不了别人对他的轻视和嘲笑了，他看着得意扬扬的王敬如，气血直涌脑门，顺手捡起路边碗大的一块石头，几步冲上前，照着王敬如的后脑勺砸了下去。王敬如用手抱住了头，血顺着手指缝流了下来。其他同学惊呼着把王敬如送去医院。

映庚知道自己闯下祸了，他除了对吕锦蓉有点兴趣外，早就厌倦了这个别人想进都进不来的大学，而且他早就把映之的交代抛到九霄云外了。现在眼看和吕锦蓉没戏了,学校他也待不下去了,在别人把王敬如送往医院的时候,他悄悄地收拾自己的行李回家了。

映之的一片苦心付之东流,映庚终究没有完成学业,只是在省城埋下了一颗仇恨的种子后就回家闲逛。

第十七章
相亲相爱辛苦度日
其乐融融情深天伦

春回大地,冰雪消融。

花桥镇小河两岸的柳树发出了嫩绿的新芽,孩子们摘下柳枝,有的把枝条上嫩绿的皮从枝根剥到枝尖,剥下来的嫩皮在枝尖缠成一个圆蛋,手拿着枝条,随着弹性的起伏嘴里吆喝着"蹦蹦弹棉花,蹦蹦弹棉花";有的用小刀把枝条上的嫩皮切开,揉搓着让皮质和木质分离,然后剥下一寸长得圆圆的皮桶,用皮桶做成响亮的哨子,在孩子们嘹亮的哨声中,小河里的白鹅和麻鸭悠闲地游着,偶尔有几个小媳妇忍受着早春河水的冰冷,洗着衣服。

南飞的燕子又回到了自己的家园,玉婵家房梁上的燕子又叽叽喳喳地来垒窝了。没过几天,一群小燕子出生了,公燕和母燕轮流去外面找吃的,然后回来哺育幼小的燕子。小燕子还没长出绒毛,肉乎乎的小脑袋上长着一张硕大的嘴,没完没了地叽叽喳喳叫着,等着父母喂养。

怀玉按照映之的交代，正在后院给骡子添草料，惜玉在灶房里帮玉婵做午饭，怀力目不转睛地看着房梁上的燕子，惹得惜兰和怀民也过来盯着看。

怀力给弟弟妹妹们说："这两只大燕子已经来来回回地飞了无数次，小燕子还张着嘴叫个不停，这群燕娃子太能吃了，我真担心把大燕子累死了。"

干完活从后院出来的怀玉也盯着燕子看了会儿，他说："爹娘养咱们就像这两只大燕子养这一窝小燕子，他们太不容易了，你们几个多帮爹娘干点活，别一天到晚只知道玩。"

他们几个互相看了下，吐吐舌头做做鬼脸就散开了。

玉婵和映之各忙着自己的事情，映之在风里来雨里去地奔波着，操劳着，收获着。玉婵拉扯着七个孩子，她有干不完的家务，做不完的针线，白天忙全家老少的吃喝拉撒、洗洗涮涮，晚上纺线、织布、做鞋、缝衣服。她每天的睡眠就三四个小时，但她看着一院子的孩子打打闹闹、你追我赶心里是满足的。她爱每一个孩子，用尽心血、熬干精力都要呵护他们成长。

映之看着日夜操劳的玉婵心疼得要命，但他们谁也替不了谁，每天晚上他看着她点灯熬油地劳作，就会劝她歇会儿，但玉婵是歇不住的，十来口人全身上下每一针每一线都等着她去做。他看玉婵闲不下来，就帮她搓纳鞋底的麻绳。他们边干着手里的活，边聊着天。映之给玉婵讲他在生意场中遇到的新鲜事，讲他对家业的规划和期盼，也讲他对时局的看法和担心，玉婵静静地听着，她感觉从映之身上学到了好多东西，他开阔的视野、敏捷的思维、坚毅的性格等都让她佩服和着迷。映之带给她一个和原来不一样的世界，她为自己的丈夫感到自豪，也从心底更加深深地迷恋着他。

　　大半夜过去了，玉婵还是干不完手中的活，她让映之先睡，别陪她熬夜了。她知道映之第二天还要出门做生意。但映之迟迟不去睡，他心疼歇不下来的玉婵。他灵机一动，随手藏了玉婵纳鞋底用的锥子。玉婵纳过一针后，用力抽完长长的线，当她取锥子想纳第二针时，却怎么都找不到锥子，她让映之帮忙找，映之说："找不见算了，明天再找，快睡觉吧。"玉婵明白了映之的良苦用心，知道他是想让自己早些睡。

　　这虽然丝毫不能减轻她的工作，但她还是感觉到有一股强大的暖流温润着她的躯体和精神，所有的劳累都烟消云散了，他们相拥着进入甜蜜的梦乡。这是她心底最美好的记忆，这些记忆支撑着她走过了以后的漫长岁月。

　　映之很疼爱孩子们，但他终日忙碌，很少和孩子们待在一起，只有到了晚上，他会把稍大一点的怀玉、惜玉、怀力叫到跟前陪他整理账务。他在那里写写算算，就让孩子们帮他数钱，事实上他们根本帮不了他，但他喜欢看着他们围着他转。

　　老大怀玉很听话，大人们让他干的事情他会认认真真地去做，而且每件事情都会干得很好，所以经常会受到夸奖。老二惜玉和老三怀力没有怀玉那么听话。惜玉伶牙俐齿，能说会道，从小就是个机灵鬼；怀力又调皮又胆大，是个不让大人省心的孩子。

　　数钱的时候，怀玉只专心数他的钱，而且会分类整理，放得整整齐齐。怀力数着数着就开起了小差，在其他人不注意的时候，他会把零碎的小毛票偷偷往大腰裤子的腰里装，他自以为没人知道，事实上惜玉早就发现了，但她装成没看见的样子，在神不知鬼不觉中，她的口袋里也装了零钱，但是没人发现。

好笑的是，怀力的钱在上茅房时从裤腰中跑了出来，丢在茅房里了，他自己还不知道。

玉婵从茅房捡到钱后，告诉了映之，映之想都不用想就知道是怀力干的："怀力，我这账上怎么少钱了？"

"我不知道，我没有拿。"怀力开始狡辩。

"你没有拿就是怀玉和惜玉拿了——怀玉、惜玉，你们拿了没有？"

"没有。"怀玉坚定地说。

"我也没有，但我看见谁拿了，谁拿了自己说，不承认我就说了哦。"惜玉边说边狡猾地盯着怀力看。

怀力心里发虚，诺诺地说："我就拿了几毛钱。"说着他开始在腰里找钱，摸了半天却没有摸到。

他怯怯地说："没有了，丢了。"

"还丢了，把手伸过来。"

怀力乖乖地伸出手，咬牙闭上眼睛，他知道他爹映之要干什么。

映之找来一根细细的竹棍，在怀力的手掌上用力抽了三下："让你长点记性，下次还拿不拿？"

"不拿了。"

惜玉幸灾乐祸地冲怀力做鬼脸，她知道，自己拿走的那笔账也算在怀力的头上了。

美好的童年时光幸福而短暂，留给他们的是一生的回忆。

映红和映月虽然成家了，但她们对娘家有深深的依恋，时不时会找各种理由回娘家。

映红由于家务繁忙，回来得少些。她每次都是背着孩子走来的，她的三寸金莲要走三四十里路才能回来，而且还得背着孩子，但回娘家的路再辛苦她都愿意回，每次回家都是兴高采烈的。虽然这个家里已经没有她的父母了，但有她信赖的大哥和能为她分忧解愁的大嫂，她有一肚子的苦水要对玉婵倾诉，回家的路途在高兴的心情中变得轻松而愉快。

她每次来都要帮玉婵干不少活，洗衣做饭、缝衣做鞋等什么都干。她每次一来，玉婵就能轻松几天。她们一起边干活边拉家常。

映红向玉婵述说她在家里的不容易和对丈夫的不满，由于丈夫的木讷，她在婆家被公公婆婆及妯娌们挤兑，被全家人看不起。说到难处她会伤心地哭泣，玉婵耐心地听她诉说，陪着掉眼泪，然后劝说她好好把孩子抚养成人，让她认命，好好过日子。

映月因为赵秉先在镇子上当校长，所以回来次数较多，她每次回来都穿得光彩照人，而且骑着高头大马。

她也爱她的娘家，因为这里有疼她惯她的娘，有风光能干的大哥，有开明贤惠的大嫂。她每次回来都守在她娘身边，有说不完的话。

玉婵再苦再累也要变着法子给她做好吃的，映月在玉婵面前不会客套和谦让，想吃什么就让玉婵给她做，也不给玉婵帮忙。但玉婵对这些从不计较，她认为映月就是享福的命，映红就是受罪的命。但她每次都会对映月提一个要求，就是让她下次来时带上碧桃生的选儿和遥儿。

玉婵对那两个孩子一直牵肠挂肚，但映月每次都当作耳旁风，推说她要带她生的儿子正儿，路远不好带，下次一定带来，但每次都让玉婵失望，玉婵每次都会没日没夜地给选儿和遥儿每人赶做一双鞋让映月回去时带上。选儿和遥儿虽然没了娘，但他们有个疼爱他们的祖母，他们由祖母一手带大。

第十八章
饥肠辘辘长夜难眠
善良玉婵慷慨助邻

玉婵家院子里牡丹花开得正艳,有粉色的、紫色的、白色的,花团锦簇,明艳怡人。房前屋后打扫得一尘不染,收拾得干净利落。

在她家后院背墙后面,紧挨着一个院子,院内有三间破烂的土房,侧面墙上挖有炕的烟囱,冒出来的浓烟熏黑了整个墙面。房子正面的窗户下的两个炕眼像两个大黑洞,炕眼冒出的浓烟熏黑了房子的门窗、柱子和屋檐,屋里的墙和破旧的家具也被烟熏得比外面的门窗还要黑。院子里零乱地堆放着一些柴棍、蒿草,还有些农具和杂物。院子里的土地稀松起皮,零散地长着一些杂草。

后院里经常会传出男人的吼叫声、女人的漫骂声和孩子的哭闹声。

这户人家姓田,男的名叫田有柱,有个能骂人的媳妇和四个孩子,全家人过着吃了上顿没下顿的日子。

坐在院子里做针线的玉婵听到田有柱两口子又开骂了,田有柱的吼声像一头猛兽:"你这个懒猪,到这会儿了还不弄点吃的去。"

他媳妇的叫骂声像破锣一样刺耳:"你才是懒猪,家里啥都没有了,你让我拿啥给你做哩?你有本事出去挣钱回来,一天骂我算啥本事。"

玉婵心想,这两口子真是一对活宝,有力气吵架,却没人花力气干家务,院子里和屋里的麦草能把人绊倒,也不知道收拾,把日子过得没一点样子,真是让孩子们受苦。四个孩子身上脏得发亮,老大的鞋永远没后跟,老二的烂裈子永远没纽子,老三、老四两三岁了还不穿裤子。玉婵想着心里都难受,可惜了好娃投胎给这两个活宝。

本来田有柱家里还有个瞎眼的有柱娘,前不久可怜的老人受不了儿子和媳妇的辱骂,自己用裤带吊死在家里的窗扇上了。玉婵耳边仿佛又传来有柱媳妇骂有柱娘的声音:"你这个老不死的,还活着干啥呢?娃儿们都快饿死了,你还要和他们抢食吃,还不快死去。"玉婵听到这样的咒骂感觉揪心,经常会给有柱娘端点热汤热饭,但都进她那帮孙娃子的嘴里了。

可怜的老人最终受不了媳妇的咒骂和白眼,终于自行了结了凄惶的生命。哎,可怜之人必有可恨之处!想到这里,玉婵叹息了一声。

一连两三个晚上,玉婵都听到半夜有柱家孩子在哭。她最听不得的就是孩子的哭声,这让她整晚都揪着心。第二天一早,她走进有柱家院里,把有柱媳妇叫出来问情况:"金蛋他娘,你们家孩子怎么了,连着哭了几个晚上,这都是当娘的,我听着心里不忍,过来看看孩子是不是生病了?生病了的话可耽误不得,赶紧领着找大夫看看去。"

有柱媳妇还没说话眼泪就下来了:"嫂子,这日子过不下去了,孩子们没病,是饿得哭啊。"说着她呜呜地哭了起来。

玉婵说:"快别哭了,怎么不早说呀,都是房前屋后住着,我们能忍心看着你家孩子受饿吗?你等着。"

说着玉婵回家取了几个馍给有柱媳妇,有柱媳妇感激得眼泪直流,说:"他贾姨,你是菩萨心肠的好人啊,这让我怎么感谢你呢!"

玉婵说:"你快别这么说了,远亲不如近邻,咱们房前屋后住着,互相帮一把是应该的,快拿去给孩子吃。"

过了没几天,她家孩子又哭闹了。玉婵就把这事说给映之,并对他说:"这家人太可怜了,你看看有什么法子帮帮他们。"

映之说:"有柱人太懒了,就不是个过日子的人,我想让他去咱们的农庄干活,但他那么懒,我怕他耽误地里的活。"

玉婵说:"那几个孩子太可怜了,饿死了怎么办?"

映之又想了一会儿说:"我明天去磨坊,给看磨的伙计说说,让看磨的把二面给他们,让他隔几天去取一次。"玉婵也觉得这是能帮到他们的办法。

第二天一早,玉婵就去田有柱家把这事给他们说了,让有柱去上河坝的磨坊取二面。有柱两口子感动得痛哭流涕,说了一番千恩万谢的话。

逆着小河往上游走,走到镇子的北头,河水变得大了许多,河流被人为地分成了两半,一半顺着河道流淌,另一半的河水改道流入映之家的水磨房。一条深深的水渠横在磨坊的后上方,水渠中哗哗流淌的河水落入低处的水磨中大大的水车上,水车在水流的冲击下转动起来,套在水车上的齿轮带动了平放着的石磨盘。磨坊里的伙计往石磨的磨眼里灌粮食,粮食经过磨盘的研磨,变成了雪白的面粉。

田有柱小心地走进磨坊,磨坊里的水流声、水车声还有磨盘声交织在一起，轰隆隆地响着。他大声地对看磨的伙计说："忙着吗？贾掌柜让我来取二面。"

伙计看了他一眼，提高嗓音说："哦，知道，我给你装好了，在门背后放着，你自己拿，我这里腾不出手。"

有柱从门背后拿出半袋子二面，连声说着谢谢，点头哈腰地走了。

吃完了他又去，伙计忙的时候让他自己拿上筛子筛，他把取过头遍面的料再筛一遍，筛上半袋子二面就拿走了。但是常说人心隔肚皮，有时好心不一定得到好报，在后来的土地改革运动中，这个没良心的田有柱竟然拿这件事作为揭发映之的罪证。

映庚不念书了就整天在家闲逛，映之不甘心看他就这么荒废了，拿出了两百个银圆给他，让他自己去县城找工作。映庚拿着银圆去县城转悠了几天，没找到一点门路，钱却花得差不多了，就又灰溜溜地回去了。

映之又让他去经管农庄，他在山上没待两天又跑回来，说没意思，要做生意。映之带他去进货，他跑了两趟就不去了，嫌太累。映之对他失去了信心，心里哀叹，真是烂泥抹不上墙，也不再管他了。

映之娘让映之给映庚张罗婚事，映之费了一番周折后，给他说定了一门亲事。对方是邻近一个镇上的大户人家的女儿，过了半年就把她风风光光地娶进门了。

第十九章
胜利曙光映照花桥
诚实人家更加实诚

就在岁月一天天溜走之时,中国大地唱响了胜利的歌声,伟大的新中国成立了。全国人民欢欣鼓舞,到处都洋溢着胜利的喜悦。花桥镇这个山区里的小镇也沸腾了,家家户户像过年一样热闹。花桥上挤满了人,坐着的、站着的、蹲着的、说的、笑的、唱的,好一个热闹的场面。

映之在花桥上转了一圈,碰到了好友马勇山。他们在走南闯北的生意途中建立了深厚的友谊,也是非常好的搭档。

两人坐在桥沿上聊了起来,马勇山说:"终于盼到新中国成立这一天了,再也不用和土匪周旋了,再也不用东躲西藏了。"

"是啊,太太平平地过日子比啥都好!"

"老哥你说说,这新中国成立后还要不要我们做生意了?"马勇山突然问道。

"我心里也没底啊，边走边看吧。"映之不由得陷入了沉思。

马勇山说："听说陕西那边几个地方已经开始土改了，把土地多的人家都划成了地主，土地都没收了。老哥你家土地多，你要做好思想准备啊。"

马勇山的话让映之心里一阵沉重，这正是他日夜担心的事情，但又能做什么样的准备呢？他叹息着说："哎，听天由命吧。"

他俩从沉重的话题上移开，又聊了会儿高兴的事就各自回家了。

玉婵坐在院子里纳鞋底，映之走进院子，在玉婵旁边的凳子上坐了下来。

他说："新中国成立了，桥上今天热闹得很。"

玉婵说："我听说了，这下世道太平了，能过安生日子了。"

映之说："是啊，不打仗了，不闹土匪了，但是只怕我们又会遇到新的麻烦了。新中国的政策让不让做生意，还有咱们的农庄，听说好些地方在新中国成立前就把土地都重新划分了，心里真没底！"

玉婵说："政策上的事谁也说不准，我想日子只会一天比一天好，不会让人没活路的。"

映之的心情很复杂，在这全国上下欢天喜地的时候，他说不清自己是高兴还是担忧，好像这两种心情都有。他深深地出了一口气，去了他的铺子。

玉婵明白映之的心思，但她想一切都不会太糟糕，新中国成立应该是大家都能过上好日子了。

映之继续做他的生意，但他已经辞退了所有的雇工。农庄的地大部分都荒着，玉婵和映庚看管两个磨坊，还有个远点的磨坊关了门，他交代两人义务磨面，铺子由他一人打理。他把所有货物都降了价，让利出售，门口挂出了大牌子，上面写着"欢庆新中国成立让利，所有货物打五折出售"。这下众乡亲高兴了，店里的货物几天就扫空了，他又把存放的货物搬出来降价义卖。近一年多来，他的店铺不但没有利润，还赔进去了不少钱。

玉婵担心地说："不行就先把店关了吧，这么赔下去家底都赔光了。"

映之说："再维持一段时间看吧，我心里有底，眼下钱财不重要，这些家底能不能保得住还不好说，谋事在人，成事在天。我现在能做的只有去财消灾，保一家人平安。"

这一年多以来，他胆小慎微地做人，密切关注外面的每一条消息和动静。他发现了一些悄悄变化的事情，最明显的是，原来和他关系不错的人现在都在躲他。他想请那些镇长、村支书到家里吃饭，可是请了几次都没请来。他觉得担心的事情就要发生了，他的神经每天紧绷着，时刻等待暴风雨的到来。

映之把最后的资金和家里全部的现银装到两个四方形一尺见方的铁盒子里，那是进水烟时装水烟的盒子。然后把盒子放在炕边的柜子上，他想找一个安全的地方藏起来。他在家里转了半天，又转到院子里，然后又去了后院。后院两边的偏房一边是牲畜的圈舍，一边是伙计住过的房子。他进伙计住的房子看了看，房子里只有一个通间大炕。他突然发现可以藏银圆的地方了。

回到自己的房间，映之抱上两个盒子走进后院的偏房，他把炕眼里的死灰刨开，把铁盒子放进去。一共四个炕眼门，他放在靠左边的两个炕眼里，然后用灰埋得严严实实。

因为埋盒子而沾了一身灰尘的映之进了自己的房间，玉婵从灶房里回来问他:"干啥去了,弄成这个样子?"

他如实给玉婵说:"我把家里所有的现钱全部藏起来了。"

玉婵说:"就是柜子上的那两盒钱吗?藏哪里了?"

映之说:"藏在后院伙计们睡的炕的炕眼里了,左边两个炕眼。这日子一天比一天紧,后面会发生啥谁也不知道,咱们还是防着点好。"

玉婵说:"嗯,藏起来好。你藏好了没有,要不我再去看看?"

映之说:"不用了,已经藏好了。"

1951年,全国的土地改革运动在新谷县轰轰烈烈地开始了。花桥镇政府新中国成立后变成了镇公所,响应县上的土改工作政策,花桥镇公所成立了土改工作组,办公地设在镇公所。

镇上工作组一成立,映之早早地就主动去工作组汇报自己家的情况,把所有的土地、房屋、牲畜做了登记,并表明一定配合工作组的工作。

他去了几次后,发现工作组工作量大,需要人手帮忙,就主动提出给工作组帮忙记账。那儿的工作人员都是原来和他关系不错的朋友,他们看映之对这项工作认识明确,态度也好,加上他们确实需要人手,就同意了他的请求。

映之很卖力地在工作组工作着。

工作组把全镇所有的土地及财产登记清楚后,就开始划分各家成分。由于映之家有上百亩土地,所以起初被划成地主。地主分为恶霸地主和开明地主,映之家从来没有欺压过乡亲,在镇上有良好的口碑,自然被划为开明地主。

映之对这个结果非常不满意,他在努力工作的同时寻找各种凭证,一次次和工作人员谈论。工作组以实际情况为出发点,看在映之的表现上，特别是近一年来店里的货物让利出售，让乡亲们得了很多实惠。再加上他家的土地全部是近几年买了的，成分降成了小土地经营的中农。

在这一年多时间里，他夜不成寐，食不知味，以前非常强壮的身体消瘦了不少。能看到这样的结果，他稍微松了一口气。从镇公所出来后，他迈着轻松的脚步回家了。

玉婵看他比往日精神了一些，就问："怎么样了？是不是好转了？"

"总算没有白忙活，降成中农了。"映之说。

玉婵脸上露出了久违的笑容，她长长地舒了一口气就去干活了。她觉得步子轻松了许多。

第二十章
暴风骤雨公报私仇
大难来临恩将仇报

但是他们没有想到事情又有了变化。镇公所把所有结果报到县土改工作委员会后,在审查的过程中,映之家的材料没有通过。县土改工作办公室的秘书亲自挂帅来镇上复查了。

这个秘书不是别人,正是映庚的大学同学王敬如。王敬如大学毕业后在县委工作。县土改工作办公室成立后,他担任办公室秘书,所有的定性材料都由他先审查。他在审查的材料中看到贾映之的名字,这让他心中一阵激动,贾映之不就是当年打过自己的贾映庚的哥哥吗?他和贾映庚当年要好的时候,对各自家里情况都是熟悉的,他突然对贾映之的材料有了浓厚的兴趣。他看着看着,心中萌发了公报私仇之心。当年映庚把他打得住进医院后就退学了,他心头的怒气还没有消。面对贾映之的材料,他看了一遍又一遍,从中寻找出破绽。镇公所做出的定性结果如果不细揪也就马马虎虎过去了,要仔细审查的话还是有很多问题。他突然感觉很兴奋，这不是天赐良机吗？常言道，君子报仇，十年不晚，他一定要抓住这个机会，好好消消憋在心头几年的怨气。于是他主动请缨，要亲自去花桥复查贾映之家的成分。

可谓来者不善，善者不来，王敬如的到来，也意味着一个家庭灾难的到来。映之忙前忙后一年多，所有的成绩都化为乌有。王敬如以映之家长期雇工为名，成分定为地主。

映之知道是王敬如从中作梗。他知道王敬如是映庚的同学，便叫来映庚，想问清楚他和王敬如之间到底发生了什么。当年映庚从学堂里回来，他只知道他和王敬如打架了，但不知道为什么打。他问了映庚，映庚支支吾吾地没说清楚。现在到了这个节骨眼上，他应该找找症结，看有没有回旋的余地。

映庚进了映之的房子，问叫他啥事，映之没好气地说："你竟然还问我啥事？你知道咱家的成分为啥变了吗？是你的好同学王敬如干的，你到底和他结了啥仇？让人家出这么狠的手，把我们一家往死里整。"

映庚一听是王敬如干的，脸涨得通红地说："王敬如这明显是公报私仇，我找他算账去。"

映之没好气地说："你真是个祖宗，你还找人家算账，你有多大能耐？人家现在手里掌握着我们全家人的生死，你还嫌祸闯得不够大，是吗？"

映庚沮丧地说："那怎么办？不行我找他认个错，赔礼道歉去？"

映之说："这话还像个人说出来的，我找你来的意思就是这个。你给我说清楚你们打架的原因，然后我们一起到人家门上赔不是去。"

映庚无奈，只好把他在大学里的所作所为一五一十地给映之讲了一遍。映之听完差点没气死，半天才缓过劲来。

他说:"我们贾家祖上以德服人,从来不干偷鸡摸狗、损人利己、阳奉阴违的事情,没想到你却干出了这么卑劣的事情,最后还把人家的头打破了,你太能了!真是家门不幸,祖上蒙羞,我对你管教太少,今日落到这样的下场也是因果报应。"

映庚知道自己闯下了祸,跪在映之面前接受训斥。但映之已经没有训他的精神了,他说:"如果不是在这节骨眼上,看我怎么收拾你。还不起来收拾一下,咱们一起进城,给王敬如道歉去。"

映之给骡子备好了鞍子,准备好了礼物,马不停蹄地带着映庚去了县城。经过询问,他们找到了王敬如的家。

王敬如和吕锦蓉已经结成夫妻,两人同在县委上班。

映之上前敲门,来开门的是吕锦蓉,映之说:"你是王秘书的爱人吧?我是贾映庚的哥哥,是带着贾映庚来给你们赔礼道歉的。"

映庚从映之身后出来和吕锦蓉打招呼:"吕锦蓉同学,在学校时太年轻,做了惹你和王秘书不高兴的事,我专程来给你们赔个不是,希望你们看在同学的情面上,大人不记小人过,给我一个改过的机会。"

吕锦蓉说:"都是过去的事了,还提它干什么,你们先进来吧。"

映之和映庚走进王敬如和吕锦蓉的家,家里收拾得干净整洁,弥漫着一股浓浓的书卷气息。

吕锦蓉给映之哥俩泡了两杯茶,映之问怎么不见王敬如,吕锦蓉说他忙着下乡去了,今天可能回不来。

映之巧妙地说了他们的来意,想让吕锦蓉在王敬如面前说点好话:"也是的,王秘书肩上担的担子太重了,上山下乡也实在辛苦。那天到我们镇上去时我见到他了,人也操劳得黑瘦黑瘦的。"

"哦,你见着他了?你们那儿怎么样?你们没受到啥冲击吧?"

映之看吕锦蓉好像不知道他们家的事情，就一五一十地给她说了起来："哎，他姨，你是个明白人，我也就不瞒你了。家里的情形正难过呢，刚开始给我们划定的是中农，可报县上一复查又定成地主了。这不，听映庚说主管这事的王秘书是他同学，我就想看能不能帮我们说句话，映庚说他曾经惹你们不高兴，不好意思来，我这才知道我弟弟当年多么对不住你们，就赶紧过来了，一是诚心诚意给你们道个歉，二是想让王秘书帮我们说句话，不巧王秘书没在家，还望他姨你能帮帮我们。"

吕锦蓉说："这事我没参与，也不知道这中间的定性条件，你们既然这么诚心诚意地来了，我会把你们的意思转告给王敬如的，如果在政策允许的范围内，我想他会帮你们的。但如果碰到硬性指标上，也就没办法了。"

映之激动地说："他姨，你能这么说，我真是太感谢了，到底是有文化的人，这么通情达理，真是让人佩服啊！"

映庚也急忙说："老同学，我们家的事情就指望你和王秘书了，如能让我们渡过难关，我贾映庚当牛做马报答你们。"

吕锦蓉皱了皱眉头说："贾映庚你千万别这么说，王敬如也是在秉公办事，他左右不了国家的政策，能不能帮上忙还要看你们家的具体情况，你这么说让我怎么消受得起。"

映之赶忙打圆场："他姨，映庚不会说话，你千万别和他计较，你们当过同学，他那点水平你应该是清楚的。"

看到王敬如今天真的不回来了，映之和映庚告辞走出了王敬如的家。今天来能达到这个效果映之已经非常满意了，他原来预想人家不会让他们进门的。

但是他们今天所做的努力是徒劳的。吕锦蓉虽然把他们上门道歉的事情给王敬如说了，王敬如对自己所做的事情也有点后悔，他知道自己不该冲动，把贾映庚家的事情深刨，但是现在前进容易后退难，可谓覆水难收，国家的政策不是儿戏，程序性的东西岂能容他反复改变。他只有心里希望贾映庚全家能平稳渡过危机。

随着运动的深化，镇上的人们情绪高涨，精神抖擞，这甚至成了小镇人打发无聊生活的一场游戏。

这个家里笼罩着一片恐怖的愁云，因为映之也没能逃过这场灾难，外面闹哄哄的声音就像重锤敲打着玉婵的心脏。她想不通这些疯狂的人为什么要那样侮辱映之，他们一家人本本分分地过着日子，善良地对待每一个人，到头来怎么会有这样的下场？想到受苦受难的丈夫，她心如刀绞，泪水一次次模糊了她的眼睛，但她强忍着不在孩子们面前哭，她要强打精神在孩子们面前装出坚强的样子。她看到孩子们都被吓傻了，她牵挂丈夫，更心疼孩子们。

孩子们静悄悄地待在家里，谁都不敢出门，唯有在玉婵身边才让他们有一丝安全感。他们不明白他们的爹到底做错了什么，不明白这个世道究竟怎么了。孩子们一个个就像惊弓之鸟一样，盼望这一切赶快结束，盼望父亲早点回家。

但是，苦难的日子没有了尽头，那些贫农和地主、富农之间的矛盾在每天的批斗中升级，他们变着法子折磨这些地主老财，根本不管这些人平日做没做过欺压他们的事情。他们好像找到自己高高在上的感觉了，这是多少年都没遇到过的好事情，他们尽情地发泄，他们麻醉着、满足着。

两个多月的日子，映之受尽了折磨，他精明了半生，却想不出自己错在哪儿，难道自己不该拼命去挣钱？难道辛苦创下的家业到头成了关押自己的牢笼？刚开始的时候他还可以思考，但后来他成了一个木偶，一个没有灵魂的躯壳，任由别人随意摆布，他已没了知觉。

但是，有一个人对他的指控他却听到了，那是他家邻居田有柱的声音："他家天天吃白面，让我去他家的磨坊扫二面吃，我让你吃个够。"

田有柱说着把他的臭袜子脱了往映之嘴里塞。映之已经麻木的神经抽搐了一下，他想，大街上的任何人都可以侮辱他，唯有田有柱不该啊！如果不是他给的二面，田有柱全家都过不了那个春天，那今天还能站在这里侮辱他吗？田有柱凭什么要这样对他？还有那些恣意打骂他的人，这都是为什么啊？他的土地是他一分一厘地挣来的，既没去偷又没去抢，让他如何交代自己的罪行？这个刚正不阿的男人，眼角渗出了没人觉察到的泪珠。

第二十一章
牢房受苦玉婵揪心
父吊房梁痛哭儿郎

映之在街上受到的侮辱玉婵都看在眼里，她紧紧地跟随游行的队伍，看到无数石头土块砸向映之。她几次冲到前面去，想用身体护住映之，但都被疯狂的人群扯了出来，他们边扯边骂："不要脸的地主婆，滚一边去。"

她一次次地被人从批斗的队伍中赶出来，她的心像被人撕扯般难受。如果能去替换，她愿意替映之受苦。映之平日把尊严看得比生命都重要，在过去的日子里，他用勤劳、诚信、仁义换来无数人的尊重，现在他们却随意侮辱他。他何时受过如此羞辱啊！玉婵的心在滴血，她知道映之此时心里遭受的罪要比身体上大得多。她恨工作组的这帮人，他们为什么不把她押去，她恨映庚和王敬如，更恨恩将仇报的田有柱。

她忍受着人们对她投来的仇视的目光，眼巴巴地看着映之受侮辱，却不知该为他做些什么。

一天水米未进的映之一定饿坏了，她立即返回家去，精心做了他喜欢吃的素菜馄饨。她知道，镇公所的大门她一定进不去，便让怀玉和怀力去，小孩子不容易引起人们的注意，让他们想办法给映之把饭送进去。

怀玉怀里抱着饭，怀力跟在后面，他们尝试了几次都没能进去。一次次地被人赶了出来，后来他们叫着叔叔苦苦地哀求，让他们把饭给映之送进去，但不论怎样哀求，饭最终没有送进去。他们爬到院墙外面的大树上，透过窗户看到了他们可怜的爹。他们的爹和其他几个人被绑着吊在房梁上。屋里有几个人在训话，让他们交代自己的罪行，谁交代了，就放谁下来，不交代的一直吊着。

映之被折磨得筋疲力尽，耷拉着脑袋疲惫地闭着眼睛。怀玉和怀力同时呜呜地哭了起来，他们幼小的心灵受到了前所未有的伤害。在他们的心目中，父亲是顶天立地的男子汉，是他们的骄傲，看到平时威严的父亲被人折磨成这般模样，他们不敢相信眼前发生的一切，他们抱在一起压低声音痛哭，哭累了就溜下树往回走。在回家的路上，哥俩痛哭一阵后擦干眼泪，他们知道，不能让玉婵看出他们哭过，要不她会比他们更难受。苦难的日子让他们学会坚强和孝顺，他们一下子都长大了。

玉婵看到提回来的饭和两个眼睛红红的儿子，她心里打了一个冷战，问："你爹怎么样了？他们是不是又打他了？"

怀玉说："没有，我爹好呢，就是他们不让送饭。"

玉婵的眼泪"唰"地流下来了，她说："怀玉，你别哄我了！我知道你爹不好，他怎么样了，你快说呀。"

怀玉哭着说："没有事，娘，我说的是真的，你别哭了。"

"怀力，你说，他们把你爹怎么样了？"

怀力忍不住了，他哇哇地大哭起来，边哭边说："爹被他们吊在房梁上了，怎么办？娘，爹要被他们折磨死了。"

说完他们娘仨抱头痛哭，其他五个弟弟妹妹也都跟着一起哭，屋里哭声一片。

映之娘拄着拐棍进来说："你们就知道哭，哭什么，你们爸还没死——怀玉，去叫你二爸来。"

怀玉去映庚的屋里叫来映庚。

映之娘开始数落映庚："你是个死人啊？你大哥天天在受罪，你怎么不想想办法？都是你这个挨千刀的惹的事。"

映庚说："这么大的运动我有什么办法！"说完就不吭声了。映之娘坐了会儿，叹了口气就走了，映庚也跟着出去了。

玉婵知道，这个家里现在谁都帮不了她，她对怀玉说："怀玉，你快去你舅家，把你两个舅舅都叫来。"怀玉答应着飞快地走了。

玉婵的娘家虽然有上百亩土地，但人口多，而且从来没有雇过工，所以他们平稳渡过了这个难关。

国昌和国荣听了外甥的哭诉后，一刻也没敢耽误，都来到玉婵家。玉婵看到两个弟弟又哭了一阵，对他们说："你们俩快想想办法，救救你们姐夫，他要有个三长两短，我和这帮孩子就没法活了。"

国昌和国荣想了一会儿，国昌说："我在镇公所有一个熟人，我先去那儿问问情况。"说完他就去了。

国昌去了趟镇公所，他看到映之的惨状，心里一阵难过。那个熟人对他说，这事帮不了他，但他悄悄告诉国昌，如果县里有人，办理一个病重的手续，映之就可以回家养病了。

国昌回来把这个情况说了一下，他突然想起国荣有个同学在县委工作，就对国荣说："你不是有个同学在县委工作吗？你能不能去找他帮忙？"

国荣说："多年没有来往了，不知道人家帮不帮忙。我去找找看吧。"

说完国荣连夜赶到县城去了。

这回国荣总算没有白跑，他找到那个同学，又把来意跟他一说。那个同学对映之的情况也很同情，说帮他去说几句话。他先去找了王敬如，把贾映之的情况跟他汇报了一下，说贾映之病情严重，再关下去会出问题。

王敬如一听贾映之成这样了，心中顿觉愧疚，为了能减轻自己良心上的负担，他决定救贾映之。他亲自找工作组主任批了一张条子，让贾映之回家养病。国荣拿到条子如获至宝，飞快地回来了。

镇公所的人见到上级的批条，立马放了人。国昌和国荣把折磨得奄奄一息的映之背了回去。

第二十二章
家产没收搬迁上山
伤痨发作遗恨黄泉

映之回家后就卧病在床起不来了,他的身体和精神全垮了,但对他来说,致命的打击还在后面。

土改过后,就到了分田地阶段,这对映之无疑是雪上加霜。杂货铺、镇子上的房屋、三处水磨坊及两处农庄全部被没收,所有家产一夜之间化为乌有。全家人在限定的时间内要搬离花桥镇的家,让他们去野雀山的农庄场房里安身。

所有的家产都是映之一分一厘挣来的,他吃过的苦只有他自己知道,虽然早就料到会是这样的结果,但当这一刻到来时,他还是无法承受。就像被人一点点抽干了血液,只留下干瘪的躯体,病痛的折磨、精神上的打击一起铺天盖地而来,他躺在炕上气若游丝地接受命运的安排。

巨大的变故让这一家人乱了手脚。限期一到,镇公所的人催促他们离开。家里的东西全部没收，只让他们带走衣服等随身物品。慌乱中的玉婵突然想起映之藏到后院的东西，但病重的映之揪着她的心，她不敢离开他的身边，生怕映之会突然抛下她。她叫来映庚，悄悄跟他说了藏东西的地方，让他赶快去取，然后她照顾着映之，和孩子们一起收拾家里能让带走的东西。在工作组人员的监视下，她和孩子们把映之挪到担架上，抬着映之出了大门。

她在门外焦急地等着映庚，等了好一会儿，映庚出来了，他悄悄告诉玉婵说没有找到。玉婵吃了一惊，怎么会没找到呢，她想自己进去再找找，但工作组的人已经不让进去了。她无奈地带着全家朝野雀山走去。

怀玉、怀力和映庚用担架抬着映之，惜玉、惜兰背着包袱搀着她们的祖母，玉婵背着包袱抱着怀远，怀民和惜巧跟在玉婵的身后，映庚的媳妇背着包袱，手里提着零碎的东西。全家人走过廊桥，廊桥飞檐上的铃铛凄凉地摇晃着，像是在为这一家人送行。这里不再是他们的家，他们像一群迷途的羔羊，行走在寻找新家的路上。

他们走出桥东的街道，走过老皂荚树，走过窑坡大场，在一处深沟旁迎着山脊开始上山，山道夹在两座小山丘之间，狭窄得容不下三人并行。怀玉、怀力抬着担架的一头，映庚抬着另一头，他们吃力地前行着。怀玉和怀力侧着身子才能通过，身体紧挨着土崖，土崖上的土沾了他们一身，在转弯时土崖擦破了怀玉和怀力的手，但他们不能停下包扎，只能任鲜血直流。玉婵拖着七个月的身孕，背上的包袱和抱着的怀远让她累得喘不过气来，但她担心的是担架上的映之。她想拉着映之的手，感觉到他的体温，但此时却腾不出手来。她只能目不转睛地注视着他，观察他细微的变化，生怕他一口气上不来撇下她而去，脚下坑坑洼洼的道路和无数的石头阻碍着他们前进的脚步。

好在山路虽难走却并不远,上了梁之后,眼前是一处开阔的山弯,十几户人家坐落在这个向阳的山弯中。在一处水井旁有一个大大的院子,院子背靠山,前面是一个高高的土坎,坎边生长着一排刺槐和几株高大的核桃树。院子里有两座土墙剥落的房子,这就是他们的场房。他们到家了,他们将把新家安在这里,开始过和原来不一样的生活。

这里原来是收庄稼的地方,现在成了土改工作组留给他们的唯一家产。他们全家被归并到野雀山生产队。从搬到这里开始,玉婵就进入她一生中最难熬、最艰辛的阶段了。

病重中的映之虽然预料到会是这个结果,但他一时还是无法面对,他精神恍惚地回想起自己走过的艰难困苦,十二岁开始跟着爷爷闯荡商海,十八岁开始掌舵做主,把一间门面的小杂货铺经营成远近闻名的五间门面的贾家货铺,花桥镇四通八达的路都是他和他的骡队用脚一步一步走出来的,每条路上都洒满了他的心血和汗水。他的壮志未酬,遗恨难平,病魔却又侵蚀着他的生命,他心有不甘!

奄奄一息的映之在和死亡做着最后的拼搏。

这个要强而精明的男人在巨大的挫折和铺天盖地的无端指责面前力不从心地倒了下去,他的不舍和牵挂、委屈和疑问在心头重若磐石,但没有人能救得了他。这场运动熬干了他的生命,他不想死,身上的重担也不允许他死,但是他被中医诊断为"痨病",在那样的年代,靠几服老中医的草药已经回天无力了。

自从映之回家后,玉婵一直不敢相信眼前的一切,也许是前面的路走得太顺了,所以在大难临头时她不知道怎么去面对。她终究是一个思想单纯、缺乏经历的妇女,只知道把所有的精力都用在服侍丈夫身上,不去想丈夫有一天会离她和孩子们而去。她一心想着映之会好起来，不允许任何人说映之不行了，访遍了镇子里所有的大夫，但每个大夫都让她准备后事，她一次都听不进去，继续拖着笨重的身子在寻医的路上奔波。

这时的映之已经只有出的气没有进的气了，他知道自己不行了，几次要给玉婵安排后事，但都被拒绝了。玉婵用手堵住他的嘴，流着泪求他："求求你别说了，这样的话一句都别说，不吉利。你安心养病，会好起来的，一切都会过去的，我们还会和原来一样，一家人生活在一起。你不能撇下我不管，一定要好起来，会好起来的……"

映之握着玉婵的手，虚弱地闭上眼睛，两颗晶莹的泪珠从眼角滑落。纵使他有千言万语，此刻也哽咽着说不出来了。

不论玉婵多么不甘心，多么不敢相信这一切，噩梦还是来了——映之连遗言也没有力气说出来，就在妻儿老小悲痛欲绝的哭声中撒手西去了。

灰暗的天空低沉得好像要和大地连为一片，压得人透不过气来。寒风中夹杂着稀稀落落的雪花，一群惹人厌烦的乌鸦时不时"哇哇"地叫着飞过头顶，使野雀山村子悲凉的气氛更加凄冷。

映之的遗体停在简陋的房屋里，玉婵已顾不得伤心，她得料理映之的后事。映庚是个没操过心的人，遇到事像只没头苍蝇一样，映之的娘年纪大了指望不上，一群年幼的孩子只会守在映之的遗体前痛哭。玉婵强行打起精神，安排映庚去请原来家里请过的阴阳先生；安排怀玉到野雀山庄里挨家挨户磕头请人来帮忙，要靠众乡亲帮忙，才能给映之发丧；安排怀力到云岭村娘家报丧，让两个弟弟过来帮忙；又让惜玉和惜兰到镇上去扯做孝衫的白布。平日没操过心的玉婵，这会儿被逼着挑起了家里的重担,当一切安排妥当后,她像一摊烂泥一样瘫坐在映之的遗体旁。她看着像睡着了一样的映之恍若隔世,欲哭无泪。

不一会儿,怀玉请到的乡亲们陆陆续续到家里来了。他们和映之很熟悉,因为映之经常到这里来经管农庄,这里的好多人常年在映之的农田里干活,所以他们相处得很融洽。他们都记着映之的好处,看到现在映之遭难了,立即都过来帮忙。

玉婵跟他们不是很熟,但她热情地和大家打招呼,端茶倒水,说着感激的话。

一位年长的老者发话了:"怀玉他娘,你就别客气了,贾掌柜是个好人,你们既然到了我们庄里,我们就是乡里乡亲,一家有事大家帮是我们庄里的传统,现在我们都来了,你就安排吧,我们该干啥干啥。"

玉婵知道这位老人姓张,在庄里有威望,她连忙说道:"张伯,你看我一个妇道人家,遇到这么大的事一下子也没了主意,这事情摊下我一时也不知道咋办,你老人家多帮帮我,教教我该怎么办。"

老人说道:"是,我也知道你们家现在有难处,咱们有多大能力就办多大事,贾掌柜的方子(棺材)准备好了没有?"

玉婵说:"没有。"

他又问:"买方子的钱有没有?"

玉婵说:"啥都让工作组没收了,家里拿不出钱来了。"说着取下耳朵上的银耳环和头发上的银簪子,又翻箱倒柜找了两个银圆出来。

然后说:"我们就这点家当了。"

老人看了看玉婵手里的家当,叹息了一声说:"哎!那点家当你先拿着,这一群娃还要吃饭。各家各户听着,贾掌柜平日里待咱们不薄,我们好多人都是在他地里干活挣钱养家糊口的。做人要讲良心,他现在停草在这里,我们不能让他连一口棺材都没有就发丧吧,都回去找找,把家里的木板、木棒都拿来,让虎生简单地打口棺材。都不许要滑头,我老汉在这儿看着呢。"

乡亲们都回家找木料去了,玉婵给张老伯又是点烟又是倒水。张老伯的大恩大德她今生都不会忘。

一会儿玉婵家院子里堆了一大堆木料,会木匠的虎生过来看了看,说:"能用的不多。"

他在院子里转了转,说:"只有把灶房屋里的门扇卸了才够。"

玉婵说:"那就卸吧。"

虎生开始在院子里打棺材了。张老伯安排了几个人给虎生帮忙,他安排其他男人跟请来的阴阳先生去坟地挖墓。

玉婵看到这么好的乡亲心里过意不去,就让怀玉把家里仅有的钱拿到镇上去买一袋面回来,她只能给乡亲们蒸几锅馍馍以示感激了。

三天之后,一口简易的棺材打出来了。庄里的妇女们已经帮忙缝好了孝衫,在阴阳先生和张老伯的指挥下,完成了掩棺、呈服、出纸等一系列仪式。

时辰到了之后,由一群年幼的孝子组成的发丧队伍走在风雪交加的路上。惜玉、惜兰、惜巧穿着白色的孝衫,头上缠着白色的手巾走在最前面,她们边哭边扯着引路纸。惜玉边走边哭还要拉扯着走路跌跌撞撞的五岁的惜巧,惜兰和惜巧都在扯着嗓子哭。穿着白色长孝袍、头戴白纸帽、腰系草绳的怀玉手捧映之的遗像,哭得像个泪人,同样穿戴的怀力和怀民拄着孝棍,跟在怀玉身后哭哭啼啼。玉婵拖着笨重的身子由映红和映月搀扶着,映红和映月都在呜呜地哭着。

此时的玉婵已没有眼泪了,有的只是一颗一天比一天坚强的心,她必须强打精神,现在她是孩子们唯一的依靠,不能再让他们感到恐惧,而且还有一大摊子事情等着她去做呢。

野雀山的乡亲们抬着映之简陋的棺木,一群年幼的孝子稚嫩的哭声刺痛着送丧人的耳膜,他们跌跌撞撞地向贾家坟地走去。队伍的最后面跟着掉队的三岁的怀远,宽大的孝衫成了他走路的障碍,他走几步摔一跤,坐在地上哭一会儿,然后又爬起来走,一路哭哭啼啼地追赶着发丧的队伍。

那一年是1954年11月,38岁的映之撇下了34的玉婵和他们的8个孩子,最大的孩子15岁,最小的还在腹中没有出生。

这个家的天塌了,顶梁柱倒了,在映之的庇护下安然度日的一家老小除了撕心裂肺的哭泣再无其他。他们的前途一片灰暗。

第二十三章
天人永别痛断肝肠
强打精神遗腹生子

送走了映之的玉婵像是被人掏空了内脏的人,要不是身边七个儿女等着她,她就跟随映之去了。她哭干了眼泪,面对一贫如洗的家和一群幼小的孩子,她不知道今后的出路在哪里。晚上,她坐在清冷的院子里,面对着如水的月光,抬头在心底质问苍天:"老天爷,我把你咋了?你为啥要绝我的活路?狠心的映之,绝情的映之,你咋把我和娃撒下不管了?你良心让狗吃了,你在那边好好地给我等着,我把娃拉扯大了再来找你算账……"

但这一贫如洗的家,她要拿什么来拉扯孩子们?夜已深沉,她一点睡意都没有。肚子里的小生命轻微地动了动,好像在提醒她:"娘,还有我,我也需要在娘的照顾下长大。"

她用手抚摸着肚子,她知道,接二连三的事情让她吃不下睡不着,让肚子里的孩子受到了惊吓,就轻声说:"别怕,孩子,有娘在哩,娘一定要把你们拉扯大。"夜越来越深了，为了肚子里的孩子，玉婵不得不回屋上炕，强迫自己睡一阵。

映之走后的日子，每一天漫长得和一年一样。玉婵忍受不了对映之的思念，拖着笨重的身子，鬼使神差地走出野雀山庄，向着花桥镇走去。此时的花桥镇已经改成花桥公社了。

她走过街道西头的老皂荚树，这里是映之经常来取牲口料草的地方。她摘皂荚树上的皂荚时，映之会帮她，然后他们一起回去，她拿着皂荚去小河边洗衣服，映之回去给牲畜添草料。她又走到了花桥上，这里有太多美好的回忆，她一夜夜地坐在桥沿上等待夜归的映之，映之总是踏着暮色步履匆匆地赶着骡子回家，她老远就能听到骡子脖子上的铃铛声，就知道映之今天的生意一定很顺利，因为只有在生意好时映之才给骡子挂铃铛。

她默默地坐在桥沿上，看着桥头的方向，想着映之能不能像原来一样出现在视线里。她知道映之躺在野雀山上的荒草坡上，但还是期盼着，期盼有幻觉出现。过了很久，桥上的行人向她投来怜悯的目光，熟悉的人和她打招呼，她心不在焉地回答，来往的行人和小河的水流声，一次次地打断她的思绪。

她起身向她家的杂货铺走去，杂货铺紧闭的几扇木门上贴着盖了大印的封条，一阵落寞与伤感让她的心沉了下去。

她快步从杂货铺门前走过，从旁边的巷道里进去，走到自家的大门口，大门同样紧闭，贴着封条。门口落满了灰尘，并长出了杂草，蜘蛛在门口结了一张大大的网。这就是那个原本充满了生机与欢乐的家吗？她在大门口的台阶上坐下，斜对面就是那条潺潺的小河，河边的柳树站在冬日里，河面上结了一层薄冰。严冬快要过去了，等春天到来时，小河两岸的柳絮会纷飞,桃花点点,一片生机,但玉婵心里的冰雪何时才能消融?她的春天在哪里?

田有柱家的两个儿子穿着肮脏又破烂的棉衣,鼻子下面挂着两条绿虫子一样的鼻涕,穿着没有后跟的布鞋在河边玩耍。一会儿,田有柱的媳妇扯着嗓子出来了:"金蛋、银蛋,两个挨刀的,赶快回家,在这儿不怕冻死吗?"她看到坐在大门口的玉婵,仰着头故意装作看不见,绕开玉婵走到河边,拉扯着两个儿子回去了。玉婵厌恶地把目光看向别处,这个原来看见她笑脸讨好的人,现在露出了小人得志的模样。

她正要起身离开,却看见好友凤来提着篮子走过来。她想要躲开,凤来却已经看见她了,叫着她:"怀玉娘,怀玉娘,你等嘎。"

玉婵停住脚步,等凤来走到跟前。凤来说:"怀玉娘,你和娃们都好着吗?这么长时间没见,看见你我心里一阵高兴,你怎么转身就走?"

玉婵说:"没有的,我出来好一会儿了,想着该回去了。"

凤来说:"走,快到我家里去坐会儿,我想和你说会儿话哩。"

玉婵说:"不去了,家里孩子们还等着呢。"

凤来见她执意不去,就说让玉婵在这儿等会儿,她回去取个东西。

凤来一会儿从家里拿来半袋面,她说:"我知道你和孩子们一定有困难,你看你又快坐月子了,我也帮不上啥忙,这点面你别嫌,拿着回去添补一下。"

玉婵说:"不用了,你们家里也不宽裕,我们还熬得过去。"

凤来生气地说:"你咋这样和我见外哩,我们两个相处这么多年了,谁是怎么样的脾气还不知道吗?我是成心想帮你,你不要我就生气了。走吧，看你这笨身子提半袋面也吃力，我拿上把你往前送一下。"

玉婵只好顺着她，她们一起朝野雀山走去。

路上凤来跟她说，她们家的铺子和院子都要被拆了，公家要在那里建供销社。玉婵说她有预感，知道要拆了，今天来看最后一眼。

凤来安慰她："拆就拆吧，好好把孩子养大，没有过不去的坎。"

她们边聊边走。这是映之走后她第一次心情舒畅。患难之处见人心，凤来的真诚和善良温暖着玉婵孤苦的心。

不知不觉已经能看见她家的房子了，凤来把面给玉婵，说她该回去了，家里还有事，闲了会来这里看玉婵的。

家里的正房屋里，映庚夫妇坐在他娘跟前嘀咕："该分家了，娘，我哥那一大堆孩子会把我们拖累死的。"

目前这种情况明眼人都能看得见，老太太岂能不知？映庚娘本来就偏袒映庚，映庚的不成器与他娘的袒护是分不开的，但那一堆孩子毕竟也是她的亲孙子，映之尸骨未寒，玉婵眼看着又要坐月子，这么绝情的事情她做不出来，于是先稳住映庚："家是要分的，但现在不是时候，再缓缓吧。等你嫂子坐完月子，你哥的七七纸也就满了，到那时再分，别让旁人笑话。"老太太始终维护的是映庚的利益，她这会儿想到的还是映庚的颜面，而不是玉婵母子的死活。

憔悴的玉婵此时已经身心疲惫，开始整夜失眠，加上不思茶饭，她的身体已经开始虚脱，整日精神恍惚，随时都有倒下去的可能。她在死亡线上挣扎着，耳边两种声音交替出现，一个是死神的召唤，是映之在向她招手；另一个是儿女的呼唤，他们需要她。失去了父亲的孩子们像惊弓之鸟，围着躺在床上的玉婵，嘴里不停地叫着娘。肚子里的另一个小生命也想来到这个世界，一阵阵钻心的腹痛向她袭来。她清楚地知道，还得拼命生下这个孩子，她没有权利剥夺这个孩子的生命。她咬着牙在儿奔生娘奔死的死亡线上挣扎着。

她让孩子们快去叫映之的娘和映庚的媳妇，怀玉和惜玉飞奔着把躲得远远的她们叫了进来。映庚媳妇进来看了一眼，说害怕就又出去了；映庚的娘平时也是个胆小怕事的人，但这会儿她只有硬着头皮给玉婵接生，她边安排惜玉、惜兰烧水和找剪刀，边让怀玉、怀力去庄里叫人来帮忙。她的手和腿都在颤抖。玉婵前面生了七个孩子，她从没接生过，都是映之请人来接生的，现在她没有退路了，只能边给自己打气边给玉婵加油："玉婵呀，你得自己把劲鼓上，这会儿没有人能帮你，这庄里没有接生婆，你只有自己生了，咬咬牙挺住吧。"

玉婵知道这一关她得过，她在一阵阵的剧痛中拼死用力，感觉自己的生命即将结束，支撑她的，是做母亲的本能。在体力一点一点地消耗的时候，她感觉孩子出来了，模模糊糊中听到映之的娘说是个女娃，然后就昏睡过去了。

当她醒过来时，看到映红在她身边。映红说怀玉跑了几十里路去叫她，她把自己的孩子丢给丈夫，从家里拿了点粮食就急匆匆赶来了。她说："嫂子，你终于醒了，你睡了两天，幸亏我从家里拿了点粮食来，要不你们几个就真要饿死了。"

这时玉婵才知道映庚已经把家里不多的面和粮食全拿走了，人家小两口和他娘已经另立门户了。但是她这会儿也没有力气和别人计较什么，只能淡淡地说："随他们吧，这是迟早的事情！"

映红照顾了玉婵和孩子们几天后就回去了，她自己家里的孩子和一堆活还等着她干呢。

第二十四章
儿女待哺虚弱下地
凄惶岁月人心冷暖

玉婵在炕上躺了七天就再也躺不住了，八个孩子加上自己，一共九张嘴都需要吃饭。凤来给的面让映庚拿走了，映红拿来的那点面眼看要吃完了。她知道，得出门给孩子们找吃的去。

她支撑着虚弱的身体，脚像踩着棉花一样，感觉自己的身子不由自己做主，像要腾云飞起来一般。早春的风吹到她身上像一盆凉水从头浇到脚，她咬着牙打了个冷战继续坚持着，领着怀玉、怀力、惜兰和怀民往山上的荒地走去。荒地里被人掐过的苜蓿上又长出了新芽，她和孩子们掐着苜蓿，这一片苜蓿掐回去拌面蒸成团子，还能吃上几顿。

村里虎生的娘看到玉婵未满月就上山摘野菜，心疼地说道："怀玉娘，你这生娃才几天就上山去，早春的风这么大，这样会落下病的。听张姨一句劝，别出来了，把自己的身体照顾好，你这一堆娃还指望你拉扯呢。"

玉婵苦笑着说:"没事的,张姨,我的身体我知道,不会有事,再说娃娃们在家里要吃饭呢,我不出来没啥下锅啊!"说完已经泪花闪闪了。

虎生娘叹息着说:"哎,这老天爷也真是造孽啊,把这孤儿寡母往绝路上逼吗?你快回去歇着,我看看家里能挪出来点不,等会儿给你拿点来。"虎生娘边说边回家去了。

不一会儿,虎生娘拿来几斤玉米面。她让玉婵先凑合着吃几天,等出了月子再想办法。

玉婵又一次被野雀山庄的乡亲们感动了,她记下了所有人的恩情,这让她又看到希望。

她卖光了自己的首饰,仅仅留下那对银镯子,但没有撑多长时间家里的粮食又见底了,只有打发怀玉和怀力到云岭村娘家借,就这样一日推一日地熬到了夏收。

善良单纯的玉婵受到生计的煎熬之后,才明白把最要紧的事情给耽误了,那就是映之临终前要对她说的遗言。映之辛辛苦苦挣下的家业,除了国家没收去的固定资产和最后藏到后院炕眼里的银圆外应该还有。她知道映之是个心思缜密的人,在闹土匪那么混乱的时候都能保全财产,他一定是想给自己说这事,但自己却只是一门心思想让他好起来,所以直到后来映之已经神志不清、咽喉肿大,说不出话来她也没想到那里。

想到这里,玉婵恨死自己了,都是自己的愚蠢让孩子们跟着遭罪。后院炕眼里的两盒银圆,难道它们长翅膀飞了不成?这都成了玉婵心里永远的心结。

虽然映庚两口子和他娘早早地另起了锅灶,单独开火了,但名义上他们和玉婵及几个孩子还是一家人。

夏收后,他们正式分家了。映庚娘做主,房子和生产队分回来的粮食都对半分，映庚家三口人占了坐西朝东阳面的三间正房，玉婵家九口人分得坐南朝北的三间偏房，粮食一家一半。映之的娘说这样分有她的道理，她只有两个儿子，只能按两份分，虽然目前映之家孩子多，看起来好像不公平，但映庚才结婚不久，他也会生一堆孩子。这个貌似公平却明显偏袒的分家公约就这样执行了。

分家之后，玉婵带着八个孩子开始了更加艰辛的生活。分来的一袋小麦、两袋玉米就是他们全家九口人一年的口粮，怎么样才能维持到第二年夏收，玉婵想破了脑子。在那个年代，没有地方可以挣到钱，出去做工没人要。她只会做点针线活，于是就找出家里的零碎布头、破旧衣服开始做布鞋、帽子、绣肚兜，然后拿到街上去卖，但没有人肯掏钱出来买她的东西，因为穷得叮当响的人们口袋里都掏不出钱来。多少回无功而返后，她想干脆用吃的换吧。

她这一招还真管用，只要有人过来看她的东西，她就说用吃的东西可以换。玉婵的针线活做得非常有名气，加上她的不幸遭遇，街道上个别善良的人都想帮帮她，所以针线活偶尔能从街道上换回馍馍、洋芋、蔬菜之类的。他们一家人就这样一天天地熬着。

这时十六岁的怀玉和十五岁的惜玉已经成了玉婵的得力帮手。穷人家的孩子早当家，怀玉和惜玉俨然像两个小大人，在家里忙前忙后，照顾着一群弟弟妹妹。

怀玉越来越懂事老练，惜玉越来越聪明泼辣。在分家时，映庚要把本该属于玉婵的半袋粮食拿走，惜玉死活不给，硬是从映庚手里夺了下来。这时的怀力十三岁，惜兰十一岁，怀民九岁，惜巧六岁，怀远四岁，最小的惜玲一岁。惜玲的名字是国荣起的，因为生下她时玉婵没有心思起名字，国荣来看她时，说："这孩子一生下来家里啥都没有了，一切归零了，零和玲同音，所以就叫惜玲吧。"

家里家外实在找不到能吃的东西了，孩子们一个个饥肠辘辘地在家里等玉婵，玉婵出去找吃的去了。映庚家做熟了饭，香味随风飘进玉婵家，那香味就像虫一样勾走了孩子们的心。几个大点的孩子懂事了，知趣地离得远远地咽着口水，怀民和惜巧站在自家的门口盯着映庚家的门，怀远和惜玲走到映庚家门口，趴在门槛上从门缝里向里面看。自从分家后，映庚家吃饭时都关着门——他们怕这群孩子跑进去要饭吃。

怀远和惜玲太小了，不懂人情淡薄，他们可怜兮兮地守在门口不走。怀远也不哭闹，只是趴在门前，含着手指，从门缝盯着映庚一家人吃饭，口水顺着嘴角往下流。惜玲边哭边喊："饭饭，饭饭……"喊了半天映庚家都没人理。

惜玉过来抱起小的拽上大的往回走："别哭了，饿死鬼超生的吗？有点志气行不行，我们去别的地方看，不在这门上看。"她大着嗓门喊，气愤地把院子里的东西踢得叮当响。

过了没多久，映庚家的门开了。映庚端着木盆出来了，木盆里是给他家养的猪娃煮的麦麸苜蓿疙瘩，他把木盆放到院子里，然后去房背后牵猪娃，怀远和惜巧从家里跑出去，蹲在木盆边，怀远从猪食盆里抓了一把疙瘩就往嘴里喂，惜巧也跟着抓起一把就吃。映庚牵着猪娃走了过来，他厉声喝道："别动了，快放下，那是我喂猪娃子的，回自己屋里去。"

惜玉听到呵斥声，从屋里出来，把怀远和惜巧又一次搡回家。泪水模糊了她的双眼，她想骂人却哽咽着出不了声。

这一幕，在几兄妹的脑子里定了格，成了心底永远抹不去的一道伤疤。

137

第二十五章
世事无常玉婵乞讨
婆婆慈悲映庚受训

进入春天之后，家里基本上断粮了。玉婵用完了家里能做绣活的所有材料，连一根花线都找不到了。野菜把孩子们的脸都吃绿了，一连十几天没见一点面，孩子们在家里东倒一个，西歪一个。玉婵实在想不出能去哪里找点食物。

怎么办呢？难道就这样在家里等着饿死吗？不行就带着他们去讨饭吧。她脑海里出现了二十年前在娘家云岭村的情景，经常出现的讨饭的人，二十年后自己眼看也要成为乞丐，一股悲凉感浮现在心头，想想自己当年从来没有拒绝过乞丐，那次好心办了坏事送馍给乞丐，反而吃死了人的事她记忆深刻。是不是老天因此而惩罚她，让她也去做乞丐？如果是这样的话，这当乞丐的事她看来是在劫难逃了。也许这就是目前唯一的出路，她说不定出门能碰到好心人，像自己当年施舍乞丐一样施舍给自己，为了孩子们，出去试试吧。

打定主意之后，她叫怀玉和怀力跟她去乞讨。怀玉和怀力都不去，他们说那还不如去死。她又叫惜玉和惜兰跟她去，她们也不去。她想大一点的可能面子上下不来，不去算了，又叫怀民和惜巧跟她去，没想到两个小的也不去，难不成她要背着怀远抱着惜玲去吗？那样她走不了几步路的。

她生气地对几个大的孩子吼了起来："你们都不去是吗？就这样饿死在家里吗？脸面重要还是活命重要？怀民，你去不去？不去看我把你咋办。"她边吼边找了一根棍子，想吓唬怀民。

怀民看玉婵要打他，撒腿跑到院子里，边哭边大叫："我不去，打死我都不当叫花子，哇……啊……哇……我就是不去……呜……"

惜巧走到玉婵跟前说："娘，别打三哥了，我跟你去。"玉婵感觉喉咙里被一块东西堵住了，泪水在眼圈里打转，她生怕泪水会流下来，她一直在孩子们面前装坚强，不能让他们看到软弱的泪水。

她去灶房取了一个褡裢和一个破碗，把褡裢背在肩上，把破碗放进褡裢里，带着惜巧和怀远走出了家门。乞讨的路再难也难不过死亡的路，她今天无论如何都要让孩子们见一点面食。她带着惜巧和怀远朝庄子边上走去，此时的玉婵还没想好要去哪儿，到了大路上再做决定吧。

映庚娘在家里听到怀民的哭声，她摇晃着身子出了屋，看到玉婵带着惜巧和怀远走了，就问怀民："老三，你娘干啥去了？她打你咋哩？"

怀民还在抽抽搭搭地哭，边哭边说："我娘当叫花子去了，她让我跟她要饭去，我不去她就打我，呜……"

几个大的也在屋里哭。映庚娘在院子里站了会儿，眼圈红了。她对着屋里面的映庚说："映庚，你出来看一下，这几个都成这个样子了，你是活人,你就给想点办法。"

映庚只能从屋里走出来,说:"眼下家家粮食紧张,我们屋里也不够吃。"

他娘气呼呼地说:"那你就眼看着你嫂子带上娃要饭去?这几个娃有个啥好歹,你让我咋样去那边见你哥呢?"她又对几个娃说,"都别哭了,让你们二爸给你们想点办法。"映庚低着头进屋去了。

玉婵带着两个孩子,走到庄子下面的大路上,她想了想该朝哪边走呢,一边是去花桥公社的路,她不能去街道上要饭,要在熟人面前保留最后的尊严;另一边是去后湾的路,后湾是个大村子,去那里碰碰运气吧。于是他们朝后湾村走去。

两个孩子都走不动了,她抱起怀远,牵着惜巧,边走边歇。她也十几天没吃面食了,全身都没有劲,两条腿也不听使唤,沉重得抬不起来。玉婵强忍眩晕和疲乏,一步一步走到村口。

村口的第一户人家房门敞开着,她实在走不动了,就朝那一家走去。

进了没有围墙的院子,她小心地询问:"家里有人吗?"一连问了三遍,屋里出来了一个老婆婆。

老婆婆应声说道:"有哩,你找谁呢?"

玉婵不知道如何开口,她拐弯抹角地说:"我和娃们走累了,能在你家歇会儿吗?"

老婆婆说:"能行的,快来,看这两个可怜的娃。"

玉婵带着孩子进了屋,老婆婆客气地让玉婵和两个孩子上炕。她从茶壶里给玉婵倒了一碗开水,玉婵接过老婆婆的水先让孩子们喝了点,剩下的全被她喝完了。

老婆婆问她从哪里来的，要到哪里去。玉婵心情沉重地说："姨，我这是没路走了，从门里出来胡走，心想走到哪儿算哪儿吧。"

老婆婆又问："怎么了？遇到啥难事了吗？"

玉婵还未开口就先落泪了，她哽咽着说："姨，实不相瞒，娃他爸撇下我和八个娃早早地走了，家里财产全都在'土改'中被公家没收了，现在穷得啥都没有了。我和八个娃东借西挪地过了这一年多，现在一点办法都没有了。八个娃十几天没见一点面渣渣，在家里饿得东倒西歪，我怕他们饿死了，想着出来能不能讨要一点。这一进庄我们就走不动了，就到了你家。"

老婆婆听玉婵这么说心里也难过，她说："可怜人哦，你和这两个娃怕都饿得不行了吧？我先给你们做点吃的吧，家里也没有啥，就一点玉米面，先给你们做点面糊糊吧。"

她说着就到屋子的另一头生火去了。玉婵也赶紧下炕给婆婆帮忙，她们一个拉着灶头上的风箱，一个在锅里做面糊糊，边做饭边聊天。

老婆婆知道玉婵家就是街道上的贾家，不由得感叹了一番："贾家杂货铺的贾掌柜，那是多攒劲（好）的一个人，这说没就没了，撇下你和这一堆娃，想想都让人心酸！"老婆婆边说边抹眼泪。

没过多久，面糊糊熟了。两个孩子看见面糊糊来不及吹凉就往嘴里喝。

老婆婆说："看把娃饿的，慢慢喝，锅里还有，别烫着。"

玉婵边往碗里吹，边给怀远往嘴里喂。两个娃一人喝了一大碗，玉婵也喝了一大碗，好久没有沾过五谷的香味了，这面糊糊能顶得上山珍海味了。

吃饱喝足之后，玉婵不好意思再待在老婆婆家了，她说自己该走了，还有六个孩子在家里饿着。老婆婆说:"家里还有几碗玉米面,你都拿回去,给家里的孩子们弄了吃。"

玉婵说:"那你怎么办呢?"

老婆婆说:"明天到大庄里儿子的家里再要一点去,我一个快钻土的人了,日子怎么都能过得去,家里没有了,再到儿子家里吃,你快拿上给娃娃们吃吧。"

玉婵感动得不知道说什么好,她把婆婆给她的玉米面又分出来一半留给婆婆,然后把两碗面装进褡裢,背在肩上,抱起怀远,牵着惜巧出了院子,谢过婆婆往回走。

吃过饭之后,回家的路变得轻松起来。她想不到自己第一次出来讨饭会这么顺利,看来天下还是好人多,只要能放下身段,卑微地活着,这个坎一定能过得去。

他们到家时,天已经黑了,六个孩子都蔫蔫地趴在炕上,盼望着玉婵能带点吃的回家。惜玉怀里抱着惜玲,惜玲耷拉着脑袋,像猫一样有气无力地哭着。

玉婵进门把怀远往炕上一放,赶紧生火,水一开就把面放下去做面糊糊,一会儿面糊糊就熟了。她往六个碗里分着,六个孩子都扒在锅台边上等着,分好后他们急不可耐地端着呼啦啦地喝了起来。玉婵把惜玲抱在怀里,用勺子给惜玲喂。怀远趴在玉婵身边张望着,因为玉婵说惜玲喝不完了再给他喝,怀远乖乖地等待着。

这一顿讨来的面糊糊让全家人吃出了大餐的味道,这味道永远留在孩子们的记忆中。在之后的日子里,他们谁都没有忘记这次讨饭的经历。

第二天一早,映庚走进玉婵家,他拿来二十个银圆,让玉婵去买点粮食。映庚的这一举动让玉婵吃了一惊，她看着桌子上的二十个银圆发呆。这让她想起了后院炕眼里的银圆，这银圆上一定沾有映之的汗水。但玉婵又一想，映庚现在能拿出来，看来良心还没有坏死。她还得记映庚的好。此时她由不得又想起自己的愚蠢，在映之病重时，她只是一门心思地给映之寻医问药，家里的其他事情一点都没在意。她知道那时家里还有点钱，但后来钱到哪里去了她就不知道了。

她看着面前的二十个银圆，算着能买多少斤粮食。目前市面上的粮食一斤要六元钱，一百斤要六百元钱，这二十个银圆才值三百多元钱，能买五十多斤粮食。买多少算多少吧，看来这段时间不用出去讨饭了。

这个时候，怀玉才说了玉婵讨饭走后，他婆怎么骂映庚的事。玉婵心里记下了婆婆和映庚的好处。

映月自从娘家发生变故之后就很少回家了，她生怕地主成分的娘家会给她带去麻烦。其实赵秉先的家里从祖上三辈起就是真正的大地主，家里良田百顷，用人无数，但因为是书香门第，赵秉先是文化人，是土改工作中政策允许可以争取过来的知识分子，所以他们家除了没收土地，全家人都得以保全。赵秉先继续担任学校的校长。粗茶淡饭他们还是能吃上的。

映月偶尔回来几次也只去她娘和映庚家，很少进玉婵的家门。她每次回来拿的东西都是偷偷带进她娘的房间里，生怕饿着肚子的侄子侄女们看见。

但映红不一样，映红家虽然日子过得紧张，但她知道玉婵更需要她的帮助，所以时不时会让老实的丈夫从家里背来些洋芋、萝卜、黄豆，这对玉婵他们来说就是雪中送炭了。

第二十六章
饥荒岁月舅舅做媒
姐带妹嫁逃生糊口

艰难的岁月又熬了两年,到了1958年,新谷县遇到了一场严重的春季干旱,粮食颗粒未收,全县人都在饥饿的死亡线上挣扎。玉婵领着孩子们吃遍了山上所有能吃的野菜和树根,大点的孩子还能咽下去,最小的怀远和惜玲眼看就要饿死了,脖子细得已经支撑不住脑袋了,连哭闹的声音都没有了。这下愁坏了玉婵,她给在县城工作的国荣捎信,让他想办法救救孩子。

野雀山对面的荒坡上有一片苜蓿地,饥饿中的人们眼睛都盯着那里,那一片苜蓿等不到长新芽就被人掐得光秃秃的了。

怀玉叫上惜玉和怀力乘着晚上的月光到对面山上去掐苜蓿,他怕第二天去就被人掐光了。

兄妹三人在月光下掐了一晚上苜蓿,半夜的凉风吹得每个人都在发抖,但他们为了能吃上苜蓿团子,谁也没有说回家的话。清冷的月光洒在荒坡上三个单薄的孩子身上，显得那么凄凉。

天快亮的时候，他们每人掐了满满一篮子苜蓿，看到自己的成果，他们每个人都很高兴。

怀玉说："这么多咱们一家人也吃不完，干脆留一篮子自己吃，剩下的拿到街上去卖了吧。"

惜玉和怀力都赞同这个办法，于是他们回家放下一篮子苜蓿，把剩下的两篮子拿到街上去卖。

三个人守着两篮子苜蓿，从早上守到傍晚，但没有一个人来问。又冷又饿的他们垂头丧气地准备放弃了，这时旁边卖火烧的大娘说话了："哎，这三个可怜的娃，把苜蓿给我，我给你们两个火烧吧。"

兄妹三人拿到火烧如获珍宝，揣到怀里飞奔着回家了。他们三个强忍着快要流出来的口水，没舍得吃一口，商量好要留给最小的惜巧、怀远和惜玲吃。

两个火烧拿回家后，他们交给了玉婵。玉婵拿着火烧看了半天，说："一个放下给惜玲泡着吃，就当她这几天的口粮，还有一个我切成七份，每人一份。"

于是她用刀子把火烧切成七个小块，让他们自己拿，惜兰、怀民、惜巧、怀远迫不及待地拿到自己的一份，一小口一小口地抿着，舍不得一口吃完。

玉婵看三个大的不动，就问："你们三个为啥不吃？"

怀玉说："卖火烧的大娘给了我们三个，我们三人在回来的路上把一个分着吃了，这会儿不要了。"说完他把剩下的三小块火烧分给怀民、惜巧和怀远。

怀力怕弟弟和妹妹看见自己咽唾沫，就悄悄地出去了。

国荣接到玉婵捎去的信，没几天就赶来了。来时带了点能吃的东西，几个孩子分着吃了些，大点的都很懂事，吃了一点就舍不得吃了，说要留给怀远和惜玲。

国荣说："眼下这么严重的饥荒，我也想不出啥好的办法救孩子们。"他沉思了片刻又说，"县城边上有个村子灾情不是太严重，我认识一户人家，姓王，他们要给唯一的儿子说个媳妇。我觉得那家条件还过得去，眼下惜玉也不小了，不行把惜玉说给他家儿子，过门后惜玉不至于挨饿，对你们来说走了一张嘴也能缓解一下困难。"

玉婵想了想说："哎，只要人家能看上惜玉，能活一个是一个吧。"

她把惜玉叫来，问她愿不愿意嫁到不挨饿的人家去。

惜玉想了想说："我嫁过去可以，但我要带着惜玲一起嫁。"她知道，在这个家里，惜玲随时都有饿死的可能。

国荣想了一下说："这是个可以救惜玲的办法，但不知道对方家里能不能同意。"

惜玉态度坚决地说："他们同意我就嫁，不同意就不嫁，要死大家一起死，把妹妹饿死我一人逃命有啥意思。"

玉婵心里虽然舍不得惜玲，但眼下能让惜玲活命是最要紧的，所以她同意了惜玉的意见。

国荣带着惜玉的意见去见了县城郊区的那家人。那家人姓王，就老两口和唯一的儿子过着小日子。县城郊区的春旱没有周边的地方那么严重，他们家里也从生产队分了粮食。

他们听了国荣带去的消息后，想了想说要见惜玉本人，如果看上人了就同意，看不上就算了。

于是国荣就带着惜玉到他们家去了。苦难的岁月阻挡不了惜玉长成一个俊俏的大姑娘,除了营养不良导致面色苍白之外,精致的五官继承了映之和玉婵的优点,天生的伶俐让她透出一股机灵劲儿。

惜玉一到王家,他们三口人就都看上了,但对于惜玉来说,这不是找婆家,是找自己和妹妹能活命的地方,所以男人什么模样、公婆怎么样她都没放在心上。

这事就这么定下来了,没过几天,十八岁的惜玉就出嫁了。

穷得揭不开锅的家要怎么嫁这个女儿呢?玉婵看着身穿补丁衣服的惜玉,心里一阵酸楚。她打开自己的箱子,从里面翻了半天,却找不到一件像样的衣服。最后她翻出一件英丹兰的衣服,这是玉婵保存得最好的一件,也是最喜欢的一件,虽然已经穿旧了,但一直珍藏着,因为这是映之到兰州进水烟时买回来的洋布料,她做成了大襟褂子。除了边上有点磨损外,颜色还很新,再也找不到比这件更好的了,玉婵就让惜玉穿这件衣服出嫁吧。

她让惜玉把衣服换上,惜玉不换,她知道那是玉婵最喜欢的衣服,所以不穿,就要穿着补丁衣服出嫁。泪水在玉婵的眼里打转,她说:"惜玉啊,娘没有办法把你打扮得更好看了,是娘没本事,让你们受苦了。你就凑合着穿上这件衣服吧,让娘心里能多少好受一些。"说着擦去没有控制住的泪水。

惜玉看玉婵哭了,就穿上了那件旧衣服。大小刚刚好,比原来的补丁衣服好看许多。

她跟着国荣和那边派来接亲的人上路了,唯一的嫁妆就是背在背上的三岁的妹妹惜玲。

七十多里的路程让他们走了一天,国荣和接亲的人帮着她背惜玲,进县城的时候已经是下午了。

新谷县城是方圆几百千米山区丘陵中难得的平川大坝，有陇上粮仓、山中盆地之美誉。远处高大耸立的金鸡山已经被暮色笼罩，模模糊糊地显出轮廓。他们从西关走到东街，从东街走过一片平坦的农田，眼前出现了一条宽阔的大河，这就是县城里的东河。新谷县城被东边和南边两条大河环绕着，眼前的东河自北向南流去，流到县城东南角与南河相汇，变成一条汹涌的青泥河，流出飞龙大峡谷，注入长江。

惜玉跟着国荣和接亲的人过了东河桥，沿着平坦的马路往东走，路两边是高大的杨树，杨树后面是一望无际的平坦的农田，农田里种着小麦、水稻和玉米。他们又走了两里路才到王家。

王家三口人住着三间低矮破旧的土房，公公婆婆已经在家里等他们了。家里有几个来庆贺的亲戚和邻居，看得出是简简单单办事情。惜玉上次来时心情杂乱，对这里的每个人都没有认真看，这会儿她认真打量了一下公婆和丈夫。公婆四十岁出头的样子，热情中带有几分精明；丈夫中等个子，长着一个大脑袋，大脑袋上的大眼睛涣散无光，从惜玉进门的那一刻起，他就没正眼看过惜玉，嘴里嘟嘟囔囔地说着什么。

惜玉心想，这人肯定是脑子有问题，看起来不太正常。看着眼前这样一个人，她感觉自己的心在往下沉，一丝忧愁袭上心头，这就是自己的丈夫，是自己心甘情愿嫁的丈夫，今后的日子不知会是怎样的。

"姐，我饿了。"惜玲的声音打断了她的思绪，她立即调整情绪，迫使自己不想那么多，先顾眼下吧，于是带着惜玲去厨房找吃的去了。

嫁过来之后，惜玲就叫王家公婆爹和娘，成了王家的女儿。王家的粗茶淡饭勉强填饱了惜玉和惜玲的肚子。

惜玉的丈夫心不在家里，父母给他娶来的媳妇他看都懒得看一眼，他心里关心的是城里要过军队，他要参军。他对军装着迷，盘算着要重新谷县城走出去，要去看看外面的世界。王家二老看着儿子这样心里干着急，他们说他中邪了，急急忙忙给他娶媳妇就是为了拴住他的心，让他安安稳稳地在家里过日子，但现在惜玉娶进门了，他的魂还是回不来，只知道一天天早出晚归地在街道上等军队。

惜玉看到这样的丈夫心凉了半截，好在从出嫁时起她就没对这个婚姻抱多大希望，丈夫懒得看她，她也懒得去理他，就这样相安无事挺好的，只要惜玲能吃饱，其他的她不计较。

一支地质勘探工作队从县城路过，他们穿着军绿色的工作服，惜玉的丈夫以为终于等来了军队，就跟在工作队后面走了。当邻居们看到后把这一情况告诉惜玉和公婆时，公婆在家里号啕大哭。他们喊上惜玉一起去追那支工作队，追了几十里路还是没有追上。公婆跑不动了，让惜玉继续去追，交代她一定要把他们的儿子叫回来。

惜玉答应后继续追，她又跑了几十里路，还是没有见到那支工作队的踪影。其实她心里明镜似的，知道就是追上也叫不回铁了心要走的丈夫。她连续走了一天一夜，体力已经消耗尽了，漆黑的晚上，她拖着疲惫的身子回了家。公婆看到她一个人回来了，轮番痛骂她，她一言不发地接受了他们的痛骂，她能体会他们心里的担心和痛苦。

以后的日子里，他们全家都在寻找惜玉的丈夫，但一直杳无音信。惜玉在家里照顾着二老和惜玲，平静地生活了近十年，一直到她生命中重要的人出现。

第二十七章
无米下锅老友相助
为保儿命痛心过继

送走了两个女儿的玉婵,虽然难忍揪心的疼痛,但眼下她还顾不上伤心,家里的六个孩子还在忍受饥饿的威胁。眼瞅着同村和外村不断地有饿死的人,怎么样才能让孩子活下去成了她日思夜想的问题。她每天都到街道上去一趟,想着能不能从哪儿找到点能吃的东西,但每天都是空手而归,满街道都是饿得东倒西歪的人。她彻底绝望了,坐在花桥的桥沿上像一摊泥一样起不来了。

不知过了多久,玉婵突然听到有人叫她:"怀玉他娘,你坐这儿咋哩?"

她抬头一看,是映之生前的好友马勇山。她像抓住救命稻草一样,边哭边说:"他马叔,快救救我的孩子,他们快要饿死了。"说完哭得更伤心了。

马勇山说:"怀玉娘,你先别哭了,到我家里去坐着歇会儿,啥情况你慢慢说。"

于是玉婵跟着马勇山到了马家。马家就在花桥东头，马勇山是映之最好的朋友之一，他们家除了开门市部外，没有购置过多的土地，算是手工业者，所以平稳地渡过了那场运动。

马勇山结婚多年，膝下只有一个十四岁的女儿。他们家在运动中没有受到大的冲击，加上家里人口少，所以看得出他家的日子还能过得下去。

玉婵到他家后，马勇山叫媳妇给玉婵拿了一个馍馍，倒了一杯水。玉婵喝了点水，把馍馍用手绢包了装在口袋里。

马勇山问玉婵家里是啥情况，玉婵说："山里的野菜和树根都让人挖光了，再也找不到吃的了，家里的孩子们已经两三天没吃东西了，眼瞅着快饿死了。"她恳求着说，"他马叔，你就看在死去的映之的份上，看有啥办法救救我的孩子们吧！"

马勇山说："我听说你们的日子难过，没想到到了这种地步，他二爸映庚不管你们吗？"

玉婵苦笑着说："映庚在能过的时候都只顾自己，现在这饿死人的节骨眼他还能管我们？一天到黑把门关得紧紧的，生怕孩子们进去找吃的。"

"真是个没良心的东西，哥嫂对他的养育恩都不顾了！"马勇山狠狠地说。

他想了一会儿把他的媳妇叫来道："他娘，你看家里的面还有多少，先给贾嫂子装几碗让她拿回去给娃弄着吃。"

马勇山的媳妇虽然不情愿，但马勇山在家里有威信，她不敢犟，只能到灶房装几碗面提过来。

马勇山说:"这外面全是饿红了眼的人,你提着面出去让人抢了咋办,还是我送你回去吧。"说完他提着面护送玉婵回去了。

一进家门,玉婵赶紧生火给孩子们做面糊糊。马勇山把孩子们一个个看了一遍,等他们每人喝了一碗面糊糊后,马勇山问东问西地逗他们玩了一会儿。这时他心里有了一个想法——他看上了玉婵的小儿子怀远。怀远从小长得俊,人也活泼机灵,小嘴能说会道。

他想收养怀远,但不好意思明说,就坐在玉婵家里盯着孩子们看,嘴里有一句没一句地东拉西扯。

玉婵看出马勇山心里有话,就说:"他马叔,你是我们家的救命恩人,有啥事你就明说,只要我能做到的,我一定不推脱。"

马勇山说:"贾嫂子也是个明眼人,我就直说了吧,看你家这情形,又赶上这么大的饥荒,这一堆娃我看你拉不过来,干脆把最小的怀远过继给我,我替你养着,你看行吗?"

玉婵听马勇山这么一说,无疑又戳到她送走惜玲的伤疤,眼泪哗啦啦地就下来了。她边哭边说:"他马叔,你的大恩大德我这世报不了,来世当牛做马给你报,但这娃我没法给你啊,我已经把最小的惜玲送给人了,再把怀远送人,我怎么对得起死去的映之!"说完她哭得停不了了。

马勇山被玉婵弄得不好意思了,他连忙说:"贾嫂子,我也是看你太难了,想帮帮你,你如果不信任我,或者舍不得的话就算了,全当我没说,快别哭了。"

他劝说一阵就走了,临走前又丢下一句话:"贾嫂子,你还是把我说的话好好想想吧,能养活你就自己养,实在没法就给我送来。我是真的喜欢怀远这孩子!"

马勇山送来的面让玉婵和一帮孩子维持了几天，眼瞅着又快断粮了，玉婵又愁了，怎样才能让孩子们活下去，这个问题又开始折磨她了。

她想到箱子底下还有一对银镯子，那是映之留给她的唯一的物件了，在土改中没收家产时她藏在贴身之处才带出来的。拿出银镯子，不免又勾起对映之的思念。她泪水涟涟地抚摸这对镯子，口中念叨着："映之啊，你在天有灵，一定要保佑你的儿女们，这几个孩子能不能活命就看你了。"

她拿上镯子决定去街道上碰碰运气，如果能换来点吃的，就算映之显灵了。

她拿着镯子到街道上，不知道怎么找买主，转悠了半天来到花桥上。她掏出手绢，铺在桥沿边的木台上了，把一对银镯子放在上面，坐在旁边等待。

有好几个人过来看她的镯子，都说是好东西，做工精致，光彩照人。她说只要能给几碗面粉就可以把镯子拿走，但人们都是来看看就放下走了，这年月，活命要紧，谁还会舍得用面换一对镯子。在桥上守了一天的玉婵终究没有把镯子卖出去，她拖着沉重的步子回家了。

进门后她不敢看孩子们期待的眼神。她从心底发出对映之的怨恨："你这死鬼，看来是成心不帮我了！"

马勇山说过的话又回荡在她的耳边，看来眼下除了这个法子能让怀远远离死亡的威胁外，再想不出别的办法了。各家都在为生计发愁，除了马勇山谁还能帮她呢？她又开始反过来想问题了，如果因为自己的私心舍不得送走孩子，而导致孩子饿死了，那更对不起自己的良心和死去的映之了。这么一想，她突然觉得眼前有路了，还是把怀远送出去吧，当娘的现在唯一能做到的就是先让他好好地活着。

想通了之后,她就把几个孩子都叫到跟前给他们摊牌:"那天你马叔来说的话你们可能都听见了,怀远太小了,扛不住天天饿肚子,还是让他去你马叔家先吃个饱肚子把命保住再说,你们看能行吗?"

说完几个孩子都哇哇大哭,怀远虽然不明白是怎么回事,但他也跟着哭个不停,嘴里不停地说:"不去马叔家,不去马叔家。"

怀力哭着说:"娘,要死咱们一家人死一起,你这样东送一个、西送一个,让人家都笑话死了。"

怀玉哭着说:"现在活命是最要紧的,谁还有力气去笑话别人家的事!娘说得有道理,先让怀远活命比啥都要紧。我现在就给马叔送去,将来怀远长大了要怪就怪我,别怪娘。娘如果还有其他的办法,能舍得把自己的孩子送人吗!"

说完怀玉就背起怀远往外走,怀远在怀玉的背上哭闹,怀力、惜兰、怀民、惜巧都在哇哇地大哭。玉婵的心都快碎成八瓣了,她瘫坐在地上,眼前一阵阵发黑。孩子们的哭声像重锤一样敲着她的心脏,她几次想冲出去挡住怀玉,把怀远抱回来,但无能的她没有这样的勇气,唯一的念头是,不能让孩子饿死在自己面前。

她幻想怀玉会在半道上捡一袋粮食,然后又把怀远背回来。她坐在门槛上,看着怀玉走过的路发呆,等着上天是否能给她奇迹。

但奇迹没有发生,等了几个小时后,怀玉背着半袋粮食回来了,但怀远不见了。怀玉说他把怀远送过去后马勇山很高兴,二话没说就给他装了半袋粮食,让他带回来,并让他转告玉婵,怀远放他那儿让她放心,他一定会把怀远拉扯大,以后家里有过不去的坎再去找他。

玉婵已经没有心思听怀玉说了,她倒在炕上起不来了。玉婵病倒在炕上几天才缓过气来。好像每个人的命运冥冥之中自有定数，当年映之给小儿子起名怀远，是希望他心存远志，光耀门楣，但没想到这个"远"硬是让怀远走出贾门，再也回不来了。贾怀远从此成了马怀远，后辈儿孙都给马家顶门立户了。

送走了两个最小的孩子后，玉婵领着其余的五个孩子吃糠咽菜、东讨西要地又熬了两年。

第二十八章
天无绝路招工谋生
智勇惜玉夜走花桥

转眼到了1959年，三年困难时期即将过去，新中国的建设正在紧锣密鼓地进行中。人力、物力、财力样样紧缺，各行各业都在大量招收工作人员，这也为农村大批还在饥饿线上挣扎的青年带来了机遇。

玉婵所在的花桥公社消息不是很灵通，他们还不知道县城应招的人流把头都挤破了。

惜玉听到消息后，等不到第二天的班车，连夜步行往娘家赶。她要把这个消息告诉全家，要带上怀玉和怀力到县城去应招。

惜玉的丈夫离家出走后，惜玉在王家的日子过得尴尬而艰难，那个没有多少感情的丈夫成了她生活中的一个遥远的梦，这个梦若有若无，时而清晰时而模糊，让她愁肠百结。好在有惜玲在身边，虽然没有实质的婚姻，但却让她和惜玲免受饥饿之苦，特别是惜玲，自从到王家吃到五谷之后，个头见长，人也变得活泼可爱了。这让她心里觉得欣慰了许多，也让她对王家的公公婆婆心怀感激，虽然自从丈夫走后，二老心里烦躁时会把气撒在她的身上，说她没本事，看不住自己的男人，来他们家吃闲饭……但说这些能有什么用？她是他们家明媒正娶的，要休了她还得他们的儿子在才行。

他们日夜盼望着儿子能回来，所以还得让惜玉和他们一起在家里等着。一家人就这么一天天地熬着，盼着，但更让惜玉惦记的还是娘家，那个风雨飘摇的家，那个领着弟弟妹妹在饥饿中煎熬的娘。这是她心中永远的牵挂。

七十多里的路程在她的脚下一步步缩短，走在荒山野岭中的她感觉脚底生风，这个让她看到希望的消息是她此时心中巨大的动力。她走了一个晚上，艰难中走过来的她不知道啥叫害怕，虽然走得脚上都起泡了，但也不在意，要紧的是能让大哥怀玉和二弟怀力离开贫困的山村去谋条生路。想到这儿，惜玉浑身都是劲。

穿过一片玉米地时，沉甸甸的玉米棒子绊住了她前进的脚步。想着家里的娘和弟弟妹妹可能还在为无米下锅而发愁，她手脚麻利地掰下几个玉米，但太重不好拿，索性坐在地里，把玉米粒搓下来，然后把上衣塞进腰里，再把裤带勒紧，把玉米粒从领口灌了下去。不一会儿，腰间鼓囊囊地肥了一大圈，冰凉的玉米粒让她打了几个冷战，也让她的脑子清醒了一下，一种羞愧感袭上心头，不由得嘴里念叨了两句："我这也是没有办法了，今天掰你家的玉米是为了救弟弟妹妹的性命，这账你先记在我贾惜玉的头上，算我借你家的，来日再偿还。"念叨完感觉心里轻松了些，看着身上也装得差不多了，又急忙上路了。

她穿过了长长的老虎岔沟，翻过陡峭的红马石梁，走在清冷幽静的田野中。路边地里的红萝卜长得正欢，她不由自主地停下脚步，四下张望了一下,黑咕隆咚的夜色中除了她再无任何人。她麻利地拔了红萝卜,顺手拧掉红萝卜上的叶子,在草地上蹭掉红萝卜上的泥巴,然后把红萝卜塞进裤腿,用路边的水草扎紧裤脚,两条腿顿时变得粗壮了。

她迈着沉甸甸的步子向娘家走去。

月光陪伴着黑夜中的惜玉,照亮了她回家的路。走了几个小时的路,让她脚疼难忍,再加上腰间、袖中、裤腿里的食物使她抬不起脚,汗水顺着脸颊流到脖颈,她真想就此睡倒,一觉睡到天亮,但她不能那样,得鼓足劲往家赶,天亮前到家,把招工的消息告诉他们。这是眼下怀玉和怀力的唯一出路,也是解救这个家的唯一出路。

惜玉艰难地前行着,崎岖的山路在身后慢慢拉长,回家的距离在前面逐渐缩短。

当东边的天际露出鱼肚白时,她到家了。

玉婵惊呼着:"惜玉啊,你怎么这么早,这是走了一晚上夜路吗?老天爷!快上炕歇着。"

弟弟妹妹们都从炕上爬起来高兴地围了过来。

惜玉让玉婵拿来簸箕,把腰里、裤腿里、袖子里的玉米粒、洋芋蛋、红萝卜之类的东西拿了出来。

玉婵担心地说:"别再动人家地里的东西了,你一个女人家,让人发现了打你一顿怎么办?"

惜玉毫不在乎地说:"打一顿我也认了,总没有弟弟妹妹们饿肚子难受。娘你放心,他们抓不住我的。"

全家人饱餐了一顿后,惜玉说正事了。她把县城里招工的事给大家讲了,催着怀玉和怀力赶快和她一起动身去县城。这是个让全家看到希望的消息,怀玉和怀力兴奋地就要跟上走,惜兰、怀民、惜巧也吵着要去。

惜玉说:"你们太小了,人家根本不要,就连你二哥能不能招上都说不定。你们都乖乖待在家,等着两个哥哥的好消息。"

大姐的话他们都会听的。

玉婵给怀玉和怀力草草收拾了一下,他们三人就火速上路了。

到了县城,他们顾不上歇气就直奔招工报名处。人太多了,几百号人在那里密密麻麻地排成几条长龙。怀玉和怀力先各排了一队,在那里等待,他们还没有搞清楚是往哪里招,也不知道是干什么的。惜玉四处给他们打听去了。

惜玉打听清楚了,一队招往酒泉,一队招往四川,还有一队招往天水火车站。她赶快给他们两个把情况说清楚了。怀玉说他去天水,离家近点,方便照顾家里,让怀力这几个地方都去试试,哪儿招上就去哪儿。

招工进行了两三天,怀玉按他自己的意愿到了天水。怀力遇到了点麻烦,年龄差一岁,人家不收,这急坏了他们三人。怀玉去找国荣,国荣又东奔西跑地托了几个人,最后才把这事办妥了。怀力最后被招到了酒泉。

结束之后,他们来不及回家就跟着自己的队伍出发了,各自有了一个吃饭和工作的地方。

只是后来才搞清楚,这次招的是集体大轮换工,招去的人只能干五年,五年满了自行解散。但这对玉婵家来说,是解燃眉之急的好事,最起码两个儿子不用在家里忍受饥饿的威胁了,剩下的几张嘴也就好打发日子了。

第二十九章
数九寒天深山炼铁
贞女痴汉难续佳缘

怀玉和怀力走了没有多久，玉婵所在的村子彻底走向集体化。土地在土改后就都归集体，各家各户一起劳动，一起吃食堂，家里的锅及其他铁质东西一律上交。

对于玉婵来说，苦日子是没有尽头的，虽然饥饿威胁孩子们生命的日子渐渐远去，但在大集体生活中，她作为这个家中唯一的劳动力，不分白天黑夜上工干活，如果只干地里的农活也还能吃得消，可是还要投入大炼钢铁的生产中去。她所在的县把大炼钢铁的地点选在离花桥公社一百六十多里路外的双岐沟，因为那里有天然铁矿石，便于就地取材，这对于小脚女人玉婵来说，又是一种磨炼。

去双岐沟炼铁的队伍天不亮就要出发，玉婵在这支队伍中显得格外醒目，因为她是这支队伍中为数不多的女性之一。公社要求每家出一个劳力，别人家里当然是男人出头，而玉婵只能把三个年幼的孩子丢在家里自己上阵。好在还有两个年长的老婆婆和她搭伴，她们也和玉婵一样，是家中没有顶梁柱的人家。

去双岐沟的路山大沟深，路途遥远，可怜玉婵那一双裹得变了形的小脚，颤巍巍地在山中行走，脚上的泡起了破，破了又起，血水浸透了裹脚布，钻心的疼痛一次次地阻碍她前行的脚步。她和另外两个老妇一次次掉队，带队的支书嫌她们太慢，骂骂咧咧地带上众人先走了，让她们在后面慢慢赶。

有一个男人在前面时不时等她们一会儿，怕她们迷路。玉婵看这个男人有点面熟，但一时想不起来在哪里见过。这人是一个憨厚稳重的中年男人，看得出他是关心玉婵的。玉婵实在走不动的时候，他主动提出要背着她走，但是被拒绝了，玉婵终于忍不住问他："我看你有点面熟，但一时又记不起在哪里见过你。我们认识吗？"

中年男人说："我们很早以前就认识，那时候你还很小，在你娘家云岭村，你还记得那个卖花线的货郎客吗？"

玉婵恍然大悟地说："你是当年的货郎哥？"

那人微笑着说："是我，看来你还记得。"

玉婵又惊讶又激动，他们一起回忆少年时光，又一起想起大姐雪梅。

玉婵叹息着说："真是命运弄人啊，当年你和大姐是多么般配的一对，如果大姐当年嫁给你也不至于没了性命，都是让门当户对的旧观念害的。我还不知道你的大名呢，你现在生活得还好吗？"

那人说他叫赵全社，家在离花桥公社十里外的井湾村。他当年心里装满了雪梅，提亲未成让他倍受打击，当听到雪梅的死讯时万念俱灰，再无心成家，后来经不住父母的苦苦哀求，草草成了家，但媳妇却在孩子三岁时得病去世了。后来父母也离世了,现在他和一个十岁的女儿相依为命。

他们一起边走边聊,玉婵对赵全社也没有了当初的戒备。赵全社说他很早就知道了玉婵的遭遇,一直想找机会帮帮她。他知道玉婵一个女人,在这样的年月要拉扯一群孩子多么不容易。

天黑之前他们到达双岐沟。

双岐沟已经成了大炼钢铁的战场,遍地都是用土石垒起来的炼铁炉。大队的支书给所有人员分工,大部分人上山开采矿石,小部分人砍树和拾柴准备燃料,还有一部分老弱病残用锤子砸碎矿石。

玉婵领了份砸矿石的工作,她也只能干这个了,因为她的脚已经走不了路了,只能坐着砸矿石,但那也不是一份轻松的活,砸着砸着手上就起泡了,泡破了几次后就结成厚厚的老茧。

炼钢点上聚集了上万人,各个公社、大队都有自己的土炉,按划分的片区分布在双岐沟的山梁丘陵。

劳动的场面壮观而热烈,人们为了减轻劳累,不时地说笑、唱歌。有几个能说会道的给大家讲笑话,讲着讲着,段子就冒了出来,什么寡妇养汉、公公烧火等,说着说着就不堪入耳了,但那些老少爷们却笑得前仰后合。

玉婵早已习惯这样的环境了,她由原来的无法忍受到后来的面不改色,任凭他们说得再难听,她都如秋风过耳,不闻不笑。那两个老婆婆还会和他们一起说几句,但都成了人家取笑的焦点。这帮男人的荤话中,缺的就是能有一两个女人出来接茬。玉婵知道这一点,所以她不敢招惹任何人。

他们说着说着就没了兴趣,所以又换了花样,起哄让张老三唱山歌。张老三唱山歌很有名气,能见啥唱啥,还编得幽默、诙谐、顺口:"远路上的好妹子,给你没点好吃喝,丢下几颗洋芋蛋,还着老鼠拉着去……"

"我走了走了阔来了,想起你的花鞋了,你把我的心上搅乱了,又把我客气麻擦推远了……"

"双岐沟的河坝宽又长,铁疙瘩炼了一行行,大风刮地尘土扬,谁知你肚子里装的啥心肠……"

张老三边唱边偷瞄玉婵,但玉婵始终没有抬头,她只是静静地听着悠扬的山歌,感觉这比前面的荤段子好听得多。她不知道张老三正打着她的鬼主意。

在这个炼铁的公社中,花桥公社算是最远的,所以一到天黑其他公社的人员都回家去了,只有西边两三个公社的人要在这里风餐露宿。他们的工作任务不允许他们把时间用在来来回回的路程上,所以只能搭些简易的窝棚,几十个人挤在一起过夜。

十一月的天气,寒风在耳边呼啸,大家用身体和大自然展开壮烈的搏斗。

严寒的天气和疲惫的劳动对玉婵来说都不算什么,她已经被生活的艰难练就了钢铁之躯,最折磨她的是对家里三个孩子的牵挂。十三岁的惜兰能不能照顾好十一岁的怀民和九岁的惜巧?食堂的掌勺能不能怜惜一下三个孩子?碗里的饭是不是够量?家里的炕是不是热的?体弱的怀民生没生病……这些牵挂搅得她在窝棚里整夜睡不着觉。

她在窝棚里辗转反侧,窝棚里密密匝匝地挤满了人,浑浊的空气让人窒息,窝棚门口的一堆篝火慢慢地熄灭了,里面漆黑一片。突然有一只手在玉婵的身上摸索,是旁边的张老三。玉婵用尽全力,抬手给了张

163

老三一个耳光,只听得静悄悄的窝棚内"啪"的一声响。

睡得迷迷糊糊的人们不知道怎么了,几个声音问道:"怎么了?啥声音?"

张老三说:"屁股上爬了个虫子,我打虫子。"

"你用了多大劲,肉不疼吗?"

"小心虫子没打死,把稀屎打出来了。"接着又是一阵大笑声。

张老三吃亏后就老实了,再也没敢有啥动作,但玉婵却吓得再也睡不着了,提防了他一个晚上。

第二天,张老三看见玉婵绕着走。

有人看到张老三的半边脸肿着,就说:"张老三,你晚上明明打的屁股,怎么脸却肿了?"

张老三镇定地说:"你没听人说过打的屁股伤的是脸吗?"人们又哈哈大笑起来。

赵全社知道张老三的脸为啥肿了,他找了个机会凑到张老三跟前说:"今晚咱俩换下位置,你不同意我就给大家说说你打屁股的事情。"

张老三想着也占不到便宜,还不如把面子保住。从那以后,玉婵的右边是两个老婆婆,左边是赵全社。赵全社默默地承担起保护玉婵的责任。这个憨厚本分的男人让玉婵每晚都能安心入睡。

在一天天的劳动中,玉婵和赵全社慢慢熟悉了。玉婵任务完不成的时候赵全社会过来帮忙;赵全社的衣服扯破了,玉婵会找来针线给他缝好。赵全社发觉对雪梅的情愫无形中转移到玉婵身上了,她们姐妹都有一种清幽淡雅、超凡脱俗的兰花一样的气质,这种气质让他着迷。他对玉婵的同情慢慢转成爱慕,但他是个老实人,不敢向玉婵说出心里的想法。

等两人慢慢熟悉了之后,他把心里的话说了出来:"玉婵,你的日子这么苦,我也过得不容易,不如我们两个搭伴,互相照顾,这样日子能好过点,对孩子们来说也多了个疼爱他们的人。我说的是真心话,你看能行不?"

"那怎么能行,他赵叔,你莫再胡说了,我想再走一步,最困难的时候就过了。我的全部心思都在娃们身上,大风大浪都过来了。我今生今世都不会再找人了,你再不要说这样的话了,要不我们就只能谁也不认识谁了。"玉婵被赵全社的直白吓着了,她坚决地说道。

这是她的真心话,她的心里装满了她的孩子和映之,映之虽然离她而去了,但却占据了她的身心,在她的眼里,世上没有一个男人能和映之比,他的灵魂随时都在她的身边,从来没有离开过。

赵全社在玉婵面前碰了壁后,知趣地不再提这事了,但还是很关心玉婵,帮忙干活,回家还去看了几个孩子。这个憨厚耿直的男人给玉婵冰冷残酷的生活带来了一丝丝温暖。

大炼钢铁一直持续到1960年春季。就像玉婵不知道为什么要炼铁一样,同样不知道为什么又停止了。

双岐沟里到处堆着没用的铁疙瘩,炼钢的指挥部撤了,玉婵他们也终于可以回家和孩子们团聚了。

第三十章
少年怀远马门受苦
弱母痛心力争回旋

怀远到马家后,成了马家的儿子,管马勇山叫伯,管他媳妇叫大大(当地人对父母的另一种称呼)。

马勇山是个性情耿直的汉子,虽然脾气暴躁,但也是个说一不二重义气的人,他答应要把怀远抚养成人,所以再苦再累都没有放弃,一家人紧巴巴地过着日子。

在土改工作中,全镇把所有的店铺并成四个联营商店,马勇山的铺子有幸被保存了下来,成了四个联营商店里的第二门市部。但这样太集中的经营模式又跟不上现实的需要,镇上又把这四个门市部下放到东南西北的四个村,马勇山的第二门市部被下放到离花桥公社五里路外的马兰沟。马兰沟附近的王家窑正在大搞水利工程建设,方圆四个公社的人都集中在一起修跃进渠。跃进渠修了一年多,马勇山的门市部也红火了一年多。

怀远跟着马勇山两口子从街道上搬到了马兰沟,去了马兰沟不久,马勇山媳妇生了一个儿子。这让四十多岁的马勇山夫妇喜出望外,他们像宝贝疙瘩一样宝贝小儿子,明显冷落了怀远,特别是马勇山的媳妇,没有亲生儿子的时候倒还罢了,自从有了亲生儿子,就露出了亲疏有别的态度,家里里外外的活都要怀远干,不满十岁的怀远干着大人干的活。马勇山虽然有时护着他,但毕竟男人在家粗枝大叶,不能面面俱到。

可怜的怀远十岁出头就担起了家里的全部体力活,跟大人到几十里路以外的深山砍柴,背上的柴要比他的身体高出许多,家里房前屋后码起了高高的柴垛;挑水磨面,耕地收割,所有的活都得他干;干完活回家没有一口热饭吃,经常吃的是冰冷的剩饭,有时连剩饭都没有。

每天的上学路上,他都要打一背篓猪草,家里每年都会养一头大肥猪,都是他割草喂养。

玉婵提着一篮子苜蓿在街道上卖,从早上守到下午。苜蓿在太阳下晒着,水分很快就没了。她怕苜蓿干了没人要,一次次给苜蓿撩水。她看到怀远走进学校,她要力争在怀远放学前把苜蓿卖出去。

老天眷顾,她终于卖出去了。她拿到了两毛钱,紧紧地攥在手里到学校门口等怀远。

不一会儿,怀远放学出来了,她老远就叫着:"怀远,怀远。"

怀远看到了玉婵,快步跑了过去,玉婵拉着他说:"走,娘给你买好吃的去。"

怀远高兴地跟着玉婵到花桥旁的面皮摊上,玉婵让他坐在面皮摊的板凳上,把卖苜蓿得来的两毛钱给了卖面皮的人,说:"给娃拌一碗面皮。"

怀远端着面皮美美地吃了起来，吃到一半他抬头问："娘，你咋不吃？"

玉婵说："我不爱吃面皮，你快吃，娘喜欢看着你吃。"

看着怀远狼吞虎咽的样子，玉婵一阵心酸，不知道他平时在家里能不能吃上饭，又一想马勇山家里的条件要比她家里好很多，吃饭应该没问题，当初过继给他们不就是为了能吃上饭吗？怀远吃完面皮，玉婵拉着他坐在桥沿边问了一会儿话，问他在家里能吃饱不？伯和大大好不好？干活累不累？怀远小小年纪就非常懂事了，他知道玉婵在记挂他，不想让她担心，就说家里好，别担心，然后匆匆忙忙地就走了——他还记着回去的路上要打猪草哩。

超负荷的劳动加上严重的营养不良，十二岁的怀远病倒了，高烧不退，昏睡不醒。马勇山看怀远这个样子，一下子慌得六神无主，他怕怀远出点啥问题没法给玉婵交代。他信誓旦旦地向玉婵保证过，一定要把怀远养大的，如果怀远有个好歹，他要怎样面对玉婵。这么一想，他一刻都不敢耽搁，急忙跑到野雀山叫玉婵。

玉婵看到自己的小儿子病成这样，心像刀割一样疼，她哭得像个泪人一样在怀远跟前守护着。她一次次用冷水浸湿手帕擦拭怀远的腋窝和额头，用双手大拇指压怀远的额头，揉动他的太阳穴，看着脸被烧得通红的怀远，她的心都要碎了。眼泪一次次模糊了她的双眼，怀远自从来到这个世界上，就一直在苦难中成长，为了能让他活命，她不惜把他过继给马家，她绝不能失去他。玉婵在心里一遍遍祈求苍天，让老天爷把所有的罪都降到她的身上，放过可怜的怀远。她把怀远抱在怀里，把他的脸紧紧地靠在自己的脸上，嘴里喃喃地说："怀远啊，你一定要挺住，你是个听话的乖孩子，千万别丢下娘啊，娘还要看着你长大，给你娶媳妇哩……"

她的泪水流到怀远的脸上,怀远迷迷糊糊地呻吟着,嘴里时不时地叫着娘,玉婵紧紧地抱着怀远,答应着:"娘在这儿,别怕,孩子,你一定会好起来的。"

玉婵守护了怀远五天五夜,一口汤一口药地喂给他。这个命大的孩子硬是从死亡的边缘上挺了过来,高烧一天天退了下去,昏迷中的怀远慢慢清醒了,他能认清眼前的娘和伯了。玉婵揪着的心慢慢落在地上,她给怀远熬了一小碗小米粥,喂他喝了下去,然后顾不得一身的疲惫,也顾不得和马勇山的情面,向马勇山摊牌:"他伯,你看怀远现在这个样子也给你家干不成活了,还是让我把他领回去吧。"

马勇山没想到玉婵会和他翻脸,也不留情面地说:"怀玉他娘,你说的这是啥话,说出去的话泼出去的水,你能把泼出去的水再收回来吗?好歹我把怀远养了这么些年,没有功劳也有苦劳。这娃已经是我马家的人了,你想领回去门儿都没有。"

玉婵努力争辩:"你们现在已经有了自己的儿子,马家也后继有人了,不差一个怀远,还是让我把他带回去吧。"

马勇山丝毫不退让:"怀远是老大,新生是老二,我马勇山这辈子就两个儿子,你想把他领回去除非我马勇山死了。"

玉婵一个弱女子哪里是马勇山的对手,她想领回怀远的想法落空了,最后抹着眼泪回去了。她的心淅淅沥沥地下着雨,被这些孩子们扯得七零八落地洒了一地。

怀远大病初愈后,继续在马家过着干不完活的日子。那次大病给他留下了可怕的后遗症——他患上梦游症了,经常睡到半夜一个人起来就走了,起初是闭着眼睛在家里转,后来严重到把门拉开出去了。

马勇山半夜醒来发现怀远不见了,赶紧到处找,找了几个钟头,最后在街道西头的水泉湾找到迷迷糊糊的怀远。这回马勇山真的着急了,他四处找大夫给怀远看病,过重的体力活也不让怀远干了。经过他精心地照顾和治疗,两年后怀远的病才慢慢痊愈。

沉重的生活重担和寄人篱下的自卑心理,使怀远早熟和敏感。当受到马勇山对他的冷言训斥,马勇山的媳妇对他的恶语相向,还有汗珠摔八瓣永无休止的劳作时,他怀揣满腹委屈到映之的坟上去大哭。过路的野雀山庄里的人看到怀远在映之的坟前痛哭,也忍不住掉眼泪,并回去告诉了玉婵。

玉婵听到这事,急急忙忙地放下手中的活,跑到映之的坟前。怀远已经哭完了,他靠在映之的坟头睡着了。玉婵心痛地走到怀远身边,叫醒他:"怀远,怎么了?快给娘说说,有啥事找娘说,你在这里哭你爹也听不见。"

怀远早就擦干了眼泪,他平静地给玉婵说:"没啥事,娘,我就是想我爹了,来看看他。"

玉婵知道怀远是个懂事的孩子,他怕自己担心他,从来不诉苦。但她知道怀远心中的委屈,她摸着他的头,心情沉重地说道:"儿啊,娘知道你心里委屈,你心里怨娘将你送人了,都怪娘没本事,不能亲手将你抚养长大,娘心里也痛啊!但你要学会坚强,男儿有泪不轻弹,你虽然在马家受苦受累,但你伯是真心拿你当儿子,这点我看得清楚。要不是这,我在你生完病后拼了命都会把你接回家的。不管咋说,他和你大大把你养到现在,养育之恩大于天,你要记着他们的恩情。你的几个哥哥和姐姐虽然没有送人,在我身边长大,但吃过的苦不比你少。他们饿肚子的时候要比你多,你如果在我身边说不定早就饿死了。人活在这世上难得很,干活再累都累不过心苦,娘的心比黄连都苦,但娘还是相信苦日子会熬出头的。等你们一个个都长大了,日子也就好过了!儿啊,娘盼着你早日长大,长成一个啥困难都打不倒的男子汉。"

怀远听了玉婵的一席话,心情好转了,他轻轻一笑说:"娘,你放心,我以后再也不哭了,我已经长大了,伯和大大都对我好着哩,我会记着他们的恩情,等我以后挣到钱了,我会好好孝敬他们的,也好好孝敬你,不让你再吃苦了。"

玉婵看着懂事的怀远,眼中满是晶莹的泪花。她让怀远早些回家去,别让马勇山他们担心。怀远答应着走了,她站在山梁上目送怀远从小路上下山,直到怀远的身影消失在视线中。

第三十一章
痴情故人怜香惜玉
旷野狩猎互帮度日

玉婵带着惜兰、怀民和惜巧参加大集体劳动，吃着大锅饭。凭着玉婵一个人的劳力，挣的工分不够他们四个的口粮。孩子们都正在长身体，怎样才能给他们增加点营养成了玉婵心中的大事。夏收的时候，她领着三个孩子，在生产队割完麦子的地里拾收割时遗散的麦穗，一连几天，拾回来的麦穗搓下来的麦子只有一碗多，这一碗多麦子在家里的手磨上推出来半斤面粉，只够烙一张小饼。玉婵没舍得吃一口，都留给孩子们了。她看着他们发愁，不知这样的日子何时是个头。

井儿湾的赵全社这天到野雀山来了，他领着女儿红梅，肩上扛着自制的土来伏枪，背篓里背着两只打到的野鸡。他进院就叫惜兰，惜兰、惜巧、怀民都出来了，他们一看到赵全社就高兴地叫玉婵："娘，赵叔来了。"

玉婵从屋里出来，问赵全社怎么来了，赵全社说领着女儿红梅出来打猎，不知不觉就到野雀山了。赵全社从背篓里拿出两只野鸡，让玉婵烧一锅水，他要把野鸡宰了，好让玉婵给孩子们炖上。

玉婵心里一阵激动，孩子们已经一年多没见荤腥了。这两只野鸡看一眼都觉得香得不得了，可真是雪中送炭，饥寒得美味啊！她也不再说客套的话，到灶房生火烧水，准备杀野鸡。

孩子们一个比一个高兴，赵全社的女儿红梅和惜巧一样大，三个女孩子一会儿就熟悉了。她们在一起嬉笑、闲聊，这贫寒的小院里，响起了孩子们开心的笑声。

怀民围在赵全社身边问东问西，他说要跟赵全社学打猎，学会了就有肉吃。赵全社耐心地给怀民说捕猎的技巧。

他先教怀民用细绳套野鸡的办法。让怀民找一截绳子来，用绳子打猪蹄扣。怀民找来玉婵纳鞋底的麻绳，赵全社说："这麻绳太软下不了套子，下套的绳子最好用细细的铜丝，这会儿没有就先用这个打猪蹄扣吧。"说着他拿着绳子的一端，扭出了一个环，打了一个活节，然后让怀民拿到手上看看，让他一只手捏着环，一只手拉绳子的另一端，怀民照他说的一拉，打出来的圆环一下子收紧了，他让怀民把手伸进去，然后再拉，怀民照着一拉，他的一只手被环扣紧紧地勒住了。

赵全社问怀民："假如这会儿钻进去的是野鸡的头，野鸡往前一扑腾，是不是就被套住了？"

怀民兴奋地大叫："太好了，我会套野鸡了。"但又一想说，"怎么才能让野鸡钻进去呢？"

赵全社说道："这个需要你细心地去寻找，野鸡在山上的活动是有路线的，深草丛中有它出入时刨出来的痕迹。你在野鸡出入的地方，掏一个和野鸡的头差不多大的坑，在坑内放几颗粮食，套子下在坑口，另

173

一端绑在树上,只要野鸡把头伸进去吃粮食就出不来了。它越往前飞,套得越紧,最后就被勒死了。你下好套就不用管了,过两天去看一回就行了。"

怀民还在问细节,玉婵的水烧开了。她把开水倒到木盆里,赵全社把两只野鸡放进开水中烫,翻搅着烫了一遍后,开始拔毛,四个孩子都挤过来帮他拔毛。不一会儿两只野鸡就被拔得精光,赵全社又开膛清理内脏,然后拿到灶房剁成块。玉婵说剩下的活她干,让他出去歇着。

赵全社在怀民的央求下,领着四个孩子到庄后面的山上去找猎物了。

玉婵仔细地做着野鸡肉,虽然家里缺油少盐,但她还是想尽量把肉做得香一些。她到自家院边上的花椒树上摘了些鲜花椒,又到园子里拔了几根葱,家里还有几颗洋芋,她削了皮和野鸡肉炖到一起。几个时辰后,一锅香喷喷的野鸡肉炖洋芋做好了。她撤了灶膛里的火,盖上锅盖等着赵全社和孩子们回来了吃。

这一锅野鸡肉又勾起了她的回忆。她想起"跑贼"时深山迷路,映之找到她后,第二天他也打了两只野鸡,全家吃了顿野鸡肉炖石耳,那味道一直在她的心间,她要享用一生;又想到赵全社,他真是一个难得的好人,一个可以托付终身的人,她知道赵全社的心思,但不能,映之把她的心填得满满的,再没有地方可以容纳赵全社。他对她的好,对孩子们的好,她都看在眼里,记在心间,但是他们只能像朋友一样相处,像兄妹一样互相关心。不知不觉中,她对赵全社生出了愧疚,她要帮赵全社再成个家,帮他找个能照顾他生活的人,这样才能安心。

她突然想起应该帮赵全社父女每人做一双鞋,一个大男人带着孩子是很不容易的。说干就干,玉婵找出了家里的鞋样,打褙子,粘鞋底,开始忙活了。

赵全社领着四个孩子爬上了庄后面的山梁,山梁上生长着一大片刺槐,紧挨着刺槐的是一大片黄豆地。经验告诉赵全社,这里有野兔子。他让孩子们分头去寻找,发现了告诉他。他背着自制的土来伏枪,在黄豆地中间的小路上来回走。他不由得想起玉婵,想到玉婵所受的苦、玉婵的温柔善良、玉婵对他的拒绝,但是这不仅没有让他恨她,反而让他更加怜惜和敬重她。

他知道玉婵和死去的映之之间深厚的感情,所以尊重玉婵的选择。他知道心里装着人的滋味,就像多年前他心中装着雪梅一样,那是一种幸福的煎熬。当年如果不是父母逼迫,他是不会娶妻的。他对雪梅的感情远远比不了玉婵和映之相濡以沫的几十年。他被玉婵对映之的忠贞深深地感动了,由此更加敬佩玉婵的人品,所以就想这样远远地惦念玉婵,帮助她拉扯大几个孩子,这对他也是一种精神上的寄托。

胡思乱想中,他发现一只兔子从眼前跑过,他迅速给土来伏枪上膛,快步追了上去。兔子跑到上面的黄豆地边停了一会儿,他瞄准兔子,一枪打过去不偏不斜,正好打在兔子的肚子上。几个孩子听到枪声飞奔过来,兴奋地问:"打中了吗?打中了吗?"

赵全社指着兔子跟他们说:"在那儿哩,去提过来。"

怀民飞快地跑了过去,一把提起中枪的兔子,高兴地说:"赵叔,你真厉害,你是我最佩服的人。"

然后他们五人提着兔子下山了,看到玉婵家烟囱里已经没有烟了,赵全社说:"快点回家,你娘已经把野鸡肉做熟了。"

他们加快下山的步伐,老远就闻到家里的肉香味,怀民飞奔进院叫道:"娘,赵叔又打了一只兔子!"

玉婵看着胜利归来的五个人，开心地笑着说："好得很，快放下洗手吃饭。"

映庚家的三个孩子闻着香味也过来了，玉婵叫他们一起吃。三个孩子站在门口不进去，玉婵取了个碗，盛了一碗让三人拿回去吃，三个孩子高兴地端着走了。

怀民气呼呼地说："娘，你为啥给他们？你忘了二爸二娘怎么对我们的吗？那年他们给养的猪娃蒸的苜蓿疙瘩，惜巧和怀远要吃，他们都没给。"说着掉下了眼泪。

玉婵说："过去的事不要再提了，他们能做出来的事情我做不出来，我看见谁家的娃都心软。好歹咱们是一家人，再说你二爸后来对我们也好啊，别人对我的过我忘了，对我的好要一直记着。"

赵全社又一次被玉婵的善良打动了，两家人一起吃了一顿大餐。

吃完饭天色已晚，赵全社叫红梅赶快回家，红梅说："我不回，我要在姨家住两天。"

惜兰和惜巧也不让红梅回去，玉婵说："那就让红梅住两天吧，过几天你再来接她。这娃在家里很孤单，在这里和惜兰、惜巧也有个伴。"赵全社看这阵势知道叫不走红梅了，就由着她住下了，他一人在夜色中回家去了。

过了几天，赵全社来接红梅回家。红梅还是不想跟他走。赵全社看了看红梅，他发现几天不见红梅精神了许多。玉婵已经给红梅做好了新鞋，衣服洗得干干净净，头发梳得整整齐齐的。

他叹息着对玉婵说："哎，这娃跟着我也受罪了，看你收拾得像个女娃了。"

玉婵说："我已经收她做干女儿了，不信你问她。"

红梅说："爸，我以后也有娘了。"说着靠在玉婵身上叫干娘，玉婵高兴地答应着。

玉婵又进里屋拿出一双鞋让赵全社换上，赵全社看了看自己脚上的鞋破得已经没有样子了，就不客气地换上了，大小刚刚合适。赵全社说："你怎么能做得这么合适呢？"

玉婵说："我是个天天做鞋的人，瞅你一眼就能知道你穿多大的鞋了。"

红梅极不情愿地被赵全社带回去了，赵全社说过几天再带她来，而且还要教怀民打猎呢。

怀民学到了打猎的本领，在成年后的岁月里，打猎成了他的第二职业，成了他补贴家用的经济来源。

第三十二章
为报恩情尽心做媒
促成姻缘友谊长存

赵全社时不时拿来的猎物,让玉婵和三个孩子摆脱了清汤寡水的日子,特别是怀民、惜兰和惜巧,他们正是长身体的时候,野鸡、野兔、斑鸠补充了他们身体所需的营养,这让他们的身体飞快地成长,特别是惜巧,她的个子超过了怀民和惜兰,壮实得像个假小子。

玉婵看在眼里,心中对赵全社更是感激不尽,又想到了他和红梅两人在家里的清苦,女孩子大了没娘在身边指教也不行。赵全社虽然能干,但男人们对一日三餐懒于打理,经常凑合着吃一顿了事,身上的衣服和脚上的鞋都需要女人打理。

她虽然知道赵全社的心思,但却无法成全他。她和映之已经约定了今生来世,没有多余的感情再给别人,所以要帮赵全社成个家。这是连日来玉婵心头的一件大事,她要尽快落实这件事。

她这样想着就出了门,决定到街道上去一回,和好友凤来也好久没有见面了,她去看看她,让凤来帮着打听一下。她迈着碎步,从野雀山的山梁上颤悠悠地走了下去,狭窄的小路被山水冲出深深的水槽,冲走黄土后,留下大大小小的石头,玉婵小心躲开这些石头和水槽,一里多的山路走得她出了一身汗。从山上下来后,她长长地出了口气,然后缓缓地走在宽大的马路上。剩下的路好走多了,她走过窑坡大场,走过老皂荚树,不一会儿就走到花桥上了。她坐在桥上的木沿上休息了会儿,一阵凉风吹来,顿觉神清气爽。两边亭子飞檐上的风铃传来悦耳的铃声,这让她又想起映之,又想起他们留在花桥上的美好回忆。她在心里默默地和映之说话:"映之,你在那边还好吗?天堂上应该没有病痛和磨难,应该不像人世这么苦,那里有思念吗?你想我吗?我一整天都在想你,孩子们都很好,一个个都长大了,别记挂我们。"

过了好久她才从思念中回过神。她歇了会儿起身朝小河上游的凤来家走去。两岸的柳树郁郁葱葱,小河的上游可能下了大雨,河水大了许多,湍急地向前奔涌着。

她走到她原来的家的大门口,一院的房子和大门全都拆了,在原来的院子中间砌了一个高大的围墙,围墙里面是公社的供销社。忧伤的情绪又袭上心头,她加快脚步,朝着上游继续走去。

她来到凤来家门口,大门是用木柴棍扎起来的,大门两边是低矮的土墙,土墙已经开始剥落,有大大小小的裂纹和土质疏松后出现的坑坑洼洼。墙头上生长着稀稀落落的茅草,细长而柔弱。她推开半掩着的柴门,叫着凤来的大女儿:"翠英。"

凤来在屋里答应着出来了,她怀里抱着老二翠平。翠英和翠平是她生了六个娃之后养活的两个女孩。凤来两口子是两个精明干练、人品极好的人,但却不知道啥原因,一连四个孩子夭折了。这打击让他们在为人处世上更加小心低调，他们对所有人都心怀仁慈。这让他们在街道上有良好的人缘和口碑。玉婵从嫁到这里就和凤来很好，两人性格相似，几十年来友情越来越深厚。

凤来说道："哎哟，我说喜鹊咋从早上叫到这会儿，原来是要来稀客。啥风把你刮来了，快进来。"

玉婵笑着说："我天天来看你，不把你烦死！说实话也真是想你了，就来看看你。来，我先抱抱翠平，看看长了没有。"说着从凤来手中接过翠平。孩子长得娇弱，但却白净可爱。

她们边聊边进了屋。凤来家里收拾得干净整洁，迎门的上方摆放着一只三厢的大木柜，木柜两边放着两把椅子。屋里的一边是个大炕，炕上的被子高高叠起，炕中间放了一个四方形的小炕桌，炕桌下面铺着一张羊毛毡。屋子的另一头是灶房，灶房和客厅用半截土墙隔开。简陋的屋子给人一种温馨和舒适的感觉。

凤来把玉婵招呼着上了炕。她给玉婵倒了一碗白开水，说没啥来招呼玉婵。玉婵让她别太客气了。她们拉了会儿家常，聊街道上的一些新鲜事，谁谁过世了，谁家的儿子娶了谁家的女子，以及家里的一些难事、在外的孩子们。

最后玉婵说到正题："我想让你帮个忙，井儿湾的赵全社你认识的，底细人品你也都知道的，看哪儿有合适的人了给说个媳妇，这几年他帮了我不少忙，我再想不出报答他的法子，就想着帮忙成个家，他一个男人家带个女子日子也不好过。"

凤来说："你这几年也多亏他帮你，真是个打着灯笼都难找的好人啊，他对你的心思我也看出来了，我说个你不爱听的话，你们两个是最合适的，你真的不打算再走一步了？"

"别人不了解我,你难道也不了解我吗?我这辈子就这样了,到啥时候都不会走第二步了,赶紧给他说个媳妇,我心里也就好受了,免得耽误了他。"

凤来看玉婵这么说也就不好再劝了,她了解玉婵的脾气,她是个说一不二的人,拿定了主意九头牛都拉不回来。她叹息着说:"哎,那好吧,我给你留心,看这么好的男人让哪个有福气的女人跟了去哩。"

她们聊完积压了几个月的话,玉婵看天色不早了,就起身告辞,她心情愉快地回家去了。

几个月之后,凤来到野雀山来找玉婵,她给玉婵带来了一个消息,她娘家表妹槐花几年前嫁到陕西,嫁过去之后生活一年比一年紧张,也就都断了来往,前几天她回来了,说丈夫三年前在生产队修水利的时候被石头砸死了,没了丈夫之后,她思乡心切,但没有回家的路费,经过千辛万苦之后才回到家乡,但娘家是哥哥嫂嫂的家,不是她能长久待的地方,所以想在家乡找个落脚之处。凤来知道后,立马想起了玉婵给她交代的事情,一刻也不敢耽误就来找玉婵了。

玉婵一听这事,心中一喜,她问凤来人现在在哪儿,凤来说在她家里。玉婵赶紧让怀民去井儿湾找赵全社,让怀民把他领到街道上的凤来家,说有事要他帮忙。她怕赵全社不来,所以先不给他说相亲的事。然后她和凤来一起去了凤来家。玉婵预感这事能成才有这样的打算,简直就是天上掉下来的人。她急切地想看到凤来的表妹,想看看她能不能配得上正直能干的赵全社。

她和凤来一起到凤来家。凤来的表妹正抱着翠平在院子里转悠,玉婵打量了一下眼前的这个人,只见她上身穿着一件深蓝色大襟褂子,下身穿一条黑色粗布长裤,脚看来是缠小之后又放开了,没有变形得太严

181

重，能抱着孩子在院子里平稳自如地走路。略微发黄的头发梳得整整齐齐地盘在脑后，面容清瘦秀气，干练中透着憔悴。未曾交往，玉婵已经对她生出了几分怜惜。

凤来向表妹介绍："槐花，这是我的好姐妹玉婵，你叫她姐吧。"

槐花微笑着叫了声"姐"。

玉婵答应着："哎，槐花妹子，这几年在外面过得咋样？陕西的日子比我们这边好过一点吧？"

"日子是比这边稍微好一点，但离家太远，家里人去世后感觉像无根的草一样，无亲无故，孤苦的日子过怕了！"槐花直言自己的经历。

她们边说边进了屋，三个女人坐在炕上聊了起来。

玉婵感觉这个女人就是老天派来给赵全社当媳妇的。槐花给玉婵留下了不错的印象，看面相是个正派人。玉婵长久以来一直认为面由心生，人的品行都在面相里带着，五官周正的人心地善良，歪眼斜眉、龇牙咧嘴、三棱暴翘的人非奸即盗、心术不正。这是她长期观察的结论。

她把赵全社的情况给槐花说了，并把赵全社夸赞了一番，说谁跟了赵全社只有享的福，没有受的罪，让槐花别错过机会。

怀民把赵全社领到凤来家。赵全社一进门就问玉婵出啥事了，玉婵把槐花介绍给他："他赵叔，你先坐下歇会儿，没啥急事。这是凤来的表妹，刚从陕西回来的，她要到你们井儿湾后面的王家窑找个人去，你知道我和凤来走路都不太利索，怀民又找不见地方，所以把你叫来帮忙了。"

这是她们三人提前商量好的法子，先给两人创造条件，让他们接触一下。

赵全社问道："找王家窑的谁呢？"

玉婵说:"是槐花在陕西认识的一个姐妹,听说她嫁到王家窑了,但不知道嫁到谁家了,想去找找。"

槐花说:"我就是想找找看,不知道能不能找到。"

赵全社说:"王家窑的人我都熟,但谁家的媳妇是哪里的不太知道,那我把你带去再打听吧。"

事情顺利地按玉婵的安排发展着,她赶紧说:"那你们快去吧,我也该回去了,家里还有活呢。他赵叔,又麻烦你了,槐花人生地不熟,你多操点心,找见槐花的姐妹了让她好好地把你招呼下,能行不,槐花?"

槐花羞涩地一笑说:"给赵哥添麻烦了,不好意思得很,找见姐妹了我好好谢谢你。"

然后他们一起起身走出凤来的家。走到桥头要分路了,玉婵把赵全社叫到一边小声说:"他赵叔,槐花是个苦命的人,现在也一个人单着,你们在路上好好了解一下,我希望你早一点给红梅找个娘,人和人之间讲个缘分,别和命犟,一切随缘吧。你们快去,我回去了。"

玉婵说完朝桥东走去,赵全社和槐花朝桥西去了。赵全社想着玉婵说的话,他好像明白了玉婵的良苦用心,一下子感觉心里不是滋味,但已经揽下了这个活,只能硬着头皮把槐花带到王家窑。

他们朝着上街的方向走去,二人都沉默着,各自想着心事。赵全社感觉胸口憋闷,有一种万念俱灰的感觉,自从遇到玉婵,他感觉人生有了奔头,心中一直有一份美好的寄托,即使玉婵对他说心里没有他,他们之间今生无缘,但这丝毫不影响他对玉婵的爱慕,他宁愿把她装在心底,在她困难的时候毫无怨言地去帮忙,只要她好他就好,愿意守着这份感情老去,但他没想到玉婵会帮他撮合别人,虽然明白这是为他好,

183

但还是无法释怀。

槐花对眼前这个男人印象不错。他高大魁梧的身躯，棱角分明的脸庞，言谈举止间流露出的洒脱气质，使她有一种想接近他的想法，但看到他沉默无语，她的心中七上八下，但还是鼓足勇气打破沉默："赵哥，你想啥呢？咋不说话呢？"

赵全社发觉自己有些失态，这样的沉默很不礼貌，立即微笑着说："没想啥。你是从陕西回来的？那边生活咋样？家里还有啥人……"为了调节气氛，赵全社开始主动找些话题。

于是他们聊了起来，槐花是个健谈的人，加上对赵全社有好感，就打开了话匣子，一路聊个不停。不经意间他们已经到了赵全社家的村子井儿湾，赵全社对槐花说："我家就在这庄里，前面拐个弯就能看见我家的房了。王家窑也不远了。"

槐花说："这就是你们庄啊，那你不请我到你家里去坐坐，咱们喝口水再走？"

赵全社笑着说："那走吧，家里寒碜你别见笑。"

槐花说："怎么会呢！"

他们朝着赵全社家走去。山路绕过一个弯，出现一片开阔地，井儿湾村坐落在这里。村庄四周长满树木，核桃树上挂的果快熟了，有些青皮已经裂开，眼看着快要打核桃了。赵全社家的院子是用篱笆围起来的，宽敞的院子里有三间土房。

赵全社进院就喊："红梅，家里来客人了。"

红梅从屋里出来了，她好奇地盯着槐花看。赵全社让她叫姨。槐花拉着红梅的手说："红梅，名字和人一样让人喜欢，多大了？"

"十三岁了。"红梅答应着。

他们在家里坐着聊了会儿，槐花感觉这就是自己的家，她太想有个这样的家了，她也发现这个家需要有个女人来操持，干脆明说自己的想法。槐花说她不需要再去王家窑找人了，她要找的人就是赵全社。

赵全社被槐花的勇敢表白镇住了，一时不知所措。就在这个空当，槐花已经在家里干起了家务，先打扫屋子，然后又去拆洗被褥。赵全社悄悄问红梅怎么办，红梅说她喜欢这个姨，让她留下吧。

赵全社感觉自己像个没有脑子的木头人，任由玉婵和槐花牵着鼻子走。想了半天，他叹息着自言自语地说："就这样吧，既然把我交代了能让玉婵心里安稳，那我就成全她吧！"

自此，赵全社和槐花过起了日子，他们和玉婵家的友情从未间断，并成了世交。

第三十三章
两儿返乡长大成人
怀玉成家怀力闯荡

转眼到了一九六四年，出外谋生的怀玉和怀力也因轮换期满陆续回家了。他们都已长成了二十多岁的小伙子。他们的归来给这个家带来了生机和希望，原来由玉婵一个人在大队劳动中挣工分，现在变成三个人挣工分，两个年轻力壮的小伙子让家里的境况变得好了起来。

玉婵被生活拧紧了的螺丝也松弛了一些，听到家里孩子们的打闹声和欢笑声，她又看到了希望。她想着苦难会结束的，日子会一天天地好起来的。

这样的日子一晃又过了两三年，怀玉和怀力都到该成家的年龄了，玉婵开始给他们张罗婚事。她动用了所有的关系，到处给两个儿子介绍对象。这倒不是啥难事，怀玉和怀力都遗传了映之的智商，办事也果断利落，人也长得不错。不多时日，事情就有了眉目，街道上何炕包家的大儿媳给怀玉介绍了她娘家的一个姑娘，那姑娘在她的夸赞下是无可挑剔的。于是选了个日子，怀玉跟着何家嫂子去相亲了。

天蒙蒙亮，他们上路了。

何家嫂子的娘家在三十里以外的元田公社大河坝村。她平时很少去娘家，前些年在街上经营炕包摊，一家人忙得连轴转，这几年不让摆摊了，却又添了几个孩子，吃了上顿没下顿，更挪不出时间回娘家。今天趁着带怀玉去相亲的机会，能回娘家，所以她心情特别好，本来就能说会道的嘴，心情一好越发说个不停。

两人边聊着天边走路，时值阳春三月，路边的桃花、杏花、樱桃花开得正艳，枯黄的山冈被一层淡淡的嫩绿覆盖。

他们翻过海绵坡山，又翻过抽筋坡。海绵坡山就像它的名字一样，曲曲折折绵延不断；抽筋坡陡峭入云端，等爬上去的时候，真是累得腿抽筋。

爬上山顶时，眼前豁然开朗，已经汗流浃背的他们，坐在最高处的岩石上大口大口地喘着粗气，迎面吹来习习凉风。看到眼前的美景，怀玉陶醉了：脚下陡峭的山坡下是一条幽深绵长的沟壑，比花桥镇的小河大几倍的犀牛江咆哮着奔涌而过，可能是昨天下过雨的原因，河水浑浊不清。远处的山峦层层叠叠，在烟雾缭绕中，大河坝村静静地躺在河边的开阔地中，村子掩映在金黄的油菜花、粉红的桃花、雪白的杏花和樱桃花之中，还有高大挺拔的杨树、柳树、槐树及其他不知名的树木正在吐露嫩绿的新芽。

怀玉以前对春天的美景没有太在意过，这时他深深地陶醉了。在外地工作时，听到别人说起陇南山区，只知道是个贫瘠落后的地方，那时他非常自卑，也认为家乡除了贫穷什么都没有，但此时眼前秀丽的风光让他有了自豪的感觉。

何家嫂子给他讲述村子里的情况。这村子有二三十户人家，周围除了河流就是大山，所以能耕种的土地很少，全村人靠生产耕地的犁和烧木炭为生。她说这里的犁和木炭还有姑娘是很有名气的。

他们从陡坡上的羊肠小道向村子里走去。

走进一个干净宽敞的院落，何家嫂子进院就喊："三娥，三娥，我给你带客人来了。"

话音刚落，从屋里出来了一个皮肤白皙、明眸皓齿、丰腴红润、两根乌黑发亮的大辫子长过腰际的姑娘。她热情地迎了出来，有点腼腆和羞怯。

"三娥，这就是给你介绍的对象贾怀玉。这就是三娥……"何嫂子边往里走边给三娥介绍。

三娥给二人倒了杯水，就去村子边叫干活的爹娘了。

何嫂子乘机问怀玉："怎么样？"

"嗯，好着呢，不知人家看不看得上我。"怀玉对三娥的印象不错。

怀玉在外工作的经历使他原本英俊干练的外表又多了份谈吐不俗的儒雅风度，他的到来让这个村子里的人眼前一亮，成了这个与世隔绝的村子中鹤立鸡群的后生。三娥和她的家人都看上了怀玉。

这两个年轻人一见钟情，经过双方家长交换意见，不过几日，他们的终身大事就定下来了。

怀玉家的贫穷也没有成为他娶三娥进门的障碍。那时候，各家各户都穷得叮当响，也不存在互相攀比的事。彩礼嫁妆一切从简，没费多大周折怀玉就把三娥娶进门了。

嫁过来的三娥懂事乖巧，对玉婵很孝顺，也疼爱小姑子和小叔子。

一家人其乐融融地过着紧巴巴的日子。

怀力经过几次相亲之后，一个姑娘都没看上。他不像怀玉那样对玉婵的话言听计从，他有自己的主见。在酒泉闯荡的几年，他开了眼界，长了见识，小小的野雀山已经装不下他那颗不安分的心了。他感觉这是个压抑得让人窒息的地方，就这样窝在这个小山村里挣工分、娶妻生子，他有点不甘心。现在的他在等待机会，一有机会，一定还会出去闯荡。

机会是留给有准备的人的，没出一年，怀力就等来了再次招工的机会，这次是林业部以兵团的形式招人。

陇南这边主要是招往白龙江林管局建设兵团的人员，已经长大成人的怀力这次招工没有上次那么吃力了，经过报名体检，他顺利被招录了。几天后，他跟随自己的队伍前往甘肃和四川交界处的南坪县（今九寨沟县），投入轰轰烈烈的林业大开发生产中去了。

第三十四章
平静岁月祸从天降
年轻怀玉又把命丧

怀玉和三娥在家里跟玉婵和弟妹们一起过着快乐甜蜜的小日子。玉婵的心情好了起来，她想，苦难的日子终于过去了，以后日子会一天比一天好过的。她心里盘算着，再给惜兰找个好婆家，让怀民好好念书，三娥再添个孙子，这个家里的日子会一天天好过的。

那段时间，她的脸上有了笑容，人也精神了许多。但老天对这个女人没有开恩，舒心的日子过了小半年，更大的灾难就悄无声息地降临到她的头上了。

正在出工干活的怀玉感觉身体不适，头晕，恶心，还在轻微发烧。他以为自己感冒了，没有太在意，勉强坚持到收工才和三娥一起回家。回家后玉婵让三娥给怀玉烧热炕，让怀玉睡着发发汗，她则到街道上给怀玉请大夫去了。天黑后，她请来的大夫给怀玉把了脉，说是伤风感冒，问题不大，让打发个人跟他回街道上取药。玉婵打发惜兰和怀民两人摸黑跟着大夫取了药回来，然后一刻都没耽误就给怀玉煎药，并看着他服下。她想，第二天就会好起来的。

第二天一大早，玉婵就到怀玉和三娥的屋里去问情况："怀玉，好点了没有？"边说边到炕边摸了摸怀玉的头。

"没见好转，他发了一晚上烧。"三娥说。

怀玉有气无力地说："没事的，再喝两次药就好了，不是啥大病。"

玉婵心里感觉很沉重，但她想着可能只是重感冒，再喝几次药、发发汗就好了，就去给怀玉煎药，并看着他喝了下去。然后怀玉躺在炕上休息，其他人各干各的事去了。

就这样过了两三天，几服药喝完了，怀玉的病情还不见好转，而且烧得越来越严重了，还开始呕吐，说眼睛看不清东西。这下全家人都慌了，玉婵赶紧又去街道上另请了大夫，诊断后大夫说病情复杂，让赶快往县医院送。

这下全家人都慌了手脚，玉婵满庄子张罗着叫人，十几个人用担架把怀玉抬到县医院。经过诊断，说有可能是脑膜炎，就住院治疗了。那时的县医院没什么特效药可以治疗脑膜炎，住院的第三天，怀玉口吐白沫，全身抽搐。玉婵、三娥及惜玉她们全都吓傻了，几个小时的抢救没有起到任何作用，这个年轻的生命永远停止了心跳。

医院里的哭声凄惨得让人心碎，玉婵和三娥一次次地哭昏过去，惜玉、惜兰、惜巧、怀民一个个哭得肝肠寸断。苍天就是这么不公，时隔不到十年，让这个家又经历了一场生离死别的打击。

怀玉的尸体被乡亲们抬了回来，玉婵被突如其来的噩耗击倒了。映之去世时，她还能打起精神料理他的后事，而心爱的儿子去世，她却再也没有力气料理后事了，她像被人抽了筋扒了皮，甚至怀疑自己是不是还活在世上。她的灵魂已不在体内，仿佛在云中飘荡，她在寻找怀玉，她要跟他离去……

这个命运多舛的女人尝遍了人世间最难以下咽的果子，壮年丧夫的悲痛还留在心中，又要接受中年丧子的现实，她头顶上的天塌了，脚下的地陷了，白发人送黑发人的悲哀弥漫在野雀山的各个角落。

东拼西凑打了一口薄木棺材，三娥给怀玉擦洗干净身体，换上结婚时穿过的新衣，她剪下自己的一缕头发，放到怀玉的口袋里。掩棺的时辰已到，但玉婵和三娥死死地抓着棺材的边缘不撒手，撕心裂肺的哭声阻挡乡亲们要落下来的棺盖。阴阳先生看棺盖迟迟盖不上，急得跺脚，于是怀民和怀远拉扯着玉婵，惜玉、惜兰、惜巧拉扯着三娥，其他人帮忙硬把发了疯的玉婵和三娥拉了过来。

为了能顺利下葬，庄里的老者安排几个人看管玉婵，不让她到坟上去。三娥、惜玉、惜兰、惜巧怀抱引路纸，哭声震天地领着送葬的队伍到贾家坟地。在映之坟墓的左下角，安葬年轻的怀玉。

一铲一铲的土填着墓坑，眼看着就要填平了，玉婵像发疯了似的朝坟地跑来，边跑边喊："别埋，等等我，你们别埋我的儿，让我再看看他……"疯了似的冲到墓坑旁，两手疯狂地刨黄土，哭着叫怀玉，"怀玉，娘的儿啊，你等等娘，你别急着走啊，你不能撇下我不管啊，儿啊，我来了，我来了……"

乡亲们一个个泪流满面，大家停下手中的活，不忍心阻止一个失去儿子的母亲发泄。玉婵两手不停地刨黄土，黄土沾了一身一脸，花白的头发上也撒了不少。她的脸庞苍白，嘴唇干裂，嗓子沙哑，已经发不出声音了，就连手指都开始流血。怀民和怀远上去抱住玉婵，惜玉、惜兰、惜巧跪着求她停下来，发泄完了的玉婵昏死在墓旁，被怀民背了回去，乡亲们抹了一把眼泪又开始安葬。

怀玉去世时，玉婵花白的头发变成了白发。她开始整夜整夜睡不着觉，晚上一个人坐在院子里看着天空发呆。她木然地质问老天爷："老天爷，你不是有本事得很吗，那你为什么不把我的命要了？你还有啥招数都使出来吧，挑最要命的来，我都接着！"

这个风雨飘摇的家又经历了一次暴风雪的摧毁，他们挺了过来，玉婵的身体已经像枯竭的老树，顶着枝头稀稀拉拉的几片树叶迎风屹立，用自己顽强的生命向老天挑战。虽然玉婵的身体和精神都已到崩溃的边缘，但内心有一种强大的意念，迫使她不能倒下去，那就是孩子们还需要她，她要把他们一个个养大，看着他们成家立业，生儿育女。她坚信没有过不去的坎。

从此花桥公社不见了中年玉婵的身影，而是多了一个四十岁出头的满头白发的玉婵。

三娥在这个家里生活了一年多。她和玉婵相处得如亲生母女一般，但玉婵心里明白，三娥还年轻，后面的路还很长，她不能眼看着三娥在这个家里浪费青春，但她不好跟三娥明说，怕她误会，认为是家里容不下她。想了想，她还是说出来了："三娥，有句话我说了你别往歪处想。"

三娥说："你说吧娘，我不会的。"

"你应该再走一步，以后的日子还长着，你是个乖孩子，守着娘过日子娘高兴，但那不是个事啊，你这么年轻，再成个家，将来生个一男半女才不枉到世上来了一回。"

三娥半天没说话，过了会儿突然"呜呜"地哭了起来，她边哭边说："我不嫁人了，我的丈夫只有怀玉一个，我生是怀玉的人，死是怀玉的鬼。我就想在这个家里守着娘和弟弟妹妹们过日子，虽然怀玉不在了，但这屋里到处都有他的影子，我舍不得离开这个家。你如果真想让我走，我只有回娘家去了。"

三娥一番话说得玉婵心里一阵阵发疼，她也真心舍不得三娥离开，但她知道一个年轻的寡居女人日子是多么难熬，况且怀玉又没有留下一男半女，怎么忍心让三娥步自己的后尘。她接着说："傻女子，你怎么不明白娘的心呢？你在娘心里和惜兰、惜巧是一样的，我希望你们每个人都能过上幸福的日子。怀玉已经不在了，活着的人路还长得很，你赶快把他从心里放下，把自己以后的日子过好，怀玉在那边也就安心了。我不管你同意不同意，已经托人给你物色合适的下家了，有合适的我会把你像嫁女儿一样嫁出去，这里以后就是你的娘家。"

三娥听了玉婵的一席话，心里矛盾重重。她见玉婵说话语气这么坚定，也就不再说啥了。

于是玉婵开始给三娥找婆家，经过大半年的四处打听，终于有一户合适的人家，对方是三十里外的邻近公社的人，家里条件还过得去，双方见了面后基本满意，定了日子后，三娥从玉婵家出嫁了。玉婵做到了像嫁女儿一样把媳妇三娥嫁出去，然后这里真的成了三娥的娘家，她在以后的岁月中有了两个娘家——犀牛江边的大河坝和花桥公社的野雀山——她和玉婵的关系也一直那么亲密。

第三十五章
逃命婚姻名存实亡
邂逅爱情惜玉再嫁

当年带妹出嫁的惜玉在县城郊区王家过着尴尬而清贫的生活。丈夫一走就杳无音信，前面的几年全家人四处打听，但都没有结果，到后来都失去了信心，也就一边过着自己的日子一边苦苦地等待着。

但整整十年过去了，惜玉的丈夫还是生不见人死不见尸。这时的惜玉已经二十七八岁了，惜玲也长成十三四岁的大姑娘了，王家老两口又生的一个儿子启明都已经八九岁了。

日子长了，王家二老对大儿子的生还不抱啥希望了。惜玉成了这个家里多余的人，她经常受到二老的冷眼和奚落。苦难中成长起来的她练成了一个个性刚强、心理强大的人，他们的那点眼势对她丝毫构不成威胁。但她心里苦，好在有惜玲在身边陪伴。

在同村，她还有一个亲密得像亲姐妹一样的朋友金莲，这让她在王家的生活虽然不舒心，但也不孤寂。

惜玲在惜玉的庇护下没有吃多少苦就长大了，出落成一个亭亭玉立的小美人，她乖巧的性格很受王家爹娘的喜欢。虽然不是亲生的，但从小养大，就有了浓浓的感情，再加上大人要出工劳动，惜玲就成了照看启明的好帮手。王家的小儿子启明算是在惜玲的背上长大的。

惜玉是个闲不住的人，每天都像风车一样干着自己该干的事情，不管是家里的事还是集体的事，处处有她的身影。她劳动不落人后，集体事务乐于参与，所在的城关公社成立了妇女会，她是里面的活跃分子。她和金莲成了城关公社妇女会的一面旗帜，一道风景。

城关公社响应全国提出大办农业、兴修水利的号召，在县城东南方的崖湾村，利用四面环山，中间有一大片洼地的有利地形，展开了一场声势浩大的兴修水库工程建设。

惜玉和她的好姐妹金莲积极地投身这场浩大的工程建设当中。惜玉是她们大队的妇女会主任，金莲是副主任。她们带领着全大队的妇女儿童，满腔热情地投入劳动。

水库工地上彩旗飘飘，红旗招展。上千人的劳动大军在这里挥汗如雨，他们筑堤挖坑，干得热火朝天。

惜玉带领着她的妇女儿童队伍，和男人们较着劲地干活。公社的干部为了调动积极性，让他们开展劳动比赛。女人毕竟体力有限，还是比不过男人，但她们叽叽喳喳的吵闹声和时而扯着嗓子高唱革命歌曲让这支劳动队伍气氛活跃，干劲十足。

惜玉的能干和泼辣引起了一个人的注意，他是城关公社的党委秘书姚智，是个受党培养多年的知识分子。新中国成立前他就加入共产党了。他儒雅和蔼，风趣幽默，但命运坎坷——媳妇前几年生病去世了，他领着一个八九岁的女儿相依为命。

他对惜玉产生了好感，凭借着干部的身份，他很快和惜玉、金莲认识了，并在劳动的过程中知道了惜玉的现状。他为惜玉干练的办事能力、泼辣豪爽的性格倾倒，并开始大胆追求。

惜玉感觉到姚智的心意，目前的她虽然需要给自己的生活找条出路，但当爱情来临的时候却措手不及。眼前的这个人是否可以托付终身？她不敢轻易做出决定。他比自己大十几岁，还有一个半大的女儿，将来这个后娘怎么当都不知道。面对姚智的追求，她一次次地逃避，一是还没有考虑好，二是对姚智的感情还需要时间考验。

姚智遭到一次次的拒绝后，他把希望寄托到金莲身上了——让金莲做红娘，帮他追求惜玉。金莲对好姐妹惜玉的终身大事很是上心，她早就在给惜玉物色对象了，但没想到远在天边近在眼前。面前这个沉稳的男人各方面都是无可挑剔的，除了年龄大点外，相貌、才华、人品都和惜玉般配。她一定要做通惜玉的思想工作，不能让她错失了自己的幸福。

20世纪60年代的人们对未来的生活给予太多的期盼，也有十足的干劲，白天到工地上修水库，晚上参加扫盲班。惜玉和金莲都参加了扫盲班，金莲偷偷地给姚智出主意："你干脆晚上来扫盲班带课吧，我和惜玉每天晚上都会去那儿，这样你就有更多接触她的机会了。"

姚智心想这主意不错，就说："我这就去找扫盲班的李老师说去，让他晚上别来了，我来给你们上课。"他说完就到工地上找李老师去了。

晚上的扫盲班里，大家说说笑笑，唠着嗑等待李老师来上课，但进来的却是党委秘书姚智。他笑眯眯地对大家说："李老师最近家里有点事，来不了了，以后我给大家上课吧。"大队仓库改成的临时教室里响起了热烈的掌声。

金莲偷偷给姚智竖了个大拇指,姚智冲她神秘地一笑。

快下课的时候,金莲说:"姚老师,请个假,我家里孩子发着烧,我先回去看看。"

姚智明白了她的心意,就说:"快去吧。"

金莲小声对惜玉说:"我先走了,你后面慢慢来。"

她们两家离得很近,所以她们一直是一起回家的。惜玉不知道金莲故意给她和姚智创造条件。

下课之后,惜玉一个人往回走,姚智跑过来说:"贾惜玉,天太黑了,我送送你吧。"

"姚秘书,你回去吧,这儿我轻车熟路的,没有事。"惜玉突然明白了这两人的把戏,但只能装不知道。

姚智执意要送,惜玉也没办法了,两人一起向家里走去。

之后的几个晚上,金莲都是偷偷走了,姚智一直护送惜玉回家。

渐渐地,惜玉接纳了姚智。他广博的学识、风趣的谈吐、端正的人品都开始让她着迷,两个有情有义的人慢慢坠入爱河。

惜玉在姚智的帮助下,突破了汉字大关,能够独立看书看报,还能给远在南坪的怀力写信了。

到了谈婚论嫁的阶段,姚智郑重地到王家去提亲。

王家二老此时巴不得惜玉赶快找人嫁了,又看到找了个公社的干部,就毫不犹豫地答应了。

但当惜玉提出要带走惜玲时,他们拒绝了,说无论怎样,惜玲是他们养大的,和亲闺女没有两样,让惜玉放心地去过自己的日子,把惜玲给他们留下来。

惜玉觉得她现在带不走惜玲，想想嫁过去的地方离这里也不远，有事也能照顾到。再说惜玲也长大成人了，她说要留在自己的家里，别人也不好再勉强。

就这样，惜玉嫁给了姚智，开始了她的新生活。他们生了五个孩子，加上姚智原来的女儿，共养育六个孩子，在之后的生活中，风雨同舟，恩爱如初。

第三十六章
林海莽莽江水滔滔
白水江边相爱相怜

前面说怀力抓住了第二次外出谋生的机会，他跟随自己的队伍来到甘肃和四川的交界处——四川省南坪县（今九寨沟县）。当时白龙江林业管理局直接由林业部主管，国家正处在大搞建设之中，面对物资严重匮乏的局面，中央发出了大力开发森林资源的号召，于是东北、西北、华北等各处的森工企业一夜之间像雨后春笋般蓬勃发展起来。全国各地的年轻人意气风发地投入这支新中国建设的队伍中。

怀力所在的南坪工区筑路大队是白龙江管理局的一个分队。这支队伍有五百多号人，军队化管理，编成了排和班。他们到这里，才发现眼前的条件是多么艰苦，几百个人凭着革命的热情赤手空拳地就来了。首先要解决的就是住的问题，他们在森林中就地取材，用木头和树枝搭起简单的房子。房子是两层的，下面一层是牲畜的圈舍，没有机械的时代这些牲畜就是他们干活的主要帮手。上面一层铺上干草就是他们住的地方了。还好当时正值夏天,他们不用忍受严寒,但受不了的是蚊虫的叮咬,那些吸够了牲畜血的蚊虫又来吸工人的血,但每天超强度劳动的他们在与这些蚊虫的斗争中还是一夜夜地昏睡过去了。

怀力他们的工作任务就是打通南坪到巴郎山的道路,然后开发周围丰厚的森林资源。一百多千米的道路硬是被这帮年轻的后生一铁锹、一铁锤地打通了。风景如画的九寨沟在他们眼里只是一个需要强力打通公路的关口,每进一个寨子,他们都是精疲力竭的,没有人注意到这里像仙境一样的风光。

怀力他们在这里一干就是三年,当这里的工程干到尾声的时候,上面给他们分配了几台工程机械,有拖拉机、推土机,但这些机械无人会操作,于是领导开始从这些工人里面选拔操作机械的人。怀力凭着在酒泉当修理工的经历,被顺利选拔为拖拉机驾驶员。

选拔上的人被送到白龙江总部进行培训,白龙江总部设在甘肃省陇南地区(今陇南市)高楼县境内。于是怀力和其他战友开始了在高楼县的培训生活。

高楼县是甘肃省最南边的一个山区小县,有温暖湿润的江南气候,但四面石山耸立,土地贫瘠,嘉陵江一级支流白水江从城中哗哗流过,上游森林中的树皮枯枝会被洪水冲下,白水江两岸的群众会到江边去打捞柴火、摸鱼捉鳖,以维持生计。但这条养育了无数生命的河流时而会变脸,洪水泛滥,卷走无数鲜活的生命。

高楼县最热闹的地方就是白水江北边的双桥街,双桥街有两座桥,一座是东头的石头桥,叫拱桥;另一座是西头的木头桥,叫麻关桥。两座桥分别横跨在顺山而下的两条山水峪沟上,这里是这座县城文化经济的中心。

怀力和战友们在学习之余会到这里来逛逛，也就是在这里，怀力邂逅了他的爱情，找到了他人生中的另一半。

那天傍晚饭后的闲暇时间，怀力在麻关桥边闲逛，一个叫卖橘子的声音吸引了他的目光。

"卖橘子了，又大又甜的橘子……"

他顺着声音望去，麻关桥边有两个姑娘，短头发的姑娘中等个子，秀丽苗条，眼睛中透着一丝忧郁和胆怯，静静地蹲在那里，一言不发；长头发的姑娘个子略高，壮实丰满，皮肤略黑，吆喝着卖橘子。

长头发的姑娘吆喝了几声对短发姑娘说："秀屏，你卖橘子蹲在那里不言语能行吗？你不说话我也不吆喝了，看你这橘子卖得出去不。"

"我不敢吆喝，你就替我吆喝吧，求求你了，玲娃……"

"哎，我看见你这样子就发愁，现在有我们几个姐妹帮你，以后嫁了人我看你咋弄。"

"那我不嫁人了，就陪着你。"

"瓜女子，你不嫁人我还要嫁人呢！"

她们边说边"嘿嘿"地笑着。

怀力一直在一旁关注她们。她们说的话他都听到了，他对那个短头发姑娘莫名有一种好感，想接近她。

他鼓足勇气走了过去，问："你这橘子多少钱啊？"

"一毛钱两个。"那个叫玲娃的说。

"你要的话一毛钱给三个。"秀屏说。

"我想把你这一篮子都买了，你这一共多少？"

玲娃瞅了瞅秀屏，秀屏说："四五十个吧。"

"但我这会儿没带钱，你们跟我去取吧。"

两人互相看了看，玲娃问秀屏："去吗？"

秀屏摇头："不去，还是算了吧。"

怀力就是想制造能再和她们见面的机会："那你们明天再到这儿来卖，我明天来买你们的橘子，这会儿就别卖了，提回去给我留着吧。"

"没事的，我家里还有，我把这篮子卖完，明天从家里再给你拿来。"

怀力不想离开，就说："那我帮你们卖吧。"

两个姑娘警惕地相互看了一眼，玲娃说："不用不用，你走吧，我们自己卖。"

怀力怕纠缠久了把她们吓跑，只好先走了。但他没有走远，一直在不远处观察她们。

街上的行人慢慢少了，秀屏的橘子才卖出去一小半。她俩提着篮子回去了，怀力想跟着去看看，他想知道秀屏的一切。

两个姑娘顺着桥边的水沟走了上去，朝东边的山脚下走去，走了不远两人分开，短头发的姑娘提着篮子进了一个院子，随手关上大门。

怀力记住了这个地方。回去后他向培训班的本地人打听情况，问了几个人后，终于知道了那个叫秀屏的姑娘的情况，这让他铁了心地认定她就是自己二十七八年一直在找的人。

那个姑娘叫杨秀屏，是个身世比怀力还要凄惨的人——六岁时爹病逝，十二岁时娘也被艰难的岁月夺走了生命，只有一个比她大十几岁的哥哥。在生活最困难的时候，她的哥哥去了山东，并在那里安了家。秀屏是亲房大娘拉扯长大的，现在她一个人守着一个四合院，靠几间房的房租维持着吃了上顿没下顿的生活。

相似的命运和遭遇，使怀力对秀屏产生了无限的怜惜。他想到自己十二岁时就没了爹，而秀屏十二岁爹娘全没了，联想到自己从小受的苦，他不敢想秀屏是怎么熬过来的。

那一夜怀力失眠了，他满脑子都是秀屏那张秀丽得让人心疼的面容。那天的培训课他一句都没听进去，他感觉那天的课漫长得让人心焦。

终于等到下课，他快速向拱桥边走去，一边走一边担心去了见不到她。

他眼前一亮，秀屏真的又在那里卖橘子，但身边又多了两个姑娘。他急切地上前说："秀屏，我今天带钱了，你的橘子我全要了。"

玲娃和其他两个姑娘"咯咯"地笑了起来。

其中的一个姑娘说："你咋知道她叫秀屏的？"

怀力说："我还知道她叫玲娃，她们两个昨天就这么叫着。再说了，想知道一点都不难。"

秀屏说："一共六十个，按我昨天说的价钱，你给两块钱吧。"

"不行，今天一毛钱三个不卖了，一毛钱两个，共三块钱。"玲娃边说边白了秀屏一眼。

怀力笑着说："你们谁说了算？到底是谁的橘子？"

玲娃说："橘子是秀屏的，但我说了算，你要就给三块钱拿走，不要算了。"这真是个厉害的姑娘。

其他两个姑娘也在帮腔："就是就是。"

"三块就三块，但有个问题，我没有篮子，拿不回去，得把你的篮子借给我。秀屏，你说个地址，我明天给你还回来。"

秀屏又看了看其他人，看来她是个不善于拿主意的人。怀力又心生了一丝怜惜。

他又说道:"你们别把我当坏人,我是江北头公路工程处培训班的学员,叫贾怀力。你们如果不放心,我再押两块钱,明天篮子还了你们再给我,这样行吧?"

秀屏说:"这样能行的,玲娃、双环、爱娃,你们说呢?"

双环说:"秀屏说能行就能行,但你几点来还?要说个准确时间,我们到时候等你。"

"对对对。"玲娃和爱娃附和着说道。

"我早上上课,吃过午饭之后来还。"

"好,一言为定。"

他们终于达成了协议。怀力给了秀屏五元钱,秀屏给他说了详细的地址,其实不用说他都知道。然后四个人说说笑笑地走了。

怀力提着一篮子橘子往回走,心里特别高兴,一切都按照他的计划向前发展着,但他明显感觉到其他三个姑娘是秀屏的保护神,都很难对付,他还得想想怎么对付。

秀屏是一个单纯得像一张白纸的姑娘。凄惨的身世使她性格内向、胆小怕事,在她的世界里,没有谎言,没有欺骗,更没有坏人,她真心实意地对待周围的人。她除了三个要好的姐妹之外还有大娘,这些人都是她的保护神。天生秀美的秀屏经常会受到异性的追求和骚扰,但他们都过不了三个姐妹这一关,没有亲人的秀屏加上软弱的个性,使姐妹们义不容辞地保护她,也是这些人让秀屏在孤苦的岁月中顽强地生存了下来。

怀力把橘子拿到培训大队,给大家如实讲了这一篮子橘子的来历,又一毛钱三个卖给其他人。他吃不了那么多,而且那五块钱是他十天的生活补助,如果不换回来他得饿肚子。大伙也都愿意帮他。

第二天，他按时去了秀屏的家。敲开门之后，四个姑娘真的齐刷刷都在场。

他打量了一番这个院落，宽宽大大的一个四合院，看来祖上家境还是不错。有大大小小七八间房子，一边的房子里传出锯木头的声音。院子里有两棵长得繁茂的橘子树，树上结满了橘子。他明白秀屏为什么卖橘子了。

秀屏从怀力手中接过篮子后，从口袋中掏出两块钱要还给怀力，怀力说："这钱不用还了，我想和你们几个交个朋友，这两块钱就当见面礼了，你们四个拿去买小吃也好，看电影也行。"

姐妹四人相互看了看，年龄最大的双环说："你这朋友我们可以交，但有一个条件：没经过我们三人允许，不准到秀屏家来。"

"没问题，要来我们一起来。"怀力爽快地答应了，他乘胜追击，"那现在咱们是朋友了，是不是请我到屋里坐坐？"

她们笑着把怀力领进秀屏的家里。

秀屏住的房子是一个简易的木质阁楼，里面空空荡荡的，阁楼下面只有一个破旧的柜子和几把同样破旧的椅子，上面估计是秀屏的卧室。看到这个一贫如洗的家和面前这个可怜的人，怀力感觉鼻子酸酸的。

院子里东边的锯子声是房客王木匠在做木工活，西边也住着一家房客。双环说这个阁楼是她们姐妹的乐园，她们没事的时候就来这儿玩，一是这里自由，二是给秀屏做伴。

从此在这院里打闹的，除了几个姑娘，又多了一个男子的身影。

怀力顺利地进入这个团体了，他从牙缝里省钱，给四个姑娘送吃送喝，给秀屏的大娘拾柴、挑水、磨面，基础工作做好后才对秀屏展开强烈的追求。单纯的秀屏哪里经得住如此猛烈的追求，没过多久，怀力就在秀屏家里自由出入了，三个保护神和秀屏的大娘看到怀力是个可以托付终身的人，也就默许了这门婚事。

当怀力和秀屏的恋爱进展顺利的时候，也到怀力学满结束归队的时候了，于是他驾驶着拖拉机跟随筑路大队返回工作战场。

一年后，他被调回白龙江连队机械修理厂，成了一名修理工。他和秀屏的爱情也终于修成正果。他们在高楼县结了婚，在秀屏家的四合院里安了家，并在这里生下了他们的两个女儿思文和思雨。

第三十七章
玉婵年老儿女成家
重回花桥养育孙儿

玉婵领着惜兰、惜巧和怀民走过了艰难的岁月，姐弟三人都已长大成人，惜兰和惜巧陆续找了婆家。性格温柔贤淑的惜兰嫁给了县城文化局工作的知识分子李立林，他们家在离花桥公社不足十里的槐树村。李立林在县城工作，惜兰在老家伺候公婆和生儿育女。惜巧嫁给了邻近羽川公社的书香世家何玉栋，何玉栋的几个兄长都是读书人，在外地工作，唯有他老实木讷，在家务农。惜巧本来就是个泼辣好强的人，遇到性格柔弱的何玉栋，使她变得越来越刚强霸道。

怀民读完高小之后在大姐夫姚智的帮助下招工到供销社大川收购站工作，性格暴躁又倔强的他找媳妇成了老大难的事。玉婵多方托人介绍，不是对方看不上他就是他看不上对方，一直拖到二十七八岁还没着落。庄里来了个逃荒的外地女子，长得膀大腰圆，皮肤略黑，到玉婵家之后，玉婵和她拉了会儿家常，知道她是邻县望关县人，叫张彩芹，家里生活困难，自己跑出来寻出路了。玉婵一个人守着三间破房过日子，看到眼前这个可怜的女子，就留在家里住了几天。通过几天的接触，她感觉张彩芹是个心直口快、泼辣能干的人，自己每天想的是给怀民找媳妇，眼前这个姑娘说不定就是理想人选。

她把这个想法给张彩芹说了，她没有推脱。于是玉婵捎话从大川叫回怀民，这两人一见面都看上对方了。体弱瘦小的怀民和壮实高大的彩芹好像是天生互补，怀民的倔强和彩芹的泼辣刚好是一物降一物。

玉婵看事情能成，三下五除二就给两人把婚事办了。婚后怀民继续去大川上班，玉婵和彩芹在家里过日子。时间久了，彩芹阴晴不定的性格和高喉咙大嗓门的习惯让玉婵很难受，她们之间慢慢起了摩擦。

日子虽然过得艰难，但没有改变玉婵的生活习惯和性格，她依然讲究优雅。贫寒的家里虽然简陋，但窗明几净。她所有的东西都各有各的地方，也不允许任何人东挪西放。她的炕上即便是一床补了补丁的被褥，但依然洗得干净、叠放得整齐。然而粗枝大叶的彩芹却打破了她所有的习惯。她一而再再而三地纠正彩芹的懒散，却不见任何成效。这都不是玉婵无法忍受的，最让她受不了的是彩芹对她的顶撞。玉婵的孩子们没有一个顶撞她，但彩芹却接二连三地顶撞。这触碰了她的底线，让她不能忍受。但不能忍受又能如何？怀民能娶个媳妇不容易，她不能让怀民为难，只要怀民有安稳的家，小两口和和气气过日子，她可以退让。思量再三，她决定一个人单过。

经历太多的磨难给她留下了病根——生不得一点气，只要生气就心慌气闷，整夜整夜睡不着觉，所以她不想和任何人起冲突，想过几天平静的日子。

野雀山留下了她太多的伤心事，她有意离开这里。虽然这里的乡亲们给过她很多帮助，让她有点依依不舍，但更想回到魂牵梦萦的花桥街道上去。她每晚梦里的情景都是街道上的杂货铺、廊桥和那条潺潺的小河。经过和彩芹的几次冲突，更加坚定了她回到花桥街道的决心。于是玉婵自己做主离开了野雀山上那三间破旧的土房，回到花桥街道。怀力经常给她寄一些零用钱，但她都舍不得花，全部攒了起来，现在这些钱派上用场了，她用这些钱在街道西边的小河旁边租了一间房屋，添了几样简单的灶具，让怀远帮她从野雀山搬来衣服、被褥，开始了平静的生活。

这时的花桥公社正值"文化大革命"中期，严割资本主义尾巴的政策禁止街道上一切自由买卖活动。花桥公社早就失去了昔日的繁华，玉婵家的杂货铺建成了公社的供销社，她家的院子成了供销社的大院，街上除了供销社外，再没有其他的买卖市场。桥头的一所八年制学校里，不上课的学生们一天到晚演着样板戏，给这条安静的街道制造一些动静。

陪伴玉婵的是这条哗哗流淌着的小河，听惯了孩子们的打闹声和哭笑声，现在的家里却没有一点动静，玉婵开始感觉长夜难眠，她开始想念远在高楼县的两个孙女，要不是路途遥远，她早就到她们身边去了。

她在二孙女思雨出生的时候去过高楼县。怀力让她在那里住下来，和他们一起生活，但她不习惯那里的一切，高大耸立的山崖压得她喘不过气来。她从来没有出过那么远的门，到了一个陌生的环境又开始整夜整夜睡不着觉。秀屏坐满月子，她又回到花桥公社的野雀山上了。

好友凤来经常带着孙女来家里陪她。那是凤来大女儿翠英的孩子。翠英招工去了兰州，并在那里成了家，现在小两口都忙着上班，便把女儿带回娘家，让凤来帮着带。小女儿翠平在街道上的中学上学，一天到晚演革命样板戏。

玉婵看着凤来可爱的孙女，就开始思念自己的两个孙女，一天把那孩子夸三遍，抱在怀里舍不得放。凤来让她把自己的孙女也叫回来，一是帮了儿子和媳妇，二是自己生活中也有个伴。

经凤来这么一说，玉婵越发思念远方的孙女了，每晚上梦里都是她们，想着柔弱的秀屏能不能照顾好她们，操没操上心；思文有没有去江边危险的地方玩；秀屏上地去带没带思文；那么高大陡峭的山崖，万一脚下踏空摔下来怎么办；还有那日夜咆哮着的白水江，万一发了大水怎么办……这些可怕的想法搅得她如坐针毡，于是她找人给怀力写信，让他把思文给她带回来，她要亲自养育思文。一封信发出去不见结果，她就找人写第二封、第三封。

怀力收到玉婵的信，才知道她搬到街道上一个人过日子去了，想想自己常年在外尽不了一点孝心，娘吃了半辈子的苦，已经老了，是该过儿孙绕膝、享受天伦之乐的日子了，但却一个人搬到花桥街道上过着孤寂的日子，他心里一阵难过，盼望有朝一日能带妻儿回到玉婵的身边。

一连接到三封来信，他知道玉婵太想孙女了，眼看秀屏一个人也照顾不好两个孩子，就和秀屏商量把思文送到玉婵身边去。秀屏知道婆婆是个细心周到的人，把思文交给她，她一百个放心，于是怀力真的把思文给玉婵抱回去了。

　　当孙女思文来到玉婵身边之后，她一夜夜能睡踏实了，原来每晚必做的寻找孩子的梦也不做了。她的生活又有了新的希望和乐趣。她把思文当宝贝疙瘩一样养着，含在嘴里怕化了，捧在手上怕摔了。聪明活泼、人见人爱的思文成了玉婵的开心果，玉婵操劳着，快乐着，这才是她期待的日子。那些胆战心惊、吃糠咽菜的日子终于离她远去了，她坚信日子会一天比一天好过的。她还盼着秀屏再生个孙儿，怀民和彩芹再生一堆孩子，她盼望着再带一群孙子过日子。

第三十八章
谋生走险国昌丧生
劳动改造亲戚反目

冬天的云岭村，大雪纷纷扬扬地下了一夜，村子被白茫茫的雪覆盖着，天地之间只有两种颜色，白色和灰色。

国昌家的大门半掩着，黑狗躺在屋檐下，慵懒地蜷缩着身子，把嘴埋在肚子和腿之间，眯着眼睛打盹。

屋内，国昌坐在炕沿上抽着自己用烟叶卷的烟棒，媳妇在炕上纳鞋底，儿子李鑫在看书。媳妇时不时地咳嗽，国昌听她咳个没完，就掐灭了手中的烟。

这个曾经四世同堂的大院子里，现在只剩下国昌两口子和儿子，祖母、爹娘都离开人世了。国荣在县城市管会工作，把家安在了县城。女儿已经出嫁了，只有一个小儿子在他们身边。

国昌对媳妇说："你这病咋不见好转呢！明天让大夫再给你抓两服药去，把手里的活放下，躺着暖一会儿。"

媳妇放下了手里的活，躺下盖上被子缓了缓。

国昌看她不咳了，又说道："这日子过得人心里闷得慌，这也不让干，那也不让干，就让跟着大集体上地磨洋工，一年到头分来的那点粮食吃不饱也饿不死。这样的日子有啥意思，人闲着，手头紧，穷帽子一直压着，啥时是个头！"他说完长出了一口气。他知道家里没钱给媳妇抓药了，前几天抓的药钱都还欠着。

媳妇说："那有啥办法呢，大家不是都这么过着吗？"

沉默了一会儿，国昌又说："这场大雪下得啥也干不了，乘着生产队没啥事，我想进一趟城去。"

"干啥去？"媳妇问。

"没啥事，去把国荣和孩子们看一下，顺便转两天，透透气，这蹲着能把人闷死。你明天再让大夫给你抓两服药，药钱先欠着，我回来了想办法还。"

"那看你，转两天就快点回来。"

国昌又给李鑫叮嘱了两句："李鑫，照顾好你娘，我两天就回来了。"他说完拿起炕头柜子上的火车头帽子，那是弟弟国荣送给他的。他走出了门，朝着村子前面的沟底走去，那是通往县城最近的小路。

厚厚的白雪掩盖着路面，脚下的积雪被挤压着发出沉闷的声音，细长的小路陡峭而曲折。他头戴火车头帽子，穿着黑色的棉衣棉裤，腰间系着一根麻绳，肩上搭着一个褡裢，两手交替着放在袖子中，艰难地行走着，身后留下了深深浅浅的脚印。白茫茫的峡谷中他的身影显得清晰而孤单，时而有一些麻雀从路边的林中飞出，抖落了树梢上的积雪。

国昌边走边想着怎样能挣到钱，贫穷的日子实在是难熬，市场上禁止一切私人买卖行为，家里唯一的收入就是自己拼死拼活多挣工分，然后从生产队多分一点口粮，但家里需要钱，媳妇肺上有病，常年吃药，他只能把家里的粮食分些出来拿到街道上偷偷卖掉，这中间要躲市管会的人，他们看见了就没收。家里粮食也经不住卖几次，再卖全家就断粮了。这次到城里去，他无论如何要找到挣钱的门路，媳妇的病不吃药不行。

国昌在积雪的路上走了一天，傍晚才到县城。他先去了国荣家里，让国荣帮忙想想办法。

国荣看到踏雪而来的国昌，连忙让媳妇擀了一碗面条。吃完饭兄弟俩边喝茶边聊了起来。

国昌说："我这次出来想找点挣钱的门路，你嫂子的病不见好，药一直没停过，大夫那里的药钱都欠着，再还不上人家怕就不给抓药了。你知道哪里能挣到钱吗？"

国荣说道："眼下政策越来越紧，就是有挣钱的活都不能干，让人逮着就麻烦了。"

"这我知道，但活人总不能让尿憋死，这样坐着是等不来钱的。"

"前一段时间，北关一个回民到宝鸡贩驴，千辛万苦地从宝鸡把驴贩回来，但在往盐关走的时候让市管会的人逮住了，三头驴全部没收，人还被关了起来，到现在还关着没放。"

"宝鸡一头驴多少钱？"

"大概一百元钱左右，听说到盐关要卖到一百五六十元钱，倒是个挣钱的生意，但查得这么严，谁能挣这个钱！"

国昌听到这里眼前一亮，他说："我想去试试，我有办法躲开市管会的人。"

国荣一听急了："哥，你别开玩笑了，那条路走不得，能挣到钱别人都去挣了,还能轮上你?再说,我是干这工作的,你一旦被人逮住,我的脸面往哪儿放?"

国昌沉默着不说话了,但他脑子飞快地转动着,他已经在心里谋划这件事了。

过了好半天,国荣说:"你眼下家里的困难我帮你先缓解一下,我这里只有这三十元钱,你拿回去给嫂子看病,挣钱的事情别想了,那行不通的。"

国昌没有推辞,他接过国荣手中的三十元钱,说道:"不行就算了,这钱算我借你的,我先拿回去把欠人家的钱还了,再给你嫂子抓几服药。"

国昌在国荣家里住了一晚,第二天天刚亮他就起来了,辞别了弟弟和弟媳,说要回家了。

但他从国荣家里出来却没有要回家的打算,贩驴的事情还在他的脑子里盘旋,他想铤而走险,但本钱从哪里来?他手里只有国荣给他的三十元钱。他在大街上漫无目的地走着,想去北关里转转,问一下黑市上驴的价钱再做决定。

北关全部住着回族,这些回族从老祖宗开始就做着生意,现在政策不让做生意,但他们却私下悄悄进行买卖。国昌在以前和国荣的闲聊中知道几处北关的黑市地点。他朝清真寺后面的大柏树下走去。

大柏树旁边一个老汉坐在那里晒太阳,国昌走过去给他发了一根自己卷的旱烟,和老汉搭讪:"老哥,晒着,今天天气还暖和哦。"

老汉微笑着说:"嗯。"他接过国昌手中的烟,拿到鼻子下面闻了闻,说道,"你自己卷的?烟叶不错。"

国昌说:"嗯,在自己家里菜园子边上种了两行,你尝尝,味道还行。"他掏出火柴,给老汉点烟。

老汉抽了两口,吐出细细的烟圈,问道:"你家在哪里?"

国昌说:"花桥公社云岭村的。"

老汉说:"花桥公社是个好地方,旧社会的时候繁华得很,现在不让做生意,怕没原来繁华了吧?"

"嗯,没有集市就没原来热闹了。"国昌沉默了一会儿试探着问,"老哥,我手里有一头驴想卖掉给媳妇换药钱呢,找不到接家,你知道这边有人要吗?"

老汉警惕地看着国昌说:"你哪儿来的驴?"

国昌说:"自己家里养的。"

老汉迟疑了一下,在国昌耳朵跟前说:"你只要手中有货,又能安全送到盐关,一定能卖个好价钱。盐关的骡马黑市上驴抢手得很,就是缺货。"

国昌赶忙问:"那里啥价?接家怎么找呢?"

老汉又把嘴凑到国昌耳边说:"最低都能卖个一百五六十元,你去了找盐关镇老秦就能脱手。"

国昌有一丝激动,但他又问:"老哥,你说的可靠吗?"

老汉瞪了他一眼说:"看你这人,我是看你是实在人,又急用钱给媳妇看病,所以给你把兜底的话都说了,信不信由你。"

国昌急忙赔礼说:"对不住老哥,我是有点心急,没把话说对,请别计较,太感谢你了,也替我媳妇感谢你。那我走了,等我办成了事再来这里感谢你。"

国昌说完辞别了老汉,出了北关,他已经下了决心,一定要走一单生意。他这会儿盘算的是去哪里弄点本钱,家里一分钱都没有了,只有找人借，去哪里借呢？他边走边想。不觉他已走过了十字街，来到裴公湖边，裴公湖里立着稀稀拉拉的几株干了的荷花枯枝，湖面上结了一层厚厚的冰。他坐在湖中心的亭子里，边抽旱烟边想办法。

他想到了外甥女惜玉，惜玉的丈夫姚智在粮食局当局长，他们家就住在不远处的西关，不行的话去她家试试，看能不能借到本钱。他这么想着就打定了主意，站起身就去惜玉家了。

惜玉看到远道而来的国昌，热情地把他招呼进屋里，给国昌擀了葱花面条，他吃完后说了来意："惜玉，我有点急事需要用钱，你能不能想办法帮我借点？"

惜玉说："家里钱不多，你需要多少，大舅？"

国昌说："需要两百元钱。"

惜玉说："我家里可能只能凑一百元钱。你要这么多钱干啥呢？"

国昌不敢给惜玉说实情，知道说了她会反对，只能掩饰说："你舅妈病情严重了，我听说天水有个好西医大夫呢，想领她过去看看。"

惜玉听大舅这么一说，立马说："那得赶紧去看，你别急，等姚智回来让他再出去借点。"

姚智下班回来，惜玉给他说了国昌借钱的情况。姚智说治病的事不能耽误，他立马出去借钱了。一会儿姚智就借来一百元钱，加上家里的一百元钱，一起给了国昌。国昌拿到钱后辞别惜玉和姚智，出来就往车站走去。

他先坐班车到谈家庄，再从谈家庄坐火车到宝鸡。到宝鸡后，他多方打听，终于找到宝鸡的骡马黑市，经过中间人介绍，他用一百八十元钱买到了两头毛驴，为了躲过严查，他们等到半夜才成交。两头毛驴到手后，国昌一刻都不敢耽误，连夜赶着毛驴，背着白天在食堂买来的能吃两天的蒸馍，在夜色中上路了。

他选择了一条最近的路——沿着火车轨道的方向走——他计划晚上赶路，白天进山休息，这样就能躲过市管会的严查。

漆黑的夜里，他用绳子把两头毛驴拴在一起，用准备好的煤油点上火把，迎着呼啸的寒风，高一脚低一脚地走在茫茫的秦岭山中。天快亮的时候，他就躲进森林，在森林里没有人烟的地方休息，天黑后继续前行，这样连续走了两个晚上，已经过了凤县，想着再有两个晚上就能到新谷县了。

路上的艰辛和饥渴都被心中的希望冲淡了，他盘算着这次交易成功的话，就能赚到一百多元钱，家里的账还完后媳妇以后的药也有钱买了，能打个翻身仗，这么一想所有的付出都是值得的，也不觉得寒冷和疲乏了，腿上的劲更足了。他加快了步子，牵着毛驴向前走。

眼看翻过前面的一座大山就到灰县了，离家越来越近了。他走到火车隧道的地方都会绕行，但这次眼前的隧道却让他有了侥幸穿过的想法。这条铁路上的火车稀少，他沿路走来没有碰到多少火车，如果快速从隧道穿过的话他要少走几十里路。眼前的隧道看起来并不长，他朝身后看了看，没有火车要开来的迹象，于是迅速做了决定，牵上毛驴就钻进隧道，漆黑的隧道在火把的照耀下幽深寂静，毛驴和人行走的声音清脆响亮。他紧张得浑身出汗，牵着毛驴急促地行走着。

离洞口越来越近了，国昌眼看着还有几百米就出去了，突然身后传来刺耳的鸣笛声，像魔鬼张开巨爪要将整个世界吞没。毛驴抬高蹄子发出嘶哑的长鸣，扯开缰绳飞奔了起来，国昌想要拉住毛驴，但身后一片亮若白昼的灯光刺得他睁不开双眼，一声震耳欲聋的汽笛夹杂着轰隆隆的巨响过后，他的灵魂飞出体外，身体和毛驴一起化作血水在隧道中扩散。

国昌媳妇在家里等了四五天，依然不见国昌回来，心里不由得焦急起来。她给县城的国荣捎信，让国昌赶快回来。国荣看到信后一阵心惊，国昌不是已经回家两天了吗？怎么家里没见人呢？这大活人上哪里去了？他不知道该去哪里寻找，但又隐约感觉到国昌有可能去宝鸡铤而走险地挣钱去了。这样一想，他心里又后悔又慌乱，要是让人逮住怎么办，真不该无意中说出那样的信息，又一想国昌没有本钱，怎么可能去贩驴呢？他在县城里熟人不多，于是想到了外甥女惜玉，觉得自己应该去惜玉家问问。这一问让他确定了自己的判断，原来国昌真的从惜玉家借到了钱，真的去宝鸡了，这让他的心又悬了起来，只能默默地祈祷国昌能侥幸逃过检查，安安稳稳地挣到钱。

第二天，街道上的一则寻人启事引起了他的注意，是谈家庄火车隧道里发生的一起火车撞死人的信息，铁道部门正在寻找死者亲属，信息上说一个男性成年人赶着两头毛驴，在火车隧道中被火车撞击身亡，死者已经看不清容貌，现场只留下了死者的两条腿和半截胳膊，寻找死者亲属前去辨认。

国荣看完消息感觉脑袋里"嗡嗡"作响，并在迅速膨胀，他感觉到一阵眩晕。他急匆匆回家，给媳妇说国昌可能出事了，他要立即去灰县，让媳妇赶快给国昌媳妇捎信，让她进城等他的消息。交代完之后，他即刻去车站赶去灰县的班车了。

事发现场已经被公安保护起来了，国荣到现场之后，得到公安人员的许可上前辨认，现场惨不忍睹。他从残存的四肢上穿的衣裤和鞋子认出这就是自己的哥哥，他瘫坐在地上，抱着国昌的残肢放声痛哭："哥哥啊，是我对不住你，是我害了你，我不该给你说那样的事，你怎么不听我的劝呢？你怎么这么糊涂呢，你死得好惨啊，爹娘啊，我对不住你们啊……"国荣悔恨的哭声在山谷中回荡。

国荣知道生病的嫂子是来不了现场的，他也不想让她看到惨烈的现场。铁道部门提出赔偿方案，承担了所有安葬费用，并给李鑫和国昌媳妇付了一些抚养费。事情谈妥后，国荣做主把国昌的残体运了回去。

就在玉婵憧憬美好的未来，带着孙女思文享受大伦之乐的时候，云岭娘家传来大弟国昌遇难的消息，这突如其来的打击又给她当头一棒，她顾不得伤心难过，把思文丢给怀远媳妇，叫上怀远和怀民，飞奔去了云岭村。

国昌家里已乱成一团，国昌媳妇和几个儿女沉浸在悲伤的气氛中。病中的国昌媳妇受到这么大的打击，已经气息奄奄，玉婵和国荣强忍着悲痛，为国昌办了后事。

国昌去世后，他的媳妇病情加重，不久也离开人世了。玉婵接连又经受了两次痛失亲人的打击，她更加苍老了。

可怜的是侄儿李鑫，才十二岁就父母双亡了。他的姐姐已经出嫁，无法照顾他，这成了玉婵最愁肠的事。之后几年，李鑫的四季衣裳和鞋袜都是玉婵一针一线做出来的，玉婵成了这个没爹娘的孩子唯一可以依靠的亲人，她一直守护李鑫到成家立业。

惜玉和姚智结婚没过多久，姚智就被提升为县粮食局局长，他以一个老地下党员对党的事业的无限忠诚，兢兢业业地工作着。但"文化大革命"的政治浪潮汹涌地冲击着每个角落。

姚智对眼前的形势还是看得很清楚的，他知道该站在哪边。他认为造反派们极"左"的思想偏离了客观实际，离开了大多数人的实践，离开了当时的现实性，坠入空想和盲动，特别是演变之后严重偏离了革命的初衷。看到一个个有功于革命、有功于国家建设的人被造反派们踩在脚下，他的心在流血，但在疯狂的浪潮中，个人的力量太渺小了，他只能在自己的岗位上静观其变，等待云开雾散的那一天。

但造反派们已经把目光移向他这里了，原因是新中国成立前他在国民党的阵营里干过事。这么滑稽的理由居然也能找出来，姚智是这个县早期的党的地下工作者，地下工作当然得有一个地上的身份做掩护，但这一切现在都被颠倒了，由着革命的小将们胡作非为。

正在上班的姚智被一帮来势汹汹的人押走了，然后就开始了批斗、游街、关押、交代问题。

惜玉在家里愁坏了，她开始四处奔走打探消息。她先是去了姚智的老领导家，老领导听完情况后摇着头说这事他插不上手，造反派还给他找事呢，他都自身难保。惜玉想到了她的二舅国荣。国荣已经从市管会调到县革委会了，他一定会想办法救出姚智的。

她抱着很大的希望去了国荣在县城的家。

她敲门之后，开门的是她二舅妈，没想到她竟然没让惜玉进门。惜玉说找二舅有点事，她的二舅妈说："你二舅不在家，你这事他就是在都帮不上忙。惜玉，你也替你二舅考虑考虑，他混到现在也不容易，别让你们家姚智的事把他连累了。请你以后别再到我们家里来了，我们现在不是一路人。"

二舅妈的冷酷无情是惜玉万万没有想到的，她伤心地离开了国荣的家门。

惜玉心事重重地走在回家的路上，道路两旁的白杨树叶被秋霜染成金色，在一阵阵猛烈的秋风袭击下，离开了树枝在空中飞舞。

她踏着厚厚的落叶，裹了裹身上的衣服。她感觉全身由内到外冷得发抖，人怎么变脸如此之快，前几天还在街上碰到过二舅妈，当时她热情洋溢、笑容如花，让她有时间领着姚智和孩子们上她家玩，说亲戚就该常走动，要不就生疏了，怎么今天见到却判若两人？惜玉觉得自己找不到能救姚智的人了，连最亲的亲戚都开始躲他们了，她还能去依靠谁呢？

秋风中夹杂着点点雨滴打在她的脸上，眼看一场秋雨即将来临，家里四个孩子还等着她回家做饭。她打起精神，快步朝家走去。

姚智被关押了几个月后，和其他被打成右派的人一起押送到县上的南山煤矿挖煤，没有干过体力活的他几天手上就起了泡，肩膀也起皮了，还得忍受当地造反派的拳打脚踢。他们说他是人民的老爷，骑在人民头上作威作福，现在要让他加倍偿还人民。所以别人一次背一百斤煤，他要背两百斤，别人挖累了可以休息一会儿，但他不能。

这样被折磨了几个月后的姚智感觉自己会死在这里，于是开始寻找逃跑的机会，机会终于成熟了。

那天煤矿边上的村庄里有喜事，矿上监工的人都去赶酒席了，留下的两三个人也弄了一瓶酒在那里拼酒。姚智看时机成熟，就飞快地从矿区逃了出来。

他飞奔着朝县城的方向跑去，自由和家人像一块巨大的磁铁吸引着他。他感觉脚底生风，一股无穷的力量支撑着他。他跑出南山煤矿，跑上山梁。当他从凉水峡沟往外跑时，后面传来追赶声，他迅速寻找可以躲藏的地方，但身边除了一个大崖石外再无他物，他发现大崖石上有一条缝隙，情急之下，硬着头皮挤进石头缝里，追赶他的人群没有发现这个大崖石上不大的石头缝。

他在石头缝里躲到天黑,夜幕低垂的时候,他开始从石头缝里往外挤,但麻烦出现了,无论他怎么变换姿势,都出不来了。他想自己是不是会死在这个石头缝里,但又不停告诉自己不能死,家里的妻儿还等着他回家,求生的本能使他在石头上拼命把身体往外挤,磨破了肩膀、膝盖,鲜血染红了崖石,他强忍疼痛,一心想从石头缝里钻出来。经过拼死挣扎,他硬是从石头缝里挤出来了,但是肩膀、胳膊、腿和脚都开始流血。

当他爬出来时,浑身都充满了劲,顾不得疼痛,撒开双腿往回跑。

天快亮时,他回到家了,他破衣烂衫浑身是伤地站在了惜玉面前。惜玉没有吃惊,这是她意料之中的事,因为白天县上革委会已经派人来过了,说姚智逃跑了,他们把家里搜了一遍无功而返。走时给惜玉说,要是姚智回来要她立即到县革委会汇报,如果不报,后果自负。所以她看到姚智回来并没有感到吃惊,也顾不得询问是怎么逃脱的,赶快给姚智清洗包扎伤口。

边包扎伤口姚智边给惜玉讲他的逃跑过程。等一切收拾妥当后,惜玉问下一步怎么办:"这家里你肯定是待不得的,白天他们来过了,说不定明天又要来,你得找个地方躲起来。"

姚智说:"躲能躲到啥时候,再说也没有地方可以躲。我就是想回来看看你和孩子们,咱们见上面了,明天他们要来抓就来吧,大不了我再跟他们回去劳动。"

惜玉看姚智这么淡定,也不再说什么了,听天由命吧!

姚智躲在家里休养了几天,慢慢缓过气了。家是他疗伤最好的地方,看着眼前的媳妇儿女,他生出无限愧疚。自从被隔离审查到打成右派,工资停发,这五人也不知是怎么生活的,每天还要为他提心吊胆,这样的日子不知何时到头！

他盼望着风暴早日过去，生活早日恢复正常。

造反派还是没有放过他，可能听到他在家的消息，一帮人又来搜家了。让姚智和惜玉没有想到的是，国荣也跟来了。

姚智没有再躲藏，他说："我就是想回家看看孩子们，你们至于这么兴师动众吗？回来的时候摔伤了，养好伤我会回去的。"

造反派们说："你这就是逃跑，是公然和人民为敌，要回家怎么不请假？"

姚智说："我请了多少回，没人给我准啊。"

这时国荣说话了："姚智，看在咱们是亲戚的份上，我说你两句。你这逃跑行为是对劳动改造的态度有问题，这样你是改造不好的，你必须认识自己的错误，好好改造，争取政府将来对你宽大处理。"

惜玉从国荣进门的时候起就气不打一处来，看到他不但跟着一起来，还在这里讲这面子话。她不客气地对国荣说："二舅，你快别在这里装好人了，你们想怎样就怎样，今天我就把姚智交给你了，要杀要剐随你，反正现在你们是一手遮天。"

国荣说："惜玉，你咋能这样讲话，我是公事公办，你跟姚智尽学了些反动言论，我也不跟你胡扯了，把人带走。"于是他们把姚智押回煤矿，一直劳动改造到"文化大革命"后期。

惜玉和国荣从此结了仇怨，几十年老死不相往来。

第三十九章
林海高原奋斗创业
母唤儿归回家落户

怀力所在的公路工程处随着南坪公路的修通被撤销了,并到了白龙江林管局,白龙江林管局也由原来的林业部直属划归到省林业厅。怀力和他的战友一起被分配到白龙江林业局。

工作的变动使怀力不得不离开高楼县,但他不忍心丢下媳妇秀屏和幼小的女儿思雨,决定带着她们一起去迭部。秀屏虽然感觉故土难离,但怀力已经成为她生命中的全部依靠,她怕回到从前没有亲人的孤苦日子,看着身边年幼的思雨,她对自己独自带女儿没有信心,别无选择,只有跟着怀力远走他乡。

当怀力和秀屏给高楼县院子的大门上锁时,思雨问怀力和秀屏:"爸爸妈妈,我们还回来吗?"

怀力告诉她:"不回来了。"怀力想迟早要带着妻儿回到那个生他养他、让他魂牵梦萦,而且有小桥流水和娘的新谷县花桥公社。

但秀屏却说:"要回来的,过几年我们就回来了。"秀屏想着只是暂时离开,这里永远是她的家,她离不开这里的山山水水和大娘及姐妹们。但秀屏这一次离开高楼县后,就只匆匆回过一次。她从此告别了这个生她养她的地方,跟随怀力开始了异乡的生活。

迭部林业局位于青藏高原东北边缘,白龙江上游,在这片广袤的原始森林里,怀力开始了他的新生活。这里洒满了怀力和他的战友们的汗水,印满了他们的足迹,也因伐木事故倒下了无数个鲜活的生命。怀力把对工作满腔的热情和对未来无限的憧憬都放在这里,这里的生活磨炼了他的意志,锻造了他的品格,使他成为一个忠于事业、敢于担当的男人。

在这里生活了一年多之后,他们又生了一个女儿,取名思云。本来以为这回一定能生个儿子,但却还是个女儿,这让怀力和秀屏增添了几许惆怅。思雨看到生了妹妹怀力他们不高兴,就安慰道:"爸爸妈妈没关系的,妈妈生的都是女的,等下次爸爸坐月子的时候一定会生个小弟弟。"

思雨天真可爱的童言逗乐了怀力和秀屏,他们暂时忘掉了连生三个女儿的懊恼。

当怀力把这个消息写信告诉了老家的玉婵后,玉婵除了有点失望,还是牵挂秀屏和两个孙女的生活。性情柔弱的秀屏要照顾两个女儿有点力不从心,玉婵让怀力把秀屏和两个女儿送回老家来,让她照顾。怀力一天早出晚归地劳动照顾不上媳妇和女儿,他听从了玉婵的建议,把秀屏和两个女儿送回老家。

怀力终于把理想变成现实了,他去高楼县把秀屏和三个女儿的户口迁回老家,把自己飘零的心安放在故乡,他感觉自己的根又扎入泥土了。秀屏带着女儿回到了玉婵的身边,她们互相有了照应,他从此安心工作,领到工资后急切地寄回老家。

老家花桥公社的上河坝村又多了一户人家,户主叫杨秀屏。玉婵和秀屏一起带着三个孙女开始了花桥街道上全新的生活。

怀远也已经成家了,有了红红和红刚两个孩子。他们互相照应着拉扯一群孩子。

玉婵和秀屏带着九岁的思文、七岁的思雨和三岁的思云开始了苦中有乐的生活。思文从小乖巧懂事,长着圆脸大眼,人见人爱;思雨胆小老实,长得又黑又瘦,时不时会说些千奇百怪的话,把大人们逗得能乐几年;思云爱哭爱闹,牛脾气上来能哭闹几个小时。玉婵整天围着这三个孩子,操不完的心,断不完的官司,但她心里是快乐的,她任劳任怨地为孩子们付出。秀屏参加生产队的劳动,从集体中分回微薄的粮食,一家人紧紧巴巴地过着日子。

思云很早就断了奶,秀屏费尽周折把她养到三岁,但营养不足使她体弱焦躁,整天没完没了地哭闹,总是安静不下来。面对幼小的思云,玉婵没有了办法,讲道理她听不懂,打她又下不去手。她养育自己的八个孩子时从来不用打来教育,她知道一个孩子一个性情,所以教育的方法也会不同。

看着哭闹不止的思云,她只有耐着性子哄她,想着长大点懂事了就会好了,现在只有顺着她。

邻居王家的饭熟了,王家媳妇端着碗在院子里吃着连锅撒面饭,热气腾腾的撒面饭被王家媳妇呼啦啦地吃得倍儿香。

思云看到就开始哭闹:"我也要吃撒面饭。"边说边哭。

玉婵说:"好好好,我给咱们思云做撒面饭。"

她去锅里烧水，但思云哭闹得更厉害了："不要婆撒的，要张姨家的。"她边哭边在地上打滚，怎么哄都拉不起来，玉婵只有妥协了。

玉婵背着思云进了邻居家的屋子，说："他张姨，我们思云看你家的饭比自家的香，哭闹着要吃你家的饭，你看这事咋办哩？我把这娃放这里给你家当娃去算了。"她说着把思云放到邻居家的炕上，给邻居递了个眼色。

邻居明白了她的意思，配合着说："那太好了，我家里正好缺这么乖的娃，快来，我给娃喂饭。思云，吃饱了就给我们家当娃，不回去行吗？"

思云吓得从炕上溜了下来："婆，我不在这里当娃，我不要饭了，我要婆哩……哇……"她哭得更欢了。

玉婵偷笑着又把思云背回家。从那以后，思云再也不敢吃别人家的饭了，她知道，吃了别人家的饭就要给人家当娃。但她又添了新毛病——半夜醒来无缘无故地哭闹，而且哭闹的时候不让玉婵穿衣服，一穿衣服她会哭闹得更厉害。面对这样的孩子，玉婵真是一点办法都没有了，为了让思云不哭，她大冷的天只穿一件背心坐在炕上哄思云，直到她睡着为止。

满头白发的玉婵，穿着一件灰色的确良衬衫，背着哇哇哭闹的思云，在花桥街道上、小河边、桥上、邻居家的场院里，留下了她的身影。那件衬衫的后面有了一条条的横折纹，比前面短了四五寸，那纹路里写满了玉婵对孙女的爱和操劳。她晚上睡觉时看到这件变了形的衬衫，感慨地念叨着："思云，这件衣服我要把它保存下来，等你长大了好好看看，看你小时候是怎样欺负婆的。"

阿旺林场的秋天美得让人窒息，四面环绕的群山层林尽染，云杉、冷杉等高大的针叶林给森林定出永恒的浓绿基调，杨树、桦树变成迷人的黄色，黄栌和五角枫呈现出醉人的红色，茂密的森林向人们展示最妖艳动人的一面，魔幻般地变换五彩缤纷的颜色。白龙江翻滚着雪白的浪花，江中升腾的湿气和森林中蒸发的雾气给彩色的山披上了一层薄纱，缥缈而多姿。

在湿重浓密的晨雾中，怀力和战友们逆着那条哗哗流淌的白龙江，往上游的伐木点走去，雾水打湿了他们的头发和眉毛，早晨充沛的精力使他们脚下的步子轻盈有力。

他们沿着陡峭的山坡上的小道向半山腰走去，脚下是厚厚的落叶，踩上去松软舒服，周围横七竖八地躺着没有及时运走的木材。一阵汗流浃背的跋涉之后到达目的地。他们要把技术人员在树上打了红叉的树木伐倒，然后运到陡坡的沟槽边，顺着沟槽推下去，沟槽下面就是翻滚的白龙江，木材顺水而下，运到下游的闸口，经闸口转运到祖国各地，去完成它们建设新中国的伟大使命。

所有人员分成了小组，五个人一组，对着直径近一米的大树开始斧砍锯伐，砍口是有方向的，从树木朝山的一方开始砍口，砍进去四分之三后，就对着下方喊："倒树了——"

这是对下面的人发信号，连续喊三遍之后，左右两个人侧身对着树的砍口反面连砍数下，看到树开始摇晃时，迅速离开，所有人齐声喊："顺山倒了，顺山倒了……"

在一阵噼里啪啦的声响中，一株参天大树伴随着缤纷的落叶和乱飞的小鸟轰然倒下。他们就这样日复一日地重复着，征服森林中每株该倒下去的大树。

就在大家把安全时刻牢记心中，丝毫不敢马虎的情况下，该出事时还是不可避免地出事了。这天的劳动和平时相同，在一声声"顺山倒"的号子声中，一株株高大的树木应声而倒。突然，第五组的人惊呼："李让礼不见了！李让礼……李让礼……"

和怀力一个队的第五组的李让礼在伐倒一株树后说要去上趟厕所，但一起的另外四个人等了好久不见他回来，他们在周围找了一圈，没见人，一下子急了，开始满山吆喝。全队的人员都在寻找，最后在一棵前几日没有伐倒的大树下找到了被砸死的李让礼。那是一棵在伐木的过程中，由于技术失误没有控制好树干中心，锯完后放不倒成了"坐蹲"的危险树木，他们大队对这样的事故进行上报，但没有得到及时处理。上完厕所的李让礼从树下经过时，遇到大风，大树突然倒了下来，可怜的李让礼就这样结束了年轻的生命。

这是迭部林业局在林业建设中倒下去的第五十八个人，是阿旺林场倒下去的第六个人。战友们沉痛地抬着李让礼的尸体下了山，三天之后，在场部开了隆重的追悼会，然后把他安葬在场部北边的烈士陵园中。

陵园中五座长满荒草的坟墓旁边又添了一座刺眼的新坟。所有人的情绪都是低落的，不由得去想下一个埋在这里的是不是自己。这样的思想在怀力心头一闪而过，他迅速晃动了一下脑袋，狠狠地骂自己："我贾怀力怎么能去死，我没有死的权利，我的老娘和妻儿都需要我，我的生命不属于自己，属于那个从风雨中艰难走出来的家庭。娘和妻儿还等着我带领全家人过上幸福美满的日子呢！"这样想着，他的内心变得强大起来，他勇敢地面对自己的工作，更加努力细致。他相信一切都会好起来的。

随着山顶上的伐木逐渐转移到平缓的山谷，怀力经过自己的努力又重操旧业了——开上了运送木料的拖拉机——从山谷向山外转运木料。

换了工作之后的怀力工资也有所增加，他对工作投入满腔热情和希望，想着老家的娘及媳妇和女儿，他干劲十足。他一定要让她们过上好日子。

每月领工资的时候，是他最开心激动的时候，因为他又为家人赚来了生活费。他怀揣不多的钞票，满心欢喜地去邮局往老家寄钱。

第四十章
小女长成谈婚论嫁
回乡寻根难舍亲情

落日如一轮燃烧的火球,给大地披上了一片金色霞光。正在玉米地里锄草的惜玲,高卷着裤腿和衣袖,挥动着锄头,如一幅舞动着青春的画。

惜玲在王家长大成人,出落成一个水灵灵的大姑娘,她有着高挑的个头、凹凸有致的身材、精致的五官、象牙般白净光洁的脸盘,身上的粗衣旧衫也阻挡不住她的美丽。

自从惜玉嫁给姚智,有了自己幸福的家庭后,惜玲就成了这个家里的主要劳动力。王家爹娘年老体弱,弟弟启明还小,又被爹娘宠着,所以这一亩自留地和到生产队挣工分的活就落在她一人身上。眼看着太阳快落山了,家里的这片自留地还没锄到头,她加快速度,挥汗如雨地向前赶着。

突然身边多了一个熟悉的身影,是邻居胡建明——一个高大、魁梧、帅气的小伙子。他干完自己手里的活,专门来给惜玲帮忙。

他拿着锄头走到惜玲跟前说:"惜玲,你快坐着歇会儿,剩下的我来干。"

他把毛巾递到惜玲手中,眼里充满了怜惜和爱慕。

已经腰酸背疼的惜玲,看到援兵来了,心里乐滋滋的。她接过胡建明手中的毛巾,边擦边说:"劳驾你了建明,你咋知道我这会儿干不动了呢?"

"我是你惜玲的一块砖,你哪里需要我就往哪里搬。"他说着转身朝惜玲灿烂地一笑。

"瞧你,就一张破嘴会说,是不是看我快锄完了才跑过来的,其实你这会儿来不来无所谓了,我马上就干完了。"

"你这可冤枉死我了,我刚从盖房的工地上回来,想着你还在地里,拿起锄头就赶过来了。"

胡建明是一名泥水匠加木匠,是个心灵手巧的人,领了一帮人给人盖房子,好人缘加上高智商,找他盖房子的人络绎不绝,手里的活一年四季都干不完。

惜玲静静地坐在田间,看着胡建明麻利地锄地,心中的一池春水荡漾出一圈圈的涟漪。

他们两个是房前屋后的邻居,从小一起长大,胡建明像大哥一样处处照顾着惜玲。惜玲觉得自己除了苦难的出身之外,其实还是幸福的,从小有惜玉的庇护和照顾,在王家也没受多少苦。惜玉走了后又有胡建明像大哥一样关心着她,她对眼前这个人是爱慕的。她认为这是老天对她的垂怜。她没有出生就失去了爹,又莫名其妙地被姐姐带到别人家里,那个叫玉婵的亲娘只有在晚上才会走进她的梦里。对于王家二老她虽然一口一个爹娘地叫着，但她明显感觉那不是她的爹娘，是启明的爹娘，自己只是一个跟着姐姐出来逃命的苦孩子。幸好现在有胡建明，这是天堂里的映之赐给她的白马王子，她要紧紧抓住这份幸福。她幻想自己是一个幸福的小女人，和胡建明生了一堆可爱的孩子，过着相亲相爱的小日子……

胡建明三下两下锄完了地，坐在惜玲身边："瓜女子，想啥呢？"

胡思乱想的惜玲回了神，羞涩地说："不告诉你。"

"惜玲，我想尽早把你娶过来，不想让你这么辛苦，女人就应该像花一样养在温室里，让男人呵护着，而不是像你现在这样，肩挑一家人的重担，风吹、日晒、雨淋，看你成天这样辛苦，我心里真难受。惜玲，你愿意嫁给我吗？"胡建明说着双手抓住惜玲的手，含情脉脉地看着她那双清澈的眼睛。

惜玲的脸上腾起了一圈红晕，她娇羞地低下头。胡建明紧追不舍地说："你说呀，你愿意吗？"

惜玲猛地一把推开他，边跑边说："你说呢？傻瓜蛋。"她边笑边跑，"傻瓜蛋胡建明，回家了。"她发出银铃般的笑声，胡建明拿上锄头兴奋地追了过去。

他们的村子在泰山庙脚下，泰山庙坐落在泰山顶上。此泰山非彼泰山，五岳之首的泰山以险峻高大著名，而新谷县的泰山高不足五百米，就是一个圆形的小山丘，但这座不大的小山丘却是这里的百姓心目中的神圣宝地。小山丘上长满了苍劲古老的松柏，有华山松、油松、侧柏，还有罕见的白皮松。这些郁郁葱葱的古柏，给这座山平添了无限的肃穆和凝重。

时值一年一度的泰山庙会，庙会期间这个村落人流如潮，山上香火不断，善男信女并不是专程到庙会拜佛，赶庙会还有另外一个原因，就是这座神山不同于别处的神圣使命，是"通往阴间的总邮局"，说庙会期间从这里烧出去的纸钱，能送到离世的亲人手里。所以这里是人们寄托哀思的地方，这使泰山庙会几百年经久不衰，即使在最困难的年代，也阻挡不了人们对逝者的哀思和对美好生活的向往。

说来这山也真有神奇之处，每年庙会开始时，随着戏班子给神灵唱的第一场戏，老天都会或大或小地降一场雨，人们叫它洗山雨。

庙会期间胡建明难得有了几天清闲日子，他约惜玲出来逛庙会了。

他们随着人群逛了戏场，又逛了杂技园子，然后逐摊品尝美食，油糕、炕包、荞粉面皮，逐个吃了一遍。惜玲的脸上泛着幸福的红光，胡建明拉着她的手，幸福地在人群中穿梭。

迎面碰上惜玲的大姐惜玉。惜玉领着五个孩子也来逛庙会了，惜玲看到惜玉激动地跑到跟前姐长姐短地一通腻歪，胡建明也跟着叫姐。惜玉看到眼前的两个人，明白他们正在谈恋爱。胡建明是她看着长大的，她对这个小伙子是满意的。

她轻声对惜玲说："你如果真的看上胡建明了，哪天把他领到花桥去，让娘见见，娘天天在家牵挂着你呢。"

"嗯，我会去的。"惜玲乖乖地答应着，然后他们两人一手牵一个惜玉的孩子，和惜玉一起挤入人流中。

惜玲领着胡建明来到花桥，见到了玉婵和秀屏及三个侄女。

这个地方和这个家对她来说都是陌生的，但却似曾相识，让她倍感亲切。这里的一草一木虽然没有养育过她，但她的根在这里，如果不是那场灾难，不是那个残酷的年代，她也是爹娘的心头肉，也应该在这个地方度过自己的童年和青年时期。但如果这样，怎么会认识胡建明呢？

这就是命运的安排，有失必有得。

玉婵激动地、疼爱地看着自己的小女儿已经长大成人，还给自己带来一个阳刚帅气的女婿。她太满足了，她终于看到自己的儿女们一个个都成了家，苦日子终于熬出头了，但她对这个小女儿心里满满的都是歉疚，没有亲自拉扯她长大，没有给过她关心和呵护，这些都是她心里永远解不开的结。她认真地给惜玲和胡建明摊着鸡蛋煎饼，如果时间能够倒流，她一定会紧紧地牵着惜玲的手，给予她全部的母爱，但是无情的岁月能让她圆了这个梦吗？她百感交集地摊完煎饼，又炒了精致的洋芋丝，熬了小米稀饭，盛情款待惜玲和胡建明。

她问惜玲和胡建明的结婚日期，说一定要给他们亲手缝两床被子，又让他们在家里住两天，等她把被子缝好了一起带走。惜玲懂事地答应了，她虽然没有在玉婵身边长大，但血浓于水的亲情是与生俱来的。她不忍心拒绝玉婵的一片真心，要让玉婵圆了亲手给她准备嫁妆的心愿。

不久他们结婚了。

结婚后，胡建明的生意越做越大，他从一个盖房的泥水匠发展成统领几百人的包工头。随着全国改革开放抓经济搞建设的浪潮，县城到处都在盖大楼、修公路，这给胡建明带来迅速发展的机遇，他成了当地小有名气的人物。

惜玲和他有四个孩子，都上了大学，他们在政府机关、医院、军队发挥自己的才能，成了社会的有用之才。

惜玲对两个娘家的娘都尽着孝道。那个惜玲从小背大的王家的小儿子启明不务正业，不管他的老娘，王家老太太一直跟着惜玲生活到寿终。

第四十一章
使命完成看淡人生
惜兰摔伤又添心结

转眼到了1976年，这一年注定是不平静的一年，赖以生存的大地出现了剧烈的抖动，惊慌失措的人们纷纷跑出咯吱乱响的房屋。惊魂未定的人们从广播里知道唐山大地震发生了，唐山市伤亡惨重。

伴随着大地震而来的是持续的阴雨和密集的余震。花桥公社的广播里一遍遍急促地播着让每家每户到生产队的大场里搭帐篷，家里不能住人。

玉婵带着秀屏和三个孙女准备在自家院子里搭个简易篷子，正当她们在筹划材料时，怀远冒雨到家里来了。

他说："娘，二嫂，你们不用忙活了，我已经在大场里把帐篷搭起来了，搭了两个，我伯和大大、新生他们住一个，还有个大的你们带上孩子和我们挤一下就行了。"

这下解决了玉婵她们眼下的难题，玉婵只是想着让秀屏和三个孙女到安全的地方就行了。她对待这事有自己的主见，就说："那太好了，你快把你二嫂和孩子们领过去安顿，我哪儿都不去，就在家里待着，换个地方我睡不着觉。"

怀远说："那不行，你没听广播上说吗，还有更大的余震，家里不许住人的，你快跟我们一起走。"

秀屏也着急了，跟着说："娘，你一个人住家里怎么能行呢，和我们一起过去吧，你不去我也不去了，让三个孩子过去，我在家里陪你。"

怀远急得直跺脚："你们这是怎么了？拿这么大的事情开玩笑，都跟我过去。"

玉婵觉得不走也不行了，就说："走走走，都走吧。"于是锁上房门，怀远抱着思云，秀屏托着思雨，思文牵着玉婵，他们在雨中朝桥东的大场里走去。

大场里密密匝匝地搭满了帐篷，帐篷内挤满了躲地震的人。怀远的两个帐篷搭在大场的中间，他搬来家里所有的木板和门扇，用砖头和长凳子把木板支起来，上面盖着篷布和塑料布。

小帐篷里的马勇山和玉婵打招呼："红红他婆，眼下就这条件，你和娃娃们将就着住下，那边住不下了让红红和红刚挤这边来。"

玉婵连忙说："没事的，他爷，下雨天凉，你也照顾好自己。"

宽大的帐篷里怀远媳妇润花带着红红和红刚在里面。润花看到她们，忙把玉婵和秀屏让了进去。

几个孩子凑在一起立刻成了一窝蜂，帐篷里已经不够他们打闹了，一个个头戴草帽、光着脚到集满水的土场里打闹去了。

玉婵叫上秀屏，说回去再取两床被子过来，怀远要去，她挡着不

239

让，说还有别的事。但她回去后，就再也叫不出来了。她给秀屏收拾了两床被子捆好，让秀屏提上先出门，然后她就在里面把门拴上了，任秀屏怎么叫都不出来。

她在里面说："你别管我了，秀屏，去把娃们经管好，我活到这岁数了，还有啥事情能吓得到我？不就是地震吗，我不怕的，我晚上又没瞌睡，摇的时候我自己就出来了，你快去吧。"

秀屏对玉婵一点办法都没有，她知道玉婵做出的决定是很难改变的。只好让她多留点心，自己拿着被子到帐篷里去了。

怀远又来叫玉婵，还是没有叫动。这个犟脾气的玉婵，成了花桥镇街道上这次大地震中唯一一个在家里不出来防震的人。

现在的玉婵已经不惧怕死亡了，眼看着儿女们都成家立业了，她在这世上的使命已经完成了，如果这次地震能让她和映之相逢，那为什么要躲呢？再说了，即便从最困难的年月中走来，她始终是一个整洁、干净、生活有条理的人，那一片密密匝匝的帐篷周围弥漫着柴草味、脚臭味，以及帐篷中浑浊的空气，她很难融入。既然无所惧怕，那她为什么不选择干净整洁的地方？

她坦然地对待这场灾难，固守心里的那片宁静。

躲地震的日子过了漫长的一个多月，绵绵的雨也淅淅沥沥地下了一个多月，玉婵期盼的和映之的团聚没有到来。她想可能是前世罪孽太深重，阎王爷还不要她，让她再好好赎罪。

阴雨连绵的七八月度过之后，紧接着到来的是全国人民最悲痛的日子——伟大的领袖毛主席与世长辞了。举国上下一片哀伤，人们心中至高无上的主席，带领人们走出水深火热的主席，撇下全国人民走了。人们陷入深深的痛苦和迷茫之中，在痛苦中迷茫，在迷茫中等待，在等待中寻找新的出路。

玉婵的心情比所有的人都悲哀，她的悲哀中还夹杂其他人没有的东西，那就是对映之的思念，她不自觉地开始思恋早已离世的映之，她也说不清为啥在这个时候思恋会如此强烈。看到满街胸前戴着白花、胳膊上扎着黑纱的人，她就控制不住心中一阵阵袭来的巨大悲伤，快步回家关上门号啕大哭。

惜兰的三个孩子都长大了，在街道上的学校上学。惜兰要照顾公公，还要在生产队劳动，她的丈夫李立林在县上的文化局工作。

惜兰温柔可亲的个性，使孩子们都喜欢粘着她。一到星期天和寒暑假期，她家里的孩子成群，自己家的、怀力家的、怀民家的，还有怀远家的，几个稍大点的轮着往她家跑。惜兰给他们缝沙包，做鸡毛毽子，炒鸡蛋，烙油饼，还有她家院子里的苹果树和樱桃树，每次都等不到成熟就被他们一扫而光了。

那条通往惜兰家的山间小道使思文、思雨充满了无限的向往。每到五月份，槐树村的马桑木坡上长满了雪白的瓢（野草莓），思文她们跟着表姐和表哥整天在坡上疯玩，山坡上牛儿在悠闲地吃草，鸟儿打开歌喉在欢唱。他们摘一片大大的荷叶，两边往中间一扭，做成一个圆锥形的容器，折一根细棍从接茬处穿起来，做成一个瓢一样的工具。他们把一颗颗熟透了的瓢摘在荷叶中，攒了满满的一包，就坐在草地上扬起脖子，把荷叶中的瓢一股脑儿倒进嘴里，享受着无比香甜的山间美味。荷叶的清香和瓢的甘甜顷刻间溢满嘴里和心头。

吃够了瓢他们又去吃马桑籽，满山坡的马桑籽闪着诱人的紫红色。表姐和表哥教表弟和表妹们吃马桑籽的方法，摘下红红的马桑籽放到嘴里不能嚼，只能用舌尖顶住马桑籽，挤到上颚，挤出甜丝丝的汁之后，再把硬籽吐出来，那红色果浆包裹下的硬籽是千万不能吃的，吃了会中毒。惜兰千叮咛万嘱咐不能吃马桑籽，但表姐和表哥坚信在他们的指导下，表妹和表弟们一定不会中毒。

瓢里带着荷叶的味道，马桑籽里藏着冒险的刺激，槐树村里留下他们童年无尽的欢乐和浓浓的亲情。

但善良温柔的惜兰却没有得到老天的眷顾，一场灾难悄悄降临了。

那天孩子们都上学去了，公公上地去了，她一人在家里干家务活，需要一个装东西的箩筐。平时不用的东西他们就放在楼棚上，就是在屋子里的房梁上用木板搭起来的阁楼。没找到梯子，她就用一把椅子上面又垒了个小凳子，站上去从楼棚上取箩筐，就在这时不幸的事情发生了，椅子上的小凳子倒了，她从上面摔了下来。家里一个人也没有，她摔在地上痛苦地呻吟着，过了好久才被邻居发现。邻居把惜兰抬到炕上，又把她的公公叫回来，公公看到她痛得几近昏厥，就知道情况不妙，打发人跑了几里路到街道上找玉婵和怀远。

怀远立马给姐夫李立林打电话，李立林从县城里叫上吉普车赶回来了，一刻都不敢耽误就把惜兰送到县医院。

经过检查抢救，确诊为脊柱断裂。当时的县医院医疗水平有限，几个专家会诊后就马上开始了手术。但手术后可怜的惜兰没有站起来，她永远都站不起来了。

经过几个月的住院治疗，从心怀希望到失望，李立林只有办理出院手续，拉着动不了的惜兰回家。

突如其来的横祸让所有的人都陷入绝望，最受打击的还是惜兰的丈夫李立林，这个满腹才华、风度翩翩的中年男子，他在人生的道路上顺风顺水地走过三十多年，学生时代以优异的成绩考入新谷县师范学校，毕业后分配到县文化局工作。惜兰是他今生的挚爱，少年时期就被惜兰优雅贤淑的气质所打动，惜兰就像静静地开放在山野中的兰花，任凭环境多么险恶，她都能散放出自己的馨香。她那如月的容颜、如兰的气质、如水的性情像磁铁一样吸引着他，他毅然拒绝了女同学的追求，选择了农村的惜兰，经过自己的努力如愿娶到惜兰，他们恩爱地共度了十多年，生育了四个孩子，一切都是那么平静和谐。正当他在幸福的生活中踌躇满志、全身心地投入工作，给他和惜兰创造更加美好的未来的时候，老天却无情地给了他当头一棒，这一棒打得他猝不及防，晕头转向。

面对躺在炕上起不来的惜兰，他的心如刀绞，泪水默默地流到肚里，昔日那个里外操持的贤妻再也站不起来了，像婴儿一般要他一天到晚照顾。他不得不向单位提出调动申请，要求调到花桥公社的学校任教，这样放学了可以赶回家照顾惜兰。领导看到这种情况，同意给他办调动，但同时给他安排了校长职务。

病床上的惜兰心如死灰，她温柔的性格突然变得暴躁。她对一切都失去了信心，也怨恨所有挽救她生命的人。她想尽快死去，让自己和李立林都能解脱。她不忍心这样拖累李立林，看到昔日精神饱满的他现在面容消瘦、憔悴疲惫，惜兰的心在滴血。她一次次寻找自杀的机会，但细心的李立林没有留下一丝机会。他收起她身边所有的危险用品，包括剪刀、水果刀、锥子等。

他发自肺腑地劝："别干傻事，我不允许你去想那些乱七八糟的事情，我只要你好好活着，你活着我的精神支柱就在。站不起来没有关系，好在还有你，你如果不在了，我活着也就没有了意义。我们就这样相扶到老，千万别把我撇在半道上。"

李立林温情的话语滋润着惜兰脆弱的心，她舍不得离开李立林和孩子们。她要躺在炕上看着孩子们一个个长大成人，她的心情越来越平静。劳累了一天的李立林晚上躺在惜兰身边，给她讲学校里的趣事。这对苦命的鸳鸯慢慢地接受了命运带来的一切，他们相互依靠着共度光阴。

于是花桥公社那个几十年如一日地照顾病床上的媳妇的李校长成了全公社人眼中的模范丈夫、仁义之士。他用自己优秀的人格和品质教育并影响着校园里的莘莘学子。

"文化大革命"结束之后，惜玉的丈夫姚智平反昭雪，被组织部门重新任命为塑料厂厂长，然后又去几个乡镇担任领导，最后调到了县委，直到离休。

他和惜玉有五个孩子，加上前妻的女儿，他们一共养育了六个孩子。孩子们都继承了书香门第的门风，个个学业有成，在各自的岗位上做出了成绩。

第四十二章
怀民辞职回家务农
怀远打拼再操祖业

转眼怀民也有了两个孩子,儿子叫石桥,女儿叫念桥,儿子取名石桥是因为前面有两个孩子都夭折了,他们希望这个孩子能像石桥一样坚实,这名字取得真好,虽然孩子从小体弱多病,但还是养活了,还有了后面的女儿念桥。怀民的媳妇彩芹依然是风风火火的性格,但也是个有能耐的人,一个人在家既干农活又带两个孩子,日子过得也算安稳。

怀民在大川收购站遇到了点麻烦,他们收购站主要收购活猪和活牛羊,收下之后再转卖到天水等地,这次他们收购的一批活牛迟迟找不到接家,领导对这批牛没办法了,把任务分给怀民,让他把牛赶回家去喂养。

于是怀民的任务就是整天放牛,但那几十头牛光吃草是不行的,还要吃粮食,领导只让他负责喂养,但不解决饲料问题,眼瞅着他把一个月的工资都搭进去了,牛还是没有找到接家。

在这种情况下，他放牛的时候遇到外地的牛贩子，三言两语就把生意谈成了。他没顾上给领导汇报就自作主张把牛给卖了，然后拿着钱兴冲冲地到单位汇报。

当他把情况如实给领导汇报完了，还以为为领导解决了难题会得到表扬，没想到不但被批评了，还把他的行为向县供销社做了汇报。县供销社的处理意见是停职检查，通报批评，让他先对私自处理公有财产做出书面检讨。

怀民本来就是性格倔强之人，他感觉自己一肚子的委屈。领导让他写的检讨书他一个字都不想写，因为他想不通为什么把那么大的一个包袱甩给他。他精心伺候那几十头牛，付出的劳动倒也可以不说，但一天天让他从口袋里掏钱买饲料，家庭怎么能承担得起？领导不解决问题，他把问题解决了，怎么就错了？况且那卖牛的钱他如数上交，又没有落到自己的口袋里，他心里感觉窝火，坚决不写这份检讨。

性情耿直的怀民本来就让领导头痛，现在又不写检讨，让收购站站长感觉很没有面子。他想借此机会治治怀民的牛脾气，就对怀民说："贾怀民，你这次犯的错误是相当严重的，你应该有正确的认识，认认真真写个检查，争取上面对你宽大处理，你这样抵触，对你没有一点好处，你自己要把后果想清楚了。"

怀民说："你们把那些牛像甩包袱一样甩给我，又不解决喂养的费用，我上报了几次，你们都没给出解决办法。我拖家带口的没有那么大的能力再喂养，既然有解决的办法，我给单位把一个大包袱处理了，怎么就错了？我没有错怎么能写检查？就是不写，你们想咋处理咋处理。"

收购站站长一脸难堪，他已经被贾怀民顶撞了多次。他气呼呼地说:"不写我就上报给县供销社,你就等着被上面开除回家务农去吧。"

怀民说:"务农怎么了?这破工作有什么了不起的呢?又出力又受气,我还真不想干了。哪儿的黄土都能养活人,我不相信离了这份工作就会饿死。"站长看怀民丝毫没有悔改之意,也就不再说啥了,转身离去。

怀民睡在自己的宿舍里,越想越生气,这样的工作他真的不想再干了,听说农村马上就要包产到户了,他想只要能分到土地,一定会把日子过好的。彩芹一个人在家里,既带孩子又务农也实在太辛苦,还不如就此辞职,回家在娘身边还能尽个孝道。这几年他和怀力都在外面工作,没有好好照顾家里,这让他心里一直感觉不安,回家务农是现在他认为的最好出路。

这样想好后,他起身写了一份辞职信留在宿舍,收拾了自己的行李,眼看外面已经漆黑,但他不想等到天明,背起行李出了门,在夜色中朝家的方向走去。

离家八十里的山路在怀民的脚下一步步缩短,漆黑的夜色中一轮弯月慢慢钻出云层,这使怀民脚下的路变得清晰起来。他加快了脚下的步伐,翻过高大的酸枣坡,走过云池水库,经过羽川公社,又爬上了大豁垭山。上了大豁垭山后,他坐在山梁上歇息,山下不远处就是花桥公社了。

他掏出一支烟,点燃后深深吸了一口,又解乏,又提神。正在享受抽烟和凉风的时候,他看到两只狼出现在前面不远的荒坡上,这个天不怕地不怕的硬汉这会儿吓得直冒冷汗。他掐灭手中的烟,屏住呼吸,感觉自己的两腿在瑟瑟发抖,想着这个晚上可能就是归期了,手里没有任何工具，只能听天由命了。

他头脑一片空白，只是下意识地知道不能跑，因为人是绝对跑不过狼的，一跑狼就会追过来，就会成为狼的口中餐。他调整自己的情绪，尽量使自己平静下来。他索性蹲下来，一动不动地蹲着，看着狼会怎么对待他。

两只狼也远远地注视他，待在那里不动了。就这样僵持了几分钟后，狼突然原地转了几个圈后就朝着山下跑去。怀民屏住呼吸在原地等待，他怕狼会反扑过来，但狼径直朝山下跑去。他看狼走远了，立即撒腿就跑，二十里的路程一刻都没停留，一口气跑回家，进门之后就瘫倒在炕上。

彩芹问他："怎么这会儿回来了？出什么事了？"

他说："差点让狼吃了。"说完就一头睡倒再也不说话了。

怀民从此成了一个地地道道的农民。不久后土地承包到户了，野雀山人少地多，他分到近二十亩土地。面对自己的责任田，他感慨万千，信心满满，像对待自己的孩子一样对待土地和地里的庄稼。他相信有付出就有回报，憧憬着有朝一日能从黄土中刨出富裕的日子。

随着"文化大革命"的结束，党的十一届三中全会的胜利召开，国家出现了翻天覆地的变化，土地包产到户了，市场上又开始自由买卖了，人们重新燃起对生活的热情和希望，每家每户都在寻找发家致富的门路，都憋足了劲比年收入。看谁家的粮食超过一万斤了，谁家一年有三头猪出栏，谁家养的鸡有上百只了。

花桥公社又变回花桥镇，花桥镇也毫不例外地出现了欣欣向荣的景象。

国家对"土改"时没收了的旧房屋进行私改，房屋完好无损的归还到原来的主人手中，已经拆除了的每户不论大小一律赔款八百元钱。玉婵家的房屋被拆得片瓦不留，一个四合院、几间门面房得到了八百元钱的赔款。

大队支书通知玉婵去镇上领钱，玉婵心中五味杂陈。房屋有价，大大小小八百元钱赔款了事，那么人命呢？屈死的映之还能回来吗？谁来给这些亡灵平反？玉婵没有去镇上领钱，她不稀罕那点钱。既然能带着孩子们走过艰难的岁月，就能把日子过得更好，那点钱在她眼里没有一点分量。

大队支书来家里催了几次，玉婵还是无心领取。秀屏在旁边劝她说："娘，去领了吧，人家都领了，就咱们一家了，支书说我们在拖私改工作的后腿。"

"要领你去领吧，我不去，我也不花那钱，看见都心烦。糟蹋人的世道，说不定哪天又让退回去哩。"玉婵说道。

"那我先去领回来，要不惹得人家干部们不高兴。到退的时候再说。"秀屏说完去镇上领钱了。

马勇山在桥东头的四间门面房都完好无损，现在全部回到了他的手中。他看政策好了，就鼓励两个儿子开始做生意，他把四间门面房给两个儿子每人分了两间，让他们自谋发展。

怀远这时已经有四个孩子了，他和媳妇润花琢磨了几天，终于想好要干啥了。花桥镇三天一个集市，逢集的时候镇子上人潮如流，他想着赶集的人得吃饭，还有学校里的学生家离得远的中午也得吃饭，于是他开始卖小吃。

他的小吃摊就摆在自家门口，经营的品种以荞粉面皮为主，还附带活络面、扯面等。怀远领着全家开始了忙得脚打后脑勺的生活。他和润花不但要经营小吃摊，还要管理七八亩责任田，他们终日忙碌地劳作，日子也一天天地富裕起来。

手头宽裕一点后，他们又拓宽经营范围，在自己的两间门面房内经营起小百货。他店里的货品齐全、价格公道，重要的是服务态度好。几十年看惯了供销社售货员冷眼的人们，一下子又有了服务态度好的购货地方，而且价格比供销社便宜，所以大家都愿意去买。怀远的商店生意好了起来，他带领全家人干劲十足，朝着向往的日子努力着。

逢集日是他们最忙碌的时候，既要卖百货，又要卖吃食，一家人忙不过来。每到逢集日玉婵就去怀远家帮忙，她在灶房里蒸面皮，边蒸润花边拿到门口去卖，从早上蒸到收市，玉婵的腰都累得直不起来了。她躺在炕上歇气，看到忙着收摊的怀远和润花，忍不住说道："怀远，这世上的钱是挣不完的，别把摊子铺得太大，量力而行。你爹挣了那么大的家业，到最后还把自己的命都搭上了，结果还是啥都没有了。"

怀远边忙活边说："世道不一样了，我爹那时是生不逢时，没遇上好时代。我是穷怕了，再也不想过穷日子了，只要政策允许，我会把日子过好的。"

玉婵缓过了乏气，下炕穿鞋回家了。怀远喊她吃完饭再回去，她头也不回地走了。

她沿着小河边的小路往回走，河两岸的柳树一片翠绿，纷纷扬扬地飘着柳絮。河坝里邻居根喜在淘金，平缓的水流中放着一个不大的木床，他正把河底掏出来的细沙铲到木床上，随着水流的冲刷和铁锨的翻搅，大的沙石被水冲走，木床上刻出来的棱沟里沉淀着细细的软沙。他再把软沙倒到木戳里，在水中筛，如果有金的话就会沾在木戳上了。

她和淘金的根喜打招呼："根喜，有情况？"

根喜停下手中的活,站起身伸了一下懒腰,说道:"贾姨,情况不大好啊。"

"干会儿了歇哎,该回家吃饭去了。"

"好的,你先走,我就收工了。"

不知不觉中,花桥镇的河坝里经常会出现三三两两淘金的人,小河水不再像原来一样清澈见底了,石板也不再像原来一样干净光滑了。淘金的人沿着河坝一直向下游淘去,听说下游云岭村山脚下淘金的窝子打到了责任田里,田里的沙金比河坝里出的多了许多。玉婵心想,自己活了大半辈子,还不知道娘家那片土地里竟埋着黄金。

怀远天天念叨着要去云岭村淘金,但生意上的事情太忙抽不开身。玉婵不主张他去淘金,她觉得地下探宝的事情风险太大,虽然有好多人家靠淘金发了家,但也有一些把家底都赔光了。

她一再地给怀远泼冷水,使怀远蠢蠢欲动的心逐渐冷却下去。她认为一家人平平稳稳,力所能及地经营好现有的生意比啥都好,人心不能太贪,该舍弃的东西要知道舍弃。

第四十三章
天伦之乐平静和美
家财突现淡然面对

怀力费了一番周折后,从迭部林业局调回了县上的燃油公司。秀屏又生了第四个孩子,这回全家皆大欢喜,因为她终于生了一个男孩思林。

怀力在花桥镇的西北角辛辛苦苦地建了一座瓦房,这才有了他们真正的家。

已到暮年的玉婵还在为这个家终日操劳。怀力长年不在家,秀屏又是个性情柔弱、体弱多病的人。一家人的吃穿用度、四个孙儿的头痛脑热,样样都要她操心。

从小没有父母照料、自由生长起来的秀屏,虽然已到中年,但还是当不好家庭主妇,操持家务、喂养孩子等琐碎的事情对她来说都是相当难的事。她终日操劳着、努力着、挣扎着,但还是会被玉婵训斥,好在她有一个软得像棉花一样的性格,任玉婵怎样指责都一言不发。她知道玉婵在这个家里的重要性，一旦离开了玉婵，她的生活会一团糟，她没有能力一边拉扯四个孩子，一边侍弄那七八亩的责任田，而且还有满院子的家畜家禽。

她对玉婵是敬重和佩服的，她愿意听她没完没了地唠叨，愿意听她像训斥孩子一样训斥自己。

玉婵像陀螺一样从早到晚在家里转个不停，总有操不完的心和干不完的活。她一边责备秀屏，嫌她干不好每一件事，一边又为她软弱的个性和单薄的身体疼惜。

眼看着天快黑了，上地干活去了的秀屏还没有回来。玉婵做好了饭，一次次到院边张望。思文和思雨放学回来就提着篮子寻猪草去了，思云领着思林出去玩了，也不见回来。她等得心焦，每到这时，她就扯着喉咙在院边喊："思云——思文——回来了吗？天黑了，快点回来——"声音久久地回荡在暮色中。

她们的家在这个镇子的最高处，玉婵的声音能传到各个角落。房背后寻猪草的思文和思雨各提着一篮子猪草，踏着暮色在她的呼唤声中回来了，秀屏也拖着疲惫的步子回来了，但却不见出去玩的思云和思林，这时玉婵是吃不下饭的，她张罗着让她们娘儿仨先吃，自己又迈着碎步一摇一晃地走出院子，到街上寻找思云和思林，那一头白发在昏暗的暮色中闪烁着亮光。

天才蒙蒙亮，睡梦中的思雨就被玉婵剁猪草的声音吵醒了，她睁开惺忪的睡眼，看到玉婵正在屋子中间的地板上剁猪草。玉婵剁猪草的身影已经刻在思雨的脑子里了，每个夏天的早晨她都能看到这样的身影，那剁猪草的声音也成了催她起床的闹钟，她随着这声音起床飞快地去了学校。

冬天是思雨最难熬的季节，不仅仅是因为四面透风的教室冻得手脚红肿，比严寒更可怕的是每天中午都要吃撒面饭。她感觉那是天底下最难以下咽的食物，粗糙的玉米面刺着她的喉咙，酸涩的酸菜没有一点油水，她每天都期待放学回家能不吃撒面饭。

但当她进了家门，迎面而来的又是撒面饭的味道。她气愤至极，对着玉婵和秀屏吼："又是撒面饭，除了撒面饭你们就不会做饭了是吗？"吼完气呼呼地背上书包去了学校，她打算饿着也不吃撒面饭。

当她忍着饥饿坐在教室里上课时，玉婵把教室门推开了。她的双手捧着刚烙熟的饼子叫思雨："思雨，思雨，在哪儿哩？快来取饼子。"

满教室的学生让玉婵一下子找不见思雨。全班同学把目光投向思雨。她羞得满脸通红，但还是坐着没动。

上语文课的老师喊她："贾思雨，没听见你婆叫你吗？咋还坐着不动？"

她起来走到玉婵面前阴着脸说："谁让你拿来的，我不吃，拿回去。"

玉婵不知道是自己让好面子的思雨在同学面前出丑了，她生气地说："这挨刀娃，我怕把你饿着，赶天忙地给你烙饼子拿来，还把你的法犯下了！我给你放这儿了，爱吃不吃。"

玉婵把饼子放在教室的窗台上气呼呼地走了。思雨没有拿饼子，进教室坐下了。

语文老师开始训她："贾思雨，你怎么可以这样？你婆怕把你饿着，给你拿来热腾腾的饼子，但你对你婆啥态度，还不快去把饼子拿进来。"

心里已经很惭愧的思雨，又让老师这么一顿训，羞得无地自容，硬着头皮把饼子拿进教室。

本来早已经饥肠辘辘的她,这热腾腾的白面饼子却让她咽不下去。她感觉有东西堵在喉咙眼,导致她鼻子发酸。

回家后她不敢面对玉婵,但玉婵却早把这事忘了,她还在关心思雨:"饼子吃完了吗?你要懂点事哩,不是我和你妈不给你做好吃的,是咱家今年粮食收得少,要和粗粮搭着吃才能吃到麦子成熟,你要给弟弟妹妹做个好样子,下次再挑食就饿着去。"

思雨不好意思地向她做了个鬼脸,这一幕永远留在了思雨的脑海里。

大家都忙着各家的事,平静地过着日子,但镇子东头的麻荞粉家里却发生了不小的变化。大家都叫他麻荞粉是因为他长了一脸麻子,长年背着做好的麻荞粉走街串巷,用麻荞粉换粮食,以维持全家八九口人的生计。但那点微薄的收入根本改变不了他们家的贫穷,大人孩子依然过着食不果腹、衣不蔽体的生活。

就在他们翻修破旧的老房子的时候,从房子下面挖出了银圆。从此麻荞粉家直接奔向小康,不但盖起了四间宽敞明亮的大瓦房,还在镇子上开了一家商店,告别了麻荞粉生涯,当上了小老板。

这一下子成了花桥镇上人人热议的焦点,都在猜测麻荞粉到底挖出多少银圆,有人说是一罐子,有人说是一大缸,也有人说是一麻袋。

玉婵和怀力听到这个消息后心情是沉重的,因为他们知道,麻荞粉家住的旧房子就是他们家原来的场房,是他们家当年收庄稼放粮食的地方,"土改"的时候没收了分给麻荞粉家了。玉婵虽然经历风风雨雨后看淡了身外之物,但还是对死去的映之生出一丝埋怨:"映之啊,你为啥要把东西藏那么深呢?你辛苦半生都为麻荞粉当牛做马了!"

怀力沉默了一阵后想通了，他说："娘，别再想那事了，人各有命，我们命里没有那么多钱财，但我们没有那些钱照样熬过来了，那不养活人的东西随它去吧。"

玉婵苦笑了一下也不再说啥了。

六十多岁的玉婵过几个月就得走几里山路，去槐树村看望病床上的惜兰。虽然眼前的那座大山对花甲之年的她来说已经很难翻越，但对女儿的牵挂会让她晚上睡不着觉。她让思文和思雨陪她一起去。

已经长大了的思文和思雨依然喜欢去惜兰家，虽然惜兰不能给她们炒鸡蛋、烙油饼了，但还是喜欢在她的身边待一会儿，听她轻声慢语地说话。她们依然喜欢她家房前屋后的果树和对面坡上能滑倒人的瓢。

李立林对惜兰的照顾是无可挑剔的，都说久病床前无孝子，但李立林却做到了几十年如一日地守护惜兰，给她擦洗按摩，照顾吃喝拉撒。惜兰是不幸的，不幸的是她永远站不起来了，但她也是幸运的，幸运的是找到了一个心地善良、情深义重的丈夫。所以病床上的她始终面色红润。

去看过一回后，玉婵回到家里就能睡着觉了，但她心疼李立林，想想惜兰对李立林的拖累她就心酸得掉泪。

李立林在镇上的中学当校长期间，学校的校风正、升学率高，是他改变了花桥镇初中中专升学率为零的局面。在他之前，花桥镇连续多年没有考上中专的，就连高中考中率都很低，他来这里当校长后，抓学风，抓纪律，培养优秀教师。他在教师和学生中间有很高的威望，每年都有几个学生考入中专学校，大部分都能考进县高中，他所取得的成绩是有目共睹的，但他度过的艰辛日子只有他自己知道。他来来回回地奔波在学校和槐树村之间，近十里的山路每天要走四次，虽然已经很努力了，但还是感觉不能很好地照顾惜兰，于是又向教育局申请回到他们村上的小学任教，教育局虽然舍不得他离开镇中学，但见他态度坚决，领导也念他的辛苦，就又批准了他。

于是他又成了他们槐树村小学的校长。他当上这里的校长之后，这个小学在全学区的考试中年年拿第一。李立林和另一个民办老师在这里教着二十多名学生，简陋的土房教室只有两间，但他们开设了一至五年级的课程，一间教室里是一至三年级的学生，另一间教室里是四至五年级的学生。他们上着循环课，一年级上课时，二、三年级自习，二年级上课时，一、三年级自习。艰苦的环境成了孩子们学习的动力，两边用土胡基支起来，上面搭一块木板就是他们的课桌，板凳同样是土胡基上搭一块木板，只是比课桌矮些。他们坐在四面透风、土胡基搭木板的教室里，听着李立林校长给他们讲语文、数学、历史、地理，讲大山外面的世界。

在李立林的启发与教导下，他们决心从山旮旯里走出去，要奋斗出和父辈不一样的人生，而这些只能通过读书才能实现。孩子们为了改变命运拼搏着，奋斗着。

李立林在那里一干就是二十年，一直干到退休。他退休没几年，病床上的惜兰也走到生命的尽头了，惜兰六十多岁后寿终正寝。

第四十四章
映庚病危玉婵探望
弥留之际冰释前嫌

阴雨连绵的秋天难得有一个大晴天,天空蔚蓝如洗。

玉婵一大早就起来坐在门外的屋檐下剁猪草,面前是一大堆思文和思雨前一天割回来的猪草,她要把这一堆草全部剁了,乘着天色好,晒到院子里,晒成干草放到冬天喂猪。

等秀屏和孩子们都起来的时候,她已经剁完了一大堆猪草,她让秀屏把晒席铺在院子里,她把剁好的猪草装在篮子里,用手一把一把地撒在晒席上。她正在撒着猪草的时候,怀民牵着他家的骡子来了,他把骡子拴在大门口,进了院子。

玉婵看到怀民,问道:"你怎么这么早来了?"

怀民说:"我驮粮食来街道磨面,顺道就上来了。"

秀屏给怀民搬了把椅子,让他坐在屋檐下,并泡了杯茶端给他。

怀民喝了口茶说道:"我二爸这几天病得不行了,看那架势怕不得过。"

玉婵停下手中的活，交给秀屏，让她把剩下的草撒完。她进屋里洗了手，然后提了把凳子出来坐下来，她说："不是前几天好些了吗，怎么又不行了？"

"好不了的，他那是食道上的病，已经二十多天吃不下去饭了。我昨晚上进去看了，人已经瘦得不行了，怕就这几天的事了。"

"你二爸今年还不到六十岁，一辈子没受过啥罪，身体也没吃过啥亏，你说他怎么还活不过我的岁数呢？"玉婵沉默了一阵又说道，"你二爸前些年做的事，人纯粹不想提，提起来心酸，但他给我的那二十个银圆，我一直记着，虽然那是你爹挣下的钱，但人家那会儿不拿出来我也没法，拿出来了说明还有点良心。人家的这点好我记了几十年，这会儿我就到山上去看看他。"她说完进屋换衣服去了。

怀民说："那你等我磨完面，我们一起走。"

玉婵在屋里说："不了，你慢慢磨，我先去，我这会儿心里急了，赶紧去见他一面。"

她换了一身干净衣服，从柜子里拿出一袋奶粉，那是惜玉从城里给她拿来的，她没舍得喝，今天派上用场了。她盘算着应该再拿点啥，出来说："秀屏，去看灶房里的鸡蛋还有几个，给我收拾着装上。"

秀屏到灶房里看了一下，说有十几个，玉婵说十几个都装上，秀屏说："要不我送你去，你拿上东西走得动吗？"

玉婵说："能行，这点东西再拿不动就真成废人了，娃娃们放学回来还要吃饭，你就别去了。"

说完她和怀民一起出了院子，怀民牵着骡子去磨面了，她朝桥东走去。走到怀远家门口，怀远正在门市部里忙活着，她进去让怀远给她拿一包白糖。她把白糖、奶粉和鸡蛋都装在拿着的包里。

怀远问她走哪儿去，她说："你二爸病得不行了，我到野雀山去看看他。你赶快给班车上的人捎个话，让你大姐、二哥、三姐、惜玲都去看看你二爸。"

怀远说："话我一定捎到，但他们来不来我说不上，我想可能不来。"

玉婵说："那不行，你就给捎话说，我让他们无论如何都要来，不来就再也不要到花桥镇来了。"

怀远说："好好好，老太君，我把你的话原样给他们带到。你一个人去能行吗？要不我把门关了陪你走？"

玉婵知道怀远说的话言不由衷，他把挣钱的事看得比啥都重要，就说道："你这会儿就算了，我一个人去能成，你等晚上把门关了再上去看看他。"

玉婵提着包，摇晃着朝野雀山走去。这是她走了无数回的路，但是这回和之前的心情不一样。山梁的小路上石头还是那么多，水冲出来的水槽还是那么深。她小心地走着，生怕一不注意踩到石头上，三寸金莲就会承受不住身子，摔倒在这里可能就起不来了，但她的心情却是急切的，她怕去迟了见不上映庚最后一面。这艰难困苦的岁月虽然让他们之间生出了好多嫌隙，但他终归是亲人，是映之的亲弟弟，孩子们的亲二爸。她不由得想起刚嫁到贾家的时候，那时候的映庚可爱，都说长嫂如母，她确实把映庚当成自己的孩子一样疼爱，多年的亲情是难以割舍的，想不到这个比自己小十多岁的小叔子会这么早离开人世。她心里一阵难过，加快脚下的步子，匆匆赶往那个熟悉的场院。

映庚的儿子旺泉已经把原来的房子翻新了，院子的正面是三间宽敞的新瓦房，两边各有两间偏房。怀民已经从院子里搬出来了，在隔壁院里新盖了房子，两家各有一个宽敞的大院。映庚家院子里人很多，乡亲们都来看望弥留之际的映庚。

玉婵走进院子，和乡亲们打招呼，旺泉出来叫了声大娘，接住了玉婵手里的东西。

玉婵说："你爸怎么样了，带我去看看。"

旺泉说："不太好。"

旺泉带着玉婵进了大房。大房一边的炕上，映庚躺在那里，旺泉的娘守在旁边。映庚瘦得没了人样，脸色也很苍白。玉婵走到映庚身边，看着这样的光景心里一阵难过。旺泉娘叫了声嫂子打招呼。

玉婵坐在映庚身边，说道："他二爸，感觉咋样？能认得我吗？"

映庚瞅了一眼玉婵，用微弱的声音叫了一声嫂子。

玉婵一下子控制不住情绪，眼泪哗哗地流了下来，映庚的眼角也渗出泪水。

玉婵哽咽着说："我知道你啥都吃不下去了，我拿来的奶粉，给你冲一点，你多少吃点吧。"玉婵起身到灶房取了个碗，把拿来的奶粉打开倒到碗里，再倒入开水，用勺子搅均匀，坐在映庚身旁，舀起一勺，用嘴吹了吹，喂到映庚嘴里。映庚艰难地张开嘴，想把这勺奶咽下去，但却顺着嘴角流了出来，玉婵赶紧用手边的毛巾给他擦了擦，她还是不甘心，又舀了一勺喂给他，但是他又吐了出来。

玉婵擦干净映庚的嘴角，坚持再喂，一连几次，映庚终于咽下了一口牛奶，但后面再也咽不下去了。

旺泉的娘在一旁说："嫂子，已经不错了，这几天，他连一口水都没咽下去，今天你来了还咽下去了一口牛奶，想着也是用了恒心咽下去的。好了嫂子，别喂了，你坐着歇会儿吧。"

映庚紧闭着双眼，两颗黄豆大的泪珠从他的眼角流出，顺着脸上的皱纹流了下来。

玉婵掏出手绢，给映庚擦干眼泪。她明白映庚为什么会流眼泪，泪水也模糊了玉婵的眼睛。

她哽咽着说道："他二爸，你啥都不要记了，孩子们我都替你看着。以前的、以后的，啥都不要记，我们都会好好的。"说着玉婵已经泪流满面了。她的胸口闷得难受，她擦着眼泪起身走了出去。

她向旺泉询问东西都准备好了没，旺泉说方子、寿衣啥都备好了，纸马都糊好了。玉婵给旺泉交代这几天尽心一点，病人跟前时时都不能离人，旺泉答应着。然后她从院子里出来，到了隔壁怀民家院子里。

她进院喊："石桥、念桥……"

五岁的石桥从家里跑了出来，他给彩芹说："妈，婆来了。"

彩芹抱着念桥从屋里出来了，她看玉婵红着眼睛，说道："娘，你来了，从二爸那里过来的吧？二爸可怜得很，十几天吃不下去饭了，可能就这几天了。"

玉婵沉默着，彩芹忙把话引开："你碰到怀民了没？"

玉婵说："碰着了，他磨面去了，我就先上来了。"

玉婵进屋把念桥接过来抱在怀里，逗着念桥说话。彩芹问："娘，吃啥饭，我给你做。"

玉婵说："啥方便做啥。"

吃过饭，玉婵又去看了一眼映庚，就忧心忡忡地回家了。

第二天，得到信的惜玉、惜巧、惜玲都赶来了，怀力也回来了。他们先去街道上的玉婵家，要先去听听玉婵如何安排，再去野雀山看映庚。

他们对映庚并无好感，小时候的事情一桩桩、一件件都记在心里。惜巧清楚地记着映庚家给猪娃子煮的苜蓿疙瘩在院里放着，她和怀远饿急了过去用手抓起来就吃，映庚吼了他们几声，然后把苜蓿疙瘩端走了。这件事情一直记在她的脑子里。

她给惜玉和惜玲说："要不是娘下了死命令，我就不来，我不愿意再进二爸家的门。"

其实惜巧的想法和姐姐妹妹的想法是一样的。那时候的惜巧、惜玲还太小，她们的记忆是模糊的，而在惜玉的脑子里，这件事清晰得和昨天发生的一样。她至今能感受到当时的心痛，这是她记忆里最清晰的伤痛，她无法原谅映庚。他给她上了人生中最残忍的一课，让她领教了人心的冷漠和自私。要不是玉婵给她捎了狠话——"不来就再也别到花桥镇来"，花桥镇的路她怎么断得了？虽然心中有一百个不情愿，但她还是来了。

进门之后，玉婵让他们歇一会儿赶紧去看映庚，不管咋说，都得去看最后一眼。她知道他们对映庚的心结还在，就像她也忘不了好些事情一样，但一切都过去了，人之将死，还有什么可计较的呢！

她语重心长地开导三个女儿和怀力："你们二爸年轻的时候做的事情是过分了些，但他也有好的地方，要不是他关键时候拿出来二十个银圆，我们还不知道要把讨饭的日子过到哪一天呢。人活在世上要经历太多的难肠事，心胸要放开阔一些，如果把所有的怨恨都存在心里，那是不是越背越重，最后就要像蜗牛一样爬着走了，再说了，你们二爸如何做事是他的事情，你们不能像他一样再做糊涂事。这说到底我们都是一家人，你们二爸没有两天活头了，你们如果这时候都不去看看他，让庄里人咋说你们呢？你们还活不活人了？我再不说了，你们赶紧去，在那里守着，送你们二爸上路，有活干活，没活尽孝，不要急着往回走。"

玉婵的一番话说得几兄妹无话可说，他们也感觉心头的怨恨释然了很多。

他们四人一起朝野雀山走去。

三天之后，映庚过世了，除了卧床不起的惜兰外，其余的几个兄妹都给映庚戴了孝。他们齐心协力隆重地给映庚办了后事。

第四十五章
怀民务农艰辛薄收
惜巧有难母亲解围

麦子成熟的季节太阳像个巨大的火炉一样烤着大地,知了扯破了沙哑的喉咙催促着人们赶快收割,满山遍野都是黄透了的沉甸甸的麦田。

怀民望着自己的十几亩麦子,心满意足地想着一定能超过一万斤。他是他们生产队的队长,也是村里的种田高手,凭借着队里人少地多的优势,他拼死拼活地经营着自己的土地。这个执拗的男人认准了土地里能刨出幸福生活。那十几亩的田地远远超出了他们夫妻二人的劳作能力,本来就瘦小的怀民让繁重的农活压得越发黑瘦干枯。好在彩芹也是个种田能手,人高马大的她能顶一个壮实的男劳力。

抢收的季节人们都要叫几个西边来的麦客帮忙收割,但怀民家从来不叫,尽管他们拼死拼活地一年到头在地里劳作,但日子还是富不起来,他们照样雇不起麦客。别人都已经颗粒归仓了,他家的麦子才从地里收割回来,还堆在打麦场上。

时逢一个大晴天,他在自家的院子里开始摊场碾麦。这是整个夏收中最累人的活计。他一早就让人捎话到镇上搬救兵去了,当救兵来时,他的麦子已经摊了一场,但来的救兵让他既失望又感动。

玉婵一摇一晃地带领着思文、思雨,还有怀远家的老大红红和老二红刚来帮忙了。怀远和润花、秀屏各自忙着手中的活,走不开。玉婵只能承担起做饭和照看刚刚学会走路的念桥的活计,怀民两口子和四个半大的孩子开始夏收工作。怀民拉着他那头碾场的骡子,骡子拉着碌碡在麦场上一个圈一个圈地转着,碌碡压得麦子噼啪作响,孩子们跟着彩芹吃力地翻着麦子。

怀民边转圈边喊:"没牛的使唤牛娃哩,没人的使唤人娃哩,娃娃们加油干,罐子里的半罐子腊肉都是你们的。"

红刚笑着大声喊:"婆,炒腊肉,罐子里有腊肉。"

思雨觉得怀民家的麦子摊得实在太厚了,她一叉下去根本挑不起那沉沉的麦草,她扔掉木叉,用手扯着麦草翻场,但扯了不大一会儿就扯不动了,索性坐在场边歇着去了。

怀民说:"思雨呀,看来你吃不了农业这碗饭,看哪里有招收唱歌跳舞的你赶快去,那是你的强项。"

思雨说:"三爸请放心,打死我都不当农民。"

"好,你娃有志气,像咱们贾家的娃。"说着他又暗自神伤,大声说,"娘啊,你说我这是何苦,丢了金碗讨饭吃哩。"

玉婵举着粘满面的手从屋里出来:"你就活该是这当骡子的命,一辈子不服软,现在尝到甜头了吧!"

怀民扯着嗓子唱起了山歌:"青线线那个蓝线线哎……那个蓝格盈盈的天哎……驾驾……"他打了一下骡子的屁股,骡子飞快地跑了起来，他也加快步子跟着骡子一同旋转。

这个庄稼地里的好手，一辈子和土地较量，每年把种子换成县里最优良先进的品种，把土地侍弄得土厚肥多，一棵杂草都不生，原本瘦弱的身躯越来越佝偻。但他却一辈子没有摆脱贫穷的缠绕，是庄稼亏了这位实心汉，还是他一开始就选错了方向？

离花桥镇最近的一个镇子是东边的羽川镇。旧社会的时候没有花桥镇繁华，但这里现在却成了新谷县西部的"小码头"。羽川镇的繁荣得益于一条国道和省道在其街道中心的贯通，真是路从哪儿过，哪儿就是中心，就是枢纽。这里是全县农副产品、中药材的交易中心，全县百分之八十的核桃、樱桃、桔梗、柴胡、半夏、茯苓、家禽、肉、蛋都从这里源源不断地流到全国各地。这个镇上的人都会做生意，老太太、毛孩子路边支一架秤就当起了小贩，早上从零散的村民手上收货，晚上给外地客商发货，一进一出钱就进口袋了。

沿着镇子北头一条平坦的大道前进，约两三里路就进入一片葱茏茂密的芦苇荡，几百亩的芦苇，春夏一片碧绿，秋天满眼金黄，冬天芦花闪闪，一年四季变换着不同的姿态，把这个经济繁荣的小镇装点得妩媚多姿。当地人用它编席子、篮子，用叶子包粽子，可谓是取之不尽用之不竭。当地人把芦苇叫羽子，羽川镇因此而得名。

穿过这片茂密的芦苇荡，就有一个巨大的砖窑。砖窑日夜不停地生产红砖，砖窑后面是一个樱花山庄，一到春天这里满山遍野都是雪白的樱花，如同走进了花的海洋。这个村子的人以种樱桃为主业，这里的樱桃远销西安、兰州、成都等地。

惜巧的家就在这个樱花山庄，房前屋后的樱桃树把这个村庄遮得严严实实，不进村子看不到院落，只看到青砖瓦房的翘角飞檐。

在房檐挨房檐的密集院落里，传来惜巧高喉咙大嗓门的声音："何玉栋，你就是个活死人，别人都骑到你脖子上拉屎了，你还连屁都不放，我倒八辈子霉了，嫁了你这么个窝囊废，我的命咋这么苦啊，呜呜……"

长得高大丰满的惜巧，坐在自家的门槛上边哭边骂丈夫何玉栋。又高又瘦的何玉栋蹲在墙角，手托腮帮，木然地看着地面。

"我的树长在我自家的地里，他大鼻子凭啥把半边给我砍了？这明摆着是欺负人，你再不吭声，人家把那半边也给你砍了。还说我们院墙上的房檐水流到他的地方了，太欺负人了！大鼻子，你这天杀的横徒，你管天管地还管得了老天爷下雨，房檐水不向下滴难道你让它流到天上去吗？你有本事来把我们全家灭了，把这地方霸占了，你就宽展了。"惜巧越说越气愤，站起来满院子大声叫骂去了。

何玉栋终于忍不住出声了："你别这样了，快进屋，惹下事了咋收场。"

"你个蔫货，别人就专欺负你，旁边待着去。大鼻子，你占便宜多了不得好死。"

院墙后面的大鼻子出来接茬了："贾惜巧，你这个泼妇，在那里骂谁呢？"

"我骂的是缺了十八辈子德的人，谁缺德谁知道。"

"我就砍你家树了，咋的？谁让你家树长过界了，遮了我地里的阳光，没了阳光的地咋长庄稼哩？你家的房檐水一直滴的是我家的地方。我已经忍你很久了，你今天还这么蛮横，你信不信我把你院墙上的瓦全揭了。"

"揭瓦算啥能耐，有本事你一把火把这院子烧了，不烧你就是龟孙子。"

"何玉栋，你这个软怂，把你家的人管好，不管我就真揭你墙上的瓦了。"

何玉栋在大鼻子面前连一点声音都没有，一个劲地把惜巧往屋里拉。

惜巧还在一个劲地大骂："大鼻子，你这辈子长了个大鼻子，下辈子就是一头猪，你缺的德多了，死了不得超生。"

惜巧还在骂，只听得噼里啪啦一阵响，院墙上的瓦已经落了一地。大鼻子用一根长棍把惜巧家院墙的瓦一顿乱捣，瞬间尘土飞扬，瓦片掉落，光秃秃的土墙上剩下了稀稀拉拉的几片瓦。

惜巧从院子里跑出去，站到井边大声喊："大鼻子杀人了，都来看啊，救命啊——大鼻子要我们全家的命来了——"

全庄人都围拢了，都站在那里看热闹，没有人出来劝解。

何玉栋出声了："大鼻子，你太过分了，我家的瓦占你啥地方了？你把瓦给我赔了。"

大鼻子嚣张地说："瓦没占地方，瓦上流下来的水占我的地方了。占我地方就不行，给你赔是狼拉下的。"说完他傲慢地进了自己的屋。

惜巧坐在井边一直不停地咒骂大鼻子。把大鼻子的八辈祖宗都掏出来骂了一遍，直到骂得口干舌燥，头晕眼花。看热闹的人都散了，惜巧才拖着疲倦的身子回到自家的炕上睡下。

第二天一早，她就收拾东西，带上小儿子强强回了娘家。

玉婵一见两眼红肿、面色憔悴的惜巧就知道她又和邻居闹矛盾了，因为惜巧每次回来都是那点破事。

玉婵没有问是咋回事，只是让她上炕歇着去。惜巧一头栽倒就睡着了。

玉婵做好西红柿鸡蛋面之后叫醒了惜巧，让她快吃饭。一碗饭下肚后，惜巧才感觉灵魂又回到自己的身体。她开始向玉婵诉说家里的一切，说完又"呜呜"地哭起来了："娘，我不和何玉栋过了，他就是个窝囊废，我迟早要让人欺负死，我要和他离婚，不回去了。"

玉婵听明白了所有的事情，不紧不慢地说道："你嘴上说得轻巧，婚是那么好离的？离了婚你的三个娃怎么办？是丢给何玉栋找后娘，还是你拖上再给找个后爹？你也半辈子活过来了，怎么还那么不开窍？三十岁前朝前看，三十岁后朝后看，多想想何玉栋的好处，想想你们一起走过的日子，人一辈子哪能一帆风顺，遇到问题就想办法解决，动不动就离婚算啥本事。"玉婵边搓着手里的麻绳边训着惜巧。

惜巧说："人家都那么欺负我们了，我们还怎么过日子？"

玉婵说："人有能死的，没有怂死的，占便宜是吃亏，吃亏是占便宜。这中间的道理要你自己悟。在这儿歇几天就回去，让何玉栋买点瓦，把院墙上的瓦重新盖上，瓦口朝自己的院子，让房檐水滴到自家的院子里来。樱桃树砍了就砍了，砍了还会再长，下次再发新枝到人家地界上，主动送五斤粮食给大鼻子。不就是一块多钱的事情吗，就说是树遮阳影响产量，你给他赔上，让他别和树一般见识。人有好害怕，但没有歹害怕，只要你肯放低自己的身段，没有过不去的火焰山。你回去了照我说的做，不相信大鼻子是吃生食的。没有效果你来叫我，我去看看他是不是长了三头六臂的怪物。"

她歇了会儿又说："惜巧，要把精力用在发家致富过日子上，别再一根筋地和别人淘闲气了，等你把日子过好了，家里红火起来了，别人才会高看你一眼。何玉栋是老实点，但老实有啥错，给你遇到个心术不正的，不拿你当人看的，那日子才叫过不下去呢。"

听了玉婵的一席话，惜巧感觉心头的乌云散开了，看来日子还是有希望，她舒心地在玉婵家里住了几天就带着孩子回去了。

她回到家看到的和玉婵安排的是一样的，何玉栋已经把院墙上的瓦重新盖上了，瓦口都朝着自己院子，房檐水朝自己家院子里淌。如果没有听玉婵的一番话，她这会儿一定会火冒三丈地大骂何玉栋，骂他软货，长别人志气灭自己威风，但现在她一点都不生气，她觉得何玉栋能和她娘想得一致，说明还没傻到底。惜巧对玉婵是佩服的，所以她这会儿还高看了何玉栋一眼。

大鼻子从她身边走过时，她主动打招呼："大鼻子，这下房檐水不滴你家地方了，你高兴了吧？樱桃树明年再长了枝丫你手下留情，我给你赔产，还有啥地方挡了你老人家，我都给你赔。我怕你，谁让你鼻子长得比别人大呢。"说完她先笑了。

她突然转变态度让大鼻子一下子不习惯了，他不好意思地说："你以为我爱跟人吵架？人不犯我我不犯人。"

惜巧说："你是大神，没人敢犯你。"

大鼻子脸上僵硬地一笑，红一阵白一阵地走了。

第四十六章
冤家路窄又当邻居
智慧老人以德报怨

世上的事情就是这样凑巧，几十年前的邻居，那个恩将仇报的田有柱夫妇，多年的世事变迁又来了一个轮回——怀力新盖的房子旁边就是田有柱小儿子田银蛋新盖的房子，他们又成了邻居。

田有柱得了脑梗死，半边身子瘫痪，躺在炕上动不了了，但嘴还能动，还有力气骂他的媳妇。他睡在炕上骂媳妇没把他伺候好，一不如意就用那只能动的手摔碟子和碗。有柱媳妇天天咒他："你啥时死哩？老天爷咋还把你寻不着呢？你死了我的日子才能好过，你活在这世上就是多余的。"然后就在院子里点香烧纸，让老天爷快快收了田有柱。

住在隔壁院里的玉婵每次看到这样的场景，就对秀屏说："田有柱做的缺德事多了，遭报应了，田家老婆子做事这么绝情，不会有好下场的！"

秀屏对上辈人的恩怨不太了解，她只是感觉田家老婆子太过分了。

田有柱在他媳妇的咒骂声中闭了眼,但田家老婆子所说的好日子没有来。田有柱离世之后,她在儿子和儿媳妇面前成了多余的人。田银蛋不想养她,整天对她大呼小叫。老了的田家老婆子就像田银蛋家的用人一样,儿子、儿媳妇、孙子轮着使唤。

干活不是最严重的问题,问题是过些时日田银蛋就把她赶出家门了,嘴里骂骂咧咧地说:"老东西又不是只生了我一个,为啥要让我一人养活?不要太偏心了,去老大家待几天。"

老大田金蛋从来都不管田家老婆子,加上娶了个厉害的媳妇,更是不让她进门。她被田银蛋赶出家门,只能厚着脸皮去田金蛋门上。田金蛋两口子说到地里干活去,就把门锁上走了。没了去处的田家老婆子坐在玉婵家大门口的石头上抹眼泪。秀屏问了缘由,她一五一十地说给秀屏听。这个厉害了半辈子的女人,对两个不孝的儿子一点办法都没有。秀屏把她叫到自己的家里,但她不知道玉婵厌恶这个人。

玉婵坐在炕边剪辣椒,看见田家老婆子进来头都没抬。她对田有柱和田家老婆子有解不开的心结,田家老婆子挤出笑脸和玉婵打招呼:"他贾姨,忙着呢。"

"嗯。"玉婵眼皮都不抬。

秀屏看玉婵脸色不对,就小心地解释:"娘,你看这金蛋和银蛋太过分了,把他老娘赶出来没人管了,让田姨在家里歇会儿再想想办法行吗?"

玉婵继续剪手里的辣椒,面无表情地说:"谁说的男人死了就享福,就过好日子了,这好日子过着还没地方去了?"

田家老婆子呜呜地哭了起来:"老嫂子,你快别这么说了,我后悔死了,我不该在老汉死时那么绝情,我这是遭到报应了。呜呜呜……"

"人活一世就是这样的，种的啥收的就是啥，有因就有果，房檐水滴的旧窝窝。那样的儿子是你自己养的，自己教育出来的，只有自己把这苦果子咽了，别人帮不了你的！"

玉婵虽然对田家老婆子厌恶到极点，看都不愿意多看一眼，但却做不到见死不救。她不忍心把无处安身的田家老婆子推出家门。她让秀屏做饭时多做点，把灶房里的炕烧热，让田家婆子先住下，再慢慢想办法。

住在玉婵家的田家老婆子想起几十年前的事情，想起玉婵让田有柱去磨坊扫二面，喂饱了她的几个孩子，想起了批斗会上疯狂的田有柱对映之的羞辱，又想想眼下这家人收留自己，她悔恨的泪水只能往肚里流。她想替死去的田有柱对玉婵说声对不起，但几次话到嘴边又咽了下去，不说出来又良心不安，终于鼓足勇气开了口："老嫂子，我是有罪的人，我家有柱犯下的罪是丧良心的罪，你们一家这么一次次救我，我良心不安啊！"

玉婵愤怒地说："别再说了，过去的事情我不想再提，结了疤的伤口你还去碰它干啥？你再说这家里你就住不成了。"

田家老婆子知趣地不再提旧事了。

玉婵心气平和了之后，给田家老婆子出主意，让她去找大队的干部和小队的队长，让大队支书出面把两个儿子叫到一起好好调解一下，把嫁出去的两个女儿也叫回来，坐下来一起商量，找一个稳妥的解决办法。

田家老婆子听玉婵这么一说，顿时有了主意，忙不迭地感谢玉婵。第二天一早她就挨着个找大队的支书、文书，小队的队长，还找了几个说话管用的人。大队干部一般遇到这样的事情都会出面调解，再说这是典型的不赡养老人的恶性事件，他们还是很上心的。

三天之后，在田银蛋家进行了家务调解会。会上大队支书提出了赡养方案：田家老婆子在田银蛋家生活，田金蛋每年出四百斤小麦作为老人的口粮，两个女儿每人每年给老人换一套衣服鞋帽。

田金蛋不愿意，嫌出得太多。支书说："那就住在老大家，让老二出四百斤小麦。"田金蛋的媳妇又不愿意。

支书说："就这两个方案，选一个，没有第三个方案了，当老大要有老大的样，别让全镇人笑话。你那两个儿子都看着呢，给儿子教点好样，将来自己才能老有所依。"说得田金蛋没了可辩的理由，其他人都没意见了。

就这样，田家老婆子又回到田银蛋的家里。但田金蛋和田银蛋还是不给她好脸色。田银蛋的三个儿子和他爹一样，常对田家老婆子恶言冷语。

田家老婆子时不时会到玉婵家躲难，有时吃饭没着落，玉婵和秀屏经常会给些可口的饭菜。

玉婵经常给儿媳和孙儿们说："看看这家人，冰冻三尺非一日之寒，上梁不正下梁歪，门风是一辈辈传下去的，守家不如挣家，挣家不如养好儿。"

玉婵的人生哲学铿锵有力，影响并教育着自己的儿孙，她的每句话都成了儿孙人生中的指路明灯。

第四十七章
欢乐过年社火闹春
孙儿落水有惊无险

随着日子一天天好转，人们对过年又有了新的热情。从腊月开始就忙碌起来了，辛劳了一年的人们期盼着过一个幸福祥和的新年。腊八一过，年事就紧锣密鼓地开始准备了，首先要把养了一年的肥猪宰了，这只肥猪背负着一家人一年的食用油和饭碗里的荤腥。

玉婵全家天不亮就都起来了。玉婵指挥着秀屏和几个孩子先往自家的锅里挑满水，然后再把邻居家的锅里也挑满。两家人一大一小四口锅全都装满了水，然后开始烧水。玉婵烧着自家的两口锅，秀屏烧着邻居家的两口锅，等水烧开时，天也亮了。这时请来的杀猪匠也到位了，他来时带了两个徒弟，还有一早就来帮忙的怀远。

他们四人合力把那头尖叫的肥猪按倒在木板上，杀猪匠麻利地用一把长尖刀捅进猪的脖子。猪的叫声渐弱时，秀屏把一个盆子迅速地放在猪脖子流血的地方，不一会儿，猪血流了大半盆。秀屏端着猪血进了灶房。

玉婵把准备好的荞麦和榛子倒进猪血里，进行搅拌，她们要用这个灌猪血肠，那是一道当地美食。

烧开的四锅水全部倒进大木桶里了，然后杀猪匠和怀远把肥猪放进开水中，杀猪匠把猪在开水中一阵摇晃，等猪的各个部位都被开水烫一遍后，他和两个徒弟开始用石头清理猪毛，清理猪毛的过程需要一个多小时。猪毛清理干净后，几个人用一根粗木棒从猪身体下穿过，合力把洗干净的猪搭在木棒上，抬出大木桶。经过再次清洗后，杀猪匠先割下猪头，然后再割下猪脖子。秀屏把猪脖子拿进灶房，她们要用猪脖子肉给杀猪匠炒菜。这是杀猪匠的最高待遇。

割了头的肥猪被杀猪匠用铁钩从两条后腿上吊了起来，然后开始开膛破肚，取内脏。思文和思雨在灶房里帮玉婵和秀屏做饭，思云和思林守在猪的旁边等着杀猪匠取出猪尿泡，好不容易等猪尿泡取下来了，他们又缠着怀远，让怀远给他们吹起来。怀远鼓动腮帮子，憋红了脸，费了好大劲才把猪尿泡吹起来，他用线扎紧口，给了思林，思林如获珍宝般飞奔出了院子，思云在后面紧跟着追了出去，这个玩具足够他们两人玩一天了。

猪的内脏清理完的时候，玉婵她们的饭也熟了，杀猪匠也该喘一口气了。玉婵和秀屏炒了一大锅杂炒，里面有猪肉片、洋芋片、大白菜、粉条、干辣椒、青蒜苗，还蒸了一大锅米饭。等把杀猪匠招呼着坐在饭桌前吃饭了，玉婵又给思文和思雨安排活了，她用大碗盛了五六碗杂炒和米饭，让思文和思雨给几家邻居每家两碗挨个送去。

思雨不情愿地说："为什么要给大家送饭，人家家里都有饭。"

玉婵说："你瓜娃不懂，这就是人情世故，今天咱们家杀猪了，让邻居们一起尝尝鲜，互相传递一个友好的信息。"

思文和思雨挨家去送了，她们把玉婵交代的话每家都说一遍："我们家杀猪了，请你们一起尝尝。"大家都乐滋滋地接过饭，夸思文和思雨懂事，说着客气的话。

思雨从中感受到了浓浓的乡情，明白了送饭的含义。

腊月在人们的忙碌中过得飞快，先是腊月二十三过小年。在这一天，每家每户都要完成一件事，那就是送灶爷上天。秀屏早早地就蒸好了一锅馍馍，玉婵让思文去街上买一块灶糖回来，思雨、思云、思林都跟着去了。

腊月的年集是镇子上最热闹的时候，思文和弟弟妹妹们先从街道的东头逛到西头，再从西头逛到东头。他们看完年画、挤完热闹之后才买了一块灶糖回家。

思林边走边求思文，说："让我先吃一口吧！"

思文不给，说："敬灶爷的不能吃，吃了奶奶会骂的。"

思林说："让我舔一下，回去不给奶奶说。"

思文经不住思林的纠缠，拿出灶糖让思林、思云、思雨每人舔了一口，然后又拿纸包起来装口袋里了。

回家后，玉婵说："你们买一个灶糖怎么买得不见人影了，快拿来敬灶爷了。"

只见灶房里已经打扫得干干净净了，灶台上摆放着刚蒸好的六个馍馍。玉婵把思文姐弟四个都叫了进去，她点了三根香，作了个揖然后插进香炉。茶杯里倒上刚煨好的茶，从每个馍馍上掐一点放到茶杯中，又要来思文买回来的灶糖，用刀子切了一块，放到茶中，又端着茶杯作揖，然后就把茶杯放在灶台上了，让思文姐弟四人跪在灶前，她点着三张纸,嘴里念念有词地说:"灶爷老人家,你上天要言好事,下地要降福祥。给灶爷磕头。"思文姐弟四人齐刷刷地磕了三个头,起来作揖,送灶爷仪式就算结束了。思林迫不及待地拿走了剩下的灶糖,思云追在后面让给她分点,思林不给。

玉婵说思林:"思林,给你三姐分点,谁给你惯下的霸道的毛病。"思林乖乖地给思云分了些。

二十三的小年一过,就是二十五扫尘土,二十八把面发,二十九煮甜酒,一晃就到年三十了。三十日下午,玉婵和秀屏早早地就包好了饺子,全家人一起吃了晚饭后,怀力领着四个孩子去野雀山上坟去了。

上完坟,他们又去了怀民家。怀民已经在家里生了一大盆火等他们了。怀力和怀民平日里都忙着各自的事情,每年的年三十上完坟之后他们就坐在一起,边聊天边喝茶。思文姐弟和石桥、念桥几个围在火盆边烤洋芋片、爆玉米花,彩芹给他们帮忙。他们一直坐到天黑才打着手电筒回家。

辛苦了一年的人们,到了正月大人小孩都在尽情地玩乐,释放生活带给他们的沉重压力，用一颗乐观积极的心态迎接新的一年。

　　这个正月最忙碌的人还是惜兰的丈夫李立林，生活的磨难没有打倒这个坚强的汉子。惜兰在炕上一躺就是近十年，照顾惜兰的重任全部落在他的身上，他既要给学生们上课，当好校长，又要照顾惜兰的吃喝拉撒。他乐观地接受了生活对他的考验，看到槐树村的人们生活一天天好过了，但精神上还没有脱贫，大人小孩一个个没精打采，于是他发动全村的人在正月出一台社火。他集总指挥、总编导和演员于一身，不分白天黑夜地工作着。

　　从腊月二十开始，马不停蹄地排练，一直到正月初六，他们的社火出演了。第一天是去花桥镇，这天他们共要演四场，第一场给镇政府演，第二场给学校演，第三场给桥东演，第四场给桥西演。

　　思文带着弟弟妹妹早早地就从家里出来等社火了。当夜幕低垂之后，他们和一群孩子先是看到远处山梁上星星点点的灯火排成了一条长龙，在弯曲的山路上向前移动，隐隐约约听到了锣鼓的声音。孩子们开始欢呼跳跃，大声喊着："社火来了，社火来了。"

　　山梁上的灯火在漆黑的夜里宛若星辰，又像一条燃烧着的巨龙，一会儿隐藏于山的褶皱之间，一会儿在弯道上盘旋；一会儿见头不见尾，一会儿见尾不见头。锣鼓声由远及近，街道上等待社火的人越来越多。随着震耳欲聋的锣鼓声，社火就到了眼前。

　　思文一眼就看到了二姑父李立林，因为他是社火的龙头，紧跟在锣鼓的后面。他举着沉重的龙头，嘴里吹着哨子。他的身后十几个挑龙的人听着他的哨声左右摆动龙身。思林和思云大声叫着姑父，李立林看见了他们，微笑了一下，继续指挥着他的龙队向前走去。龙队后面跟着狮子队，五只威武雄壮的狮子抖动簸箕大的嘴巴从他们身边走过。狮子队后面跟着花船队，用木料和彩纸糊成的漂亮的花船由一个装扮成花媳妇的男人在里面顶着，一个扮成老艄公的人手拿船桨走在花船旁边。跟在花船后面的是一群马队，马是用纸糊出来的假马，事实上只糊了马头和马尾，中间一个空由年轻小伙钻进去用手扶马身。再后面跟着的是几十人的花灯队，是由大姑娘小媳妇组成的队伍，她们打扮得花枝招展，手里举着彩纸糊出来的精美的带花朵的灯，她们一手举灯，一手拿雪白的毛巾，精神焕发地跟着队伍。最后面跟着的是三四十个手提灯笼撑场子的人，这些人不出演角色，但却撑起了整台社火的场面，从远处的万点灯火到开场后的围场跑龙套都是这些无名英雄在出力。

社火队先进了镇政府的院子，李立林挑着龙头带领龙队开始第一场表演。这是一条由十五人组成的长龙，龙身由红色和黄色的绸布做成，用竹子划成细条做成龙的骨架，隔一节有一个人用木棒挑着龙身，木棒的顶上有一盏灯，固定在龙的身体中。李立林挑着瞪着圆铃铛似的大眼、张着血盆大嘴、长着两只长角的龙头，用哨子指挥着，长龙时而狂舞，时而抖动，时而盘转，时而沉稳，观众们惊叫欢呼，掌声如雷。舞龙结束后舞狮子又隆重登场，一个年轻的后生打了两个前空翻和两个后空翻，然后手拿绣球领着狮子上场了。

一场跑龙表演完，李立林已经气喘吁吁满脸是汗了。玉婵早就提了一壶热开水，泡了一杯浓茶在边上等着他了。看他下了场子，玉婵赶快把手绢递给他让他擦擦汗，然后给了他一杯热茶，让他坐下歇着慢慢喝。李立林微笑着说："谢谢娘。"

玉婵疼惜地看着他说："跟我还客气，你今晚还要演好几场吧，咋去干这么累人的活了？等回去可能就半夜了吧？"

李立林说："没办法，别人挑不好，既然办社火，就要办成最好的。回去大概早晨三四点了。"

玉婵说："我知道你的脾气，干啥都要干成最好的，只是你的精力是有限的，身体也要注意着，把你累倒了家里咋办呢！"

李立林笑着说："放心吧娘，我身体好着呢，不会累倒的。你快去看会儿社火吧。"

玉婵让李立林好好歇着，她走进人群看了会儿社火，社火正在表演小媳妇扭秧歌，三四十个小媳妇大姑娘手里举着花灯，拿着白毛巾，围成个大圆圈，扭着十字步，随着锣鼓的节奏摇晃着手里的花灯。大圆圈里面有十几个中年人围着锣鼓唱小曲。这个节目小孩们不喜欢看，都在边上玩耍，年长的人却喜欢看。

玉婵爱听他们唱的小曲，小曲一直从一月唱到十二月，有一种岁月的沧桑感。只听到小曲中唱道："正月十五乱点灯，二十八宿下天空，包爷坐的开封府，日管阳间夜管阴。二月里来二月半，白狼上了徽成县，打一鞭还二点，米粮川上起交战。三月里来三月三，脱了棉衣换单衫，自古奸臣害忠良，潘仁美害死杨家将。四月里来四月八，百棒上将把兵发，永宁河打一仗，救了唐王李世民。五月里来五端阳，二侯领兵下洛阳，数了焦赞数孟良，好大的排场八贤王。六月里来热难挡，坏了心的李鸿章，又卖国又投降，短了岁数寿不长。七月里来涨大河，赵云大战长坂坡，英勇无双美名扬，赶走曹操理应当。八月里来月儿圆，桂花盛开山庄香。九月里秋收忙，颗粒归仓寒霜降。十月里冷寒天，白狼穿的单衫凉，睡到半夜打冷战，你看白狼难不难。十一月雪满天，林冲雪夜上梁山。十二月迎春开，满街的年货摆出来，庄稼人日日忙，一年盼望一年强……"

小曲中的季节变化、人物故事听得玉婵思绪万千，岁月长河中说不尽的历史和道不尽的沧桑，真是人生如戏，戏如人生。在她的感慨中，小曲唱完了，花灯媳妇们退场了，小马驹欢奔着上场了，场子边上打闹的孩子们又挤进人群来看活泼可爱的小马驹表演了。玉婵在人群中找到思文和思雨，让她们看着弟弟妹妹，看完了一起回家。交代好之后她去和李立林打了个招呼，就提上茶壶和杯子回家了。

正月闹腾过后，花桥镇又恢复了往日的模样。每逢集日街道上又热闹起来，天一亮大街上就开始人来人往，好不忙碌。昔日廊亭式的花桥改建成钢筋水泥桥后，有了两个重要的使命，一个是在县界边连接了两个县城公路的两端，承载着过往的车辆，成为省道中的主要桥梁；另一个是像旧社会一样成为集市贸易的中心，镇上的吃食摊都集中在这里。

卖吃食的早早地就出摊了，有荞粉面皮摊、火烧摊、油糕摊、炕包摊、粽子摊、麻花摊、猪油饼子摊……摊主们开始忙碌了，摆桌凳、搭帐子、支锅灶，生火的生火，揉面的揉面，各自做着开业前的准备工作。

怀远全家人也开始了他们忙碌的生活。怀远和大儿子红刚忙碌着家里的杂货店，从家里往门口摆放着货物；润花和女儿红红在他们的荞粉面皮摊上忙碌着。

他们六岁的小儿子红健一个人在桥上玩。他背靠桥栏杆慢慢地走着，眼睛滴溜溜地盯着忙碌的大人，危险离他越来越近。他走到缺一根护栏的桥栏边时依然浑然不知，忙碌着的大人没有发现眼前的危险。红健身后没有护栏，他的身体从空处向后翻滚下去，只听到稚嫩的一声"啊"，紧接着是一声沉闷的"扑通"声。桥边的大人回过神朝桥下望去："快，孩子掉下去了！"

人们朝着二十多米高的桥下拥去，怀远媳妇润花一愣之后扯着嗓子喊："红健，红健啊……"她疯了一般朝桥下奔去。

前面下去的人已经从水中抱起了孩子，连声说："老天爷，这娃的命太大了，刚好掉在这水槽里了。"

红健呛了几口水，有人把他倒过来拍了拍后背。他吐出呛进去的水，但是小脸煞白，昏迷不醒。

"快送医院！"

当怀远闻讯跑过来时，红健已经被抱到公路上了。大家在公路上拦车，一辆大货车被拦下来了，怀远两口子抱上红健往县医院赶。

红红给县城的怀力打了电话，怀力叫了辆车从县城往花桥镇赶。

大货车走到半道时，红健醒了，他睁开圆溜溜的大眼睛，嘴里弱弱地叫着："妈妈……"

怀远两口子喜极而泣，润花抱着红健又是亲又是叫："红健，妈的宝贝，妈的心肝，你总算醒过来了。"

怀远摸摸红健的腿，又摸摸他的胳膊，一遍遍地问着："儿啊，这儿疼不疼？……这儿疼不疼……"

红健摇着脑袋说："不疼。"

货车司机说："这孩子命太大了，那么高的桥上摔下去竟然没事，看来是个有福之人啊。"

怀远还是不放心，让司机把车停下，他把红健抱到地上，让他走几步。红健朝前走了几步又后退几步，还"嘿嘿"笑了。看来真的没事了。

这时怀力坐着另一辆车从对面过来了，他看到像没事人一样的红健，紧张的神经顿时放松了。他从车上下来瘫坐在地上，嘴里说道："小祖宗，你能把人吓死！"

两兄弟商量了一下，都认为没必要去医院了。他们感谢了大货车司机，让他先走了。然后坐着怀力叫来的车朝回家的方向驶去。他们知道，他们的娘还在家里揪心，得赶快回去让她见到心爱的孙子。

怀远家炕上睡着忧心忡忡的玉婵，她再也经不住打击了，她一遍遍地在心里叫着老天爷，叫着死去的映之，让他保佑红健好好地回到她的面前。

他们回来了。红健笑嘻嘻在她耳边叫着："婆，婆，我没事了。"

玉婵一把把他拉过去，抱在怀里连哭带笑地说："我的孙娃儿，你好的吗？胳膊腿都全吗？看来祖宗显灵了，你爷爷显灵了，是他保佑了你。映之啊，你终于有感应了，我们贾家和马家都没亏过人，老天爷开眼了……"

全镇人唏嘘不已，都说红健大难不死必有后福。要知道，那座二十多米高的桥下除了正中心淌水的地方有一个大约五十厘米的水槽外，其他地方全是青石板，红健不偏不斜正好掉到仅容一个小孩的水槽里。

第四十八章
远方哥哥回家团圆
贪财心起兄妹情断

秀屏和玉婵两人吃力地拉扯着四个儿女过日子，怀力常年在外，家里的几亩责任田成了秀屏最头疼的活计，繁重的农活使她逐渐失去了年轻时秀美的容颜。在老家高楼县时，虽然日子难熬，但她不时会感觉到县城文明时髦的气息，嘴里哼着流行歌曲，偶尔也穿一件时髦的衣服，漂漂亮亮地和姐妹们在县城里招摇过街，引来无数行人的目光。而到这个落后闭塞的镇子上后，她就和外面的世界断了联系，再也不知道今年流行的是哪款衣服、哪首歌曲，就连照照镜子的时间和兴趣都没有了。她日复一日地劳作，那张白皙而姣好的面容不知不觉爬满了皱纹，失去了往日的光泽。

她时不时地想念家乡，想念大娘和几个姐妹，但拮据的日子、繁重的家务和一堆孩子，让她始终没有再踏进高楼县一步，那有橘子树的四合院、滚滚奔腾的白水江、热闹温暖的双桥街一次次出现在她的梦中。

她期盼着孩子们快快长大，家里的日子宽裕一些，那时她就能回到故乡，去看一看，圆了心中的梦想。

她最想念的是远在山东的哥哥。哥哥是她娘家的唯一亲人，他自从离家后很少回来，但他们兄妹俩一直有书信往来。这次看过哥哥的信后她喜出望外，哥哥说要回一趟老家，还说要先到花桥镇来看她。她激动地把这个消息告诉了全家，家人和她一样高兴，特别是几个孩子，天天念叨着舅舅什么时候来。

他们平时经常给伙伴们自豪地说："我舅舅在大城市，在全国最大的油田工作。"

这下舅舅真要来了，他们和秀屏一起激动地等待着。

几天之后，秀屏真的等来了几十年未见过面的哥哥，孩子们等来了坐着飞机回来的舅舅。兄妹两人抱头痛哭，已经苍老的哥哥和已经到中年的秀屏都没有了旧时的模样。

秀屏哥哥看了看秀屏寒酸的家说："妹子，看到你生活在这样的环境里，哥哥心里真难过。是当哥哥的没有照顾好你。"

秀屏说："现在的日子已经比原来好很多了，最困难的时候我都熬过来了。"

秀屏哥哥的话传到玉婵的耳朵里了，让她感觉极不舒服，她说："他舅舅，你是没见过困难人家，困难到炕上连个席子都没有，我们家已经算不错的了。"

玉婵对这个远道而来的亲戚有了看法，她觉得这人不咋样，一进门就开始嫌弃妹子的家了。

刚见面的激动过后，秀屏兄妹坐在炕上拉家常，诉说这几十年的酸甜苦辣。思文思雨姐弟怀着一颗敬佩的心，听舅舅讲述外面的故事。

之后他说去镇子上转转，思文、思雨、思云和思林四人跟着去转了。他们在街上转了一圈后，到了供销社，思文的舅舅给思文家买了一个洗脸盆，他说："你看看你们的洗脸盆破成啥样子了，舅舅给你们买个新的。"

他又买了一支圆珠笔给思文："思文，这是舅舅给你的礼物，你要拿着好好学习，给弟弟妹妹们做榜样。"又对剩下的三姐弟说，"你们还小，等长大了舅舅再给你们买。"

思云和思林太小没有什么，但敏感内向的思雨已经克制不住委屈的泪水了，她嘴里说着没事的，但泪花已经在眼眶里打转了。她怕别人看见笑话，就低着头回了家。

回家后的思雨委屈地哭个不停，大人们问她怎么了，她啥都不说，只是哭。舅舅明白了她的心思，过来说："快别哭了，走，舅舅给你买一支去。"

但她已经对圆珠笔没了兴趣，任凭舅舅怎么叫都不去，弄得舅舅下不来台，又去供销社买回来一支圆珠笔给思雨，但思雨死活都没有接。舅舅只好把笔放在桌子上。他在思雨心目中的形象一落千丈，盼望了好久的舅舅让她在全家人面前出了丑，他不再是她心中敬重的能人了。

秀屏哥哥在家里待了三天后，叫上秀屏一起去了高楼县。这是秀屏离家十年后第一次回去，而且是和娘家唯一的亲人一起回的，她心里甜得像吃了蜜一样。她挽着哥哥的胳膊，昂头从双桥街走过，她从来没有像现在这样挺胸抬头过。父母去世后，她像被人丢弃的小猫，每日生活在惊恐中，她多么盼望哥哥能回来为她遮风挡雨，但他始终没有回来，她在期盼中一天天长大，直到嫁给贾怀力远走他乡。

虽然她现在已经有了丈夫、孩子及婆婆一大家子亲人,但哥哥在她心中是无人能替代的,她把他放在心中最温暖的地方,盼望了几十年。她觉得这是自己和街上流浪的小猫小狗不一样的地方。虽然哥哥回来得有些迟,但还是回来了,此时的秀屏在高楼县的大街上不再是孤儿,她微笑着和还能记得她的人打招呼,介绍身边的哥哥。他们家高楼县的房子借给大娘的儿子住着,大娘已经去世了,秀屏心中一阵难过,大娘对她的养育之恩只有来世再报了,他们看过房子之后让堂兄继续住着。拜访了当年的三个姐妹,高高兴兴地和大家聚了两天,然后他们兄妹二人就分别回家了。

几个月后,秀屏的哥哥来信了。这次来信让秀屏感觉被人迎头一棒,打得她晕头转向,不知东南西北。哥哥信上说他又回了趟老家,把老家的房子卖了……

后面还说了啥秀屏一个字都看不进去了,她不敢相信自己的眼睛,感觉到被人狠狠地在心口上揪了一把。突如其来的消息没有一点征兆,哥哥和她在一起时一句关于房子的话都没有提过,现在居然把房子卖了，人已经回山东了。怎么可以这样？自己心心念念的哥哥把钱财看得重过亲情？哥哥离家时她才四五岁，爹娘去世他都没有回来，是亲戚邻居帮忙安葬了爹娘。她一个人守着偌大的院子孤苦伶仃地度日，那里是她的家，他有啥权利招呼都不打一声就把她的家卖了？

情绪低落的秀屏陷在痛苦的泥潭里不能自拔。玉婵在旁边安慰："秀屏，想开点，钱财都是身外之物，你现在的家在这里，这里有你的丈夫和儿女，娘家的房子你哥卖了就卖了，嫁出去的女泼出去的水，别再惦记娘家的东西了。"

玉婵虽然说得有理，但那不是秀屏心中的症结，哥哥卖掉的不是房子，而是秀屏回娘家的路和对哥哥的眷恋。没有了房子的秀屏和高楼县断了一切联系，在以后的岁月里，她再也不提回高楼县的事，再也不提那个财迷哥哥了。

第四十九章
年老怀旧又见三姐
姐妹相搀登顶鸡山

平静的日子日复一日地过着，玉婵突然想起了几十年未见过面的三姐菊萍。兄弟姐妹一个个离开了人世，先是雪梅和碧桃，后是国昌，再后来是两个小姑子映红和映月，就连最小的映庚和国荣都已经相继去世了，现在只有她和菊萍两人活着。困难的年月都是自顾自地为生计奔波，现在生活过得去了，应该去看看菊萍了。

打定主意的她叫来了三女儿惜巧，让惜巧陪着坐上班车去那个金鸡山脚下的山村清泉村。

这是个美丽富饶的村子，南边紧挨着风景名山金鸡山，村子前面是一排排平坦的梯田，地里的麦子绿油油的，地边上的花椒树长满了一簇簇花椒。村子掩映在高大的核桃树、李子树和樱桃树之中，开败了的樱桃花和李子花落了一地。

惜巧搀扶着玉婵，玉婵迈着碎步，她们踏着一路落花，来到一个宽敞的没有围墙的院子，院子里的月季花开得正旺，她站在院子里喊："老姐，在家里吗？素平……"

她喊三姐菊萍的大女儿的名字。菊萍只有两个女儿，素平和素英。素平留在家里招了个河南女婿，素英就嫁在本村。

屋里门帘一掀，出来了一个中年妇女，她吃惊地叫道："四姨、三姐，你们咋来了？咋没给个信，我好去车站接你们。娘、爹，你们快来看，我四姨来了。"

话音未落，出来了一对年迈的老夫妻，男的清瘦干练，精神健硕；女的腰杆挺直，气色红润。

玉婵的三姐菊萍激动得语无伦次："老天爷，这今天刮的啥风？老妹子……老妹子哎……"菊萍眼里涌出了泪水。

玉婵也泪光闪闪，抓住菊萍的手打量她："三姐、三姐夫，你们都好着吗？身体咋样？"

"好着呢，好着呢。"素平的爹赶忙招呼着让进屋上炕。

这一对几十年没见过面的老姐妹，坐在热炕上打开了话匣子。她们一起回忆美好的童年，不由得又想起早逝的雪梅和碧桃，还有国昌和国荣，又一同回忆艰苦的岁月。她们说一阵，哭一阵，哭一阵又笑一阵。

素平叫回同村的素英。素平、素英和惜巧三人高高兴兴地在厨房准备吃的，素平打发丈夫骑上自行车去十里路外的县城叫表姐惜玉和表妹惜玲，他们要在这里高高兴兴地聚一下。

一只打鸣的公鸡被素平姐妹俩宰了，剁碎之后炖在了锅里。她们还要蒸面皮、砸搅团，这都是平常嫌太麻烦不愿意做的吃食。这会儿姐妹三人乐呵呵地在灶房里忙碌着，要用最丰盛的饭菜招呼玉婵和惜巧、惜玉和惜玲。

几个小时之后，惜玉、惜玲带着自己的几个孩子也赶到了这个平时很少走动的菊萍家。

这个家里说话声、笑声汇成欢乐的海洋，吃了一顿大团圆饭后，玉婵说想登一次金鸡山，但天色已晚，她们就住了下来。

玉婵睡在菊萍的炕上，惜玉、惜巧、惜玲、素平、素英，还有一堆孩子都要挤在这里，谁也不想去另一个屋子里睡，这炕上挤得满满的，头挨着脚，脚挨着头，这几个女人的话长得没有尽头，一个晚上没睡够三个小时。

天蒙蒙亮她们就起来了，玉婵和菊萍相互搀扶着，惜玉、惜巧、惜玲、素平、素英跟随，一群孩子打闹着，一群人慢悠悠地向金鸡山走去。

她们沿着羊肠小道缓缓上山，凉水峡的一条小溪从高处经过几级崖石的阻挡，一波三折地向下跌落，形成美丽的崖石小瀑布。崖石上长满了绿绿的苔藓，小溪两边生长着茂盛的杂草，小路两旁的山坡上野花开得正艳，几个孩子边走边采野花，一人手里拿了一把，有红色的石蒜花、粉红和白色的野蔷薇花、紫色的马兰花、嫩黄的蒲公英。他们看到一块高大得像房子一样的石头，兴奋地跑过去。

其中一个孩子说："快看，这个石缝能进去个人。"

惜玉大声叫着："别进去，进去就出不来了。"她对玉婵和其他人说，"快看，这就是当年姚智逃难时藏过身的石头。"

说着快步走了过去，走到巨石旁边，摸着石头说："天啊！这么小的石缝，也不知道姚智当年是怎么进去的！"

玉婵和其他人走到巨石旁边，玉婵说："哎，逼死人的年月，能把人逼成疯子，要不是情急，谁从这儿进去。"

惜玉说:"我再看看,这上面或许还留着姚智的血迹哩。"

惜玲笑着说:"你以为大姐夫的血是油漆吗?就是油漆都经不住这么多年的雨打风吹。"说完大家都笑了起来。

说说笑笑间,他们爬上了金鸡山的顶峰眉洛峰,这是全县最高的地方。坐在眉洛峰上的最高处,两个年迈的姐妹感慨万千,看到山下如火柴盒大的密密麻麻的房屋和风景如画的田园山庄,她们回忆走过来的风雨人生,心头百感交集。

她们终于在有生之年登上了这最高处,山下弯弯曲曲的小路不就是走过来的人生之路吗?

第五十章
生命尽头耄耋之年
落叶随风空中飞舞

平静的岁月如花桥镇的小河水一样缓缓流淌,玉婵盼望的好日子真的来了。那个缺衣少食的年代渐渐远去了,花桥镇上楼房林立,集市上人流如潮,赶集的人不像原来那样背着背篓行色匆匆,而是打扮得花哨时髦,大小伙子、小媳妇都骑着摩托车在镇子上飞奔。

八十多岁的玉婵天气好时会拄着拐棍从家里出来,到街上溜达一圈。这天逢集,她拄着拐棍出来坐在怀远家的小超市门口晒太阳,看着花花绿绿的人群,觉得现在的年轻人真有福气,打着电话,骑着摩托,有的还开着小车,活得多带劲,真是赶上好年月了。

她突然想起了一件事,颤颤巍巍地起身要走。

怀远边做生意边说:"娘,你干啥去?"

"去前面转转。"她头也不回地说。

怀远急忙给孙子成成说:"成成,去把你太太跟上,小心让人给挤倒了。"

"哎，好。"十岁的成成欢快地答应着，跑过去扶着玉婵走了。

"太太，你想干啥去？"成成问玉婵。

玉婵神秘地对成成说："你三爷家的猪娃死了，我去给他们再买一只，千万别对你爷说，说了他又该说我偏心了。"

"太太，你就是向着我三爷家，咋不给我家和我二爷家买猪娃呢？"

"你这小鬼头也跟你爷爷学坏了，一点儿亏都不吃，你三爷家日子没有你们好过，我给帮一下不成吗？"

成成说："能成是能成，但你得给我点封口费，要不我回去说哩。"

"真是龙生龙，凤生凤，老鼠的儿子会打洞，会做你太太的生意了？成，我给你五元钱，但我把猪崽买下你得给你三爷家送去。"

"太太，你咋比我还精呢？"

他们祖孙二人真买了只小猪崽，找了个背篓让成成给怀民家送去了。

耄耋之年的玉婵对自己的生命已经毫无兴趣了，看着儿女们逐渐苍老的容颜，孙儿们一个个成家立业，离开了自己，她的内心越来越孤寂，每天期盼着死亡来临。她认为该离去了，这个世界不需要她了。同一个年代的人都走了，就剩她还枯立在人世的尽头，她急切地想到另一个世界去，愁的是再活下去苍老的儿子就拉扯不动她的后事了。

她眯着眼睛回忆自己走过的八十七年岁月，生命的前端已经模模糊糊了。自己的祖母、爹娘都成了一个个看不清的轮廓，需要认真辨别一下，才能感觉到这些人在自己生命中出现过，是真的出现过，然后才有了自己。她又努力回忆映之和怀玉，也似乎变得模模糊糊的了，她狠狠地骂自己真是糊涂了，怎么可以忘记生命中这么重要的两个人！

　　她一遍遍地在脑海里寻找他们的印迹，突然之间，一切变得异常清晰，仿佛看见他们在向她招手，想去寻找他们的心变得越发急切。

　　她每过几天就让街上的盲人算一卦，算算是不是快走了。盲人不明白她的心思，每次算的都是要活过一百岁，她骂盲人"胡扯蛋"，气呼呼地就走了。

　　身体原本硬朗的玉婵上厕所时不小心摔了一跤，毕竟是近九十岁的人了，从此就下不了床了。

　　秀屏在家里细致入微地照顾她，几十年的朝夕相处，这对婆媳建立起了深厚的感情，自幼没有双亲的秀屏在玉婵身边感受到母亲的温暖。玉婵帮她带大四个孩子，操持全家的事务，是这个家的有功之臣。她愿意照顾玉婵的吃喝拉撒，让老人的余生过得尽量舒坦一些，让她陪自己再过几年。她舍不得玉婵离开这个家。

　　已经成家立业的思雨带六岁的儿子豆豆回老家看望玉婵。当孙子、孙女、外孙来看望她时,是她最开心的时候。

思雨坐在玉婵的炕头,陪着她拉家常。六岁的儿子豆豆在她们身旁玩耍,豆豆一会儿骑到思雨的脖子上,一会儿爬到她的肩膀上,一会儿又乱动她的头发。思雨丝毫不介意豆豆这样玩,但玉婵不愿意了,她拿着手边扫炕的笤帚,在炕沿上打几下吓唬豆豆:"岁籽籽,好好坐下,不准再欺负你妈妈了。"

"就欺负,就欺负。我妈妈我愿意欺负。"豆豆故意对玉婵说。

"欺负你妈妈就不行,我不同意,再欺负看我不打烂你的屁股。"

她边说边打豆豆,豆豆知道玉婵够不着他,得意地在旁边跳:"来打呀,来打我呀。"

思雨看着这可爱的一老一小,在旁边乐呵呵地笑着。这又让她想起自己小时候欺负玉婵小脚跑不动,和怀远家的红红、红刚一起在她面前喊外面学来的顺口溜:"老阿婆,上西和,屁股上吊个大铁勺。"

玉婵要打他们就跑。玉婵总是说:"思雨,看我晚上怎么收拾你。"

思雨晚上回来,看到玉婵在磨刀,问磨刀干啥,玉婵说:"割你的耳朵,让你以后再欺负我。"

思雨吓得抬腿就跑,一口气跑到怀远家,哭着对怀远说:"四叔,奶奶磨刀要割我的耳朵哩。"

怀远说:"你这傻孩子,那是吓唬你哩。"

不管怀远怎么说,思雨都不敢回去。怀远只好把她送回去。

思雨想着这些往事,开心地笑着,时间过得真快,一晃自己的孩子都这么大了,看着风烛残年的奶奶,她真心希望她能活过一百岁。

在床上躺了一年多的玉婵,突然天天念叨想去娘家云岭村,说她能到云岭村的山梁上转转就心满意足了。思文和思雨想帮她了了这个心愿。

星期天思文的丈夫开着车和思文、思雨一起回到老家。他们三人把玉婵背上车，拉到云岭村。玉婵的侄子李鑫已经在村子外的山梁上等了，李鑫要把玉婵背到他家去，玉婵不去，说路不好走，她就想来看一眼这个地方，于是李鑫陪着玉婵坐在车上绕村子转了一圈。他给玉婵指这是谁谁家，那是谁谁家。

玉婵看到村子已经没有了记忆中的模样，家家都盖了新房，还有盖楼房的。她说，她自己来肯定找不见家了，但她感觉故乡的风没有变，刮到脸上柔柔的，暖暖的，和小时候一样。她让车子在山梁上多停一会儿，她要把这暖暖的感觉带到那边去。

卧床一年多后，玉婵离开了人世。她走得安详而宁静，她缓缓地咽下了最后一口气，闭上眼睛的她就像睡着了一样，神情自然而祥和。

一屋子的儿孙们静静地看着她驾鹤西去，控制着自己悲伤的情绪，不敢发出一点声音，生怕惊扰了她甜蜜的梦……

尾 声

　　花桥镇那座古老的廊亭木桥上，颤颤巍巍地走来一位拄着拐杖的老婆婆，她眯着昏花的老眼，似乎在寻找着什么。突然，她看见对面走来一位三十多岁的中年男子，她努力想看清对方是谁，但怎么都看不清。她感觉这个人好熟悉，就问道："你是谁啊？在这儿干啥？"

　　那人笑眯眯地说："玉婵，你真认不出我了吗？我在这儿等了你快六十年，等得人好心焦啊！"

　　玉婵看清了对方，这不是自己短命的死鬼丈夫映之吗？她突然间老泪纵横，悲喜交加，思念夹杂着委屈和怨恨一股脑儿涌上心头。她狠狠地骂了起来："你这个天杀的死鬼，手一撒就走了，知道我受了多少罪，吃了多少苦吗？我恨不得这会儿吃了你的肉，喝了你的血，以解我心头之恨！"

　　映之温柔地注视着眼前的玉婵，看着她满头的银发、佝偻的身材、脸上的皱纹中写满岁月的沧桑。他眼中含着泪水，用手抚摸着玉婵苍老的面颊，哽咽着说："玉婵，你受苦了，我一直在这里等你，你和孩子们走过的每一步我都看见了，怪只怪我们生不逢时。下一世我们还做夫妻，生在太平盛世，我给你当牛做马来弥补这一世的亏欠。我在这寂静的地下，看了五十多年，也想了五十多年，终于明白我是为啥死的了：我是为埋葬那个活不出人样的旧时代而死的，你所经历的苦难都是时代蜕变的过程中必须经历的。你想想我们那时过的啥日子，是不是比驴还累？我们那时也算是有钱人，但有啥用，照样像牲畜一样劳累。你再看看咱们的儿孙，他们家家住楼房、开轿车、数字化、信息化，坐在家里就把啥事都办妥了，时不时还坐上飞机满世界转悠。这就是那句老话说的'旧的不去，新的不来'。我的命就是跟随一个旧时代而死，你的命就是历尽艰辛化茧成蝶。你知足吧，老太婆，你比我多活了五十多年，吃过的、用过的、见过的我连边都没沾过。"

玉婵听着轻轻一笑，说道："你这死鬼，怎么还死得有理了！你说这话我赞同，我虽然吃了不少苦，但你看看咱们的孙子、孙女、外孙、外孙女个个有出息，生活幸福美满，有从政的，有经商的，有中学校长，有工厂厂长，有医生，有工程师，有警察，有军官，有大老板。他们都是社会的有用之人，我这些年的苦没有白吃啊……"

映之把玉婵紧紧地拥入怀中，轻声在她耳边说："玉婵，下一世我绝不离开你，我定能兑现前世的承诺，让你成为天下最幸福的女人，来弥补你用半世凄凉守护我们坚贞不渝的情缘。"

玉婵幸福地闭着双眼，紧紧依偎在映之的怀中，她似乎又回到从前，变回了年轻时那个幸福的小女人，映之的怀抱还是那么踏实温暖。这一刻，一切的苦难都变得微不足道，一世的辛酸走到尽头原来是这般幸福……

"穿越千年的伤痛，是你在尽头等我，最美丽的感动值得我用一生守候……"优美的电话铃声把贾思雨从清晨的睡梦中惊醒,她睡眼惺忪地接电话,里面传来姐姐思文的声音:"思雨,还睡着吗?快起来,今天是奶奶的祭日,叫上思云和思林,咱们一起给奶奶扫墓去。"

"哦,好,半小时后见。"

思雨这才回过神,原来是奶奶的祭日,难怪又梦见她老人家了。

思雨姐弟四人去给奶奶上完坟,又一起去了花桥镇。思雨沉浸在小说《花桥往事》的情景中,带着对儿时生活的追忆,她漫步在小镇的街道上。

这个千年古镇从旧社会的繁华到新中国成立初期的艰难,又从20世纪80年代的复兴走到今天兴旺中的落寞。街道上林立的楼房和宽阔的水泥路好像是镇子在诉说现代的寂寞,人们有的搬迁到了县城,有的家虽安在这里,人却去了外面的世界闯荡,留在小镇上的大多是老人和孩子。那条曾经清澈见底的小河已经成了死水沟,各家各户都有自来水,已经没有人在小河里洗衣服了。河道里垃圾成堆,两岸的柳树已经砍掉了,路也变成了坚硬的水泥路。思雨已经找不到记忆深处的那条美丽的小河了。

　　那座桥还横在小河上，从廊亭花桥变成通车的水泥桥，现在由于公路改道，这座桥已经没有通车的使命了。它苍老地跨在小河上，连接小镇的东西两端，卖吃食的依然在桥上摆摊。也许在以后的岁月中它还会有新的变化，但只要小河在，桥就在，因为它还要承载小镇的历史，走向未来……